13 ΜΙΚΡΈΣ ΙΣΤΟΡΊΕΣ

Cathy McGough

Stratford Living Publishing

ΤΙ Λ'ΕΝΕ ΟΙ ΑΝΑΓΝ'ΩΣΤΕΣ...

K ΡΑΣΙ DANDELION

     Η.Π.Α.

«Το κρασί της πικραλίδας είναι ένα καλό διήγημα, αν και ο επίλογος με έκανε να αισθανθώ λίγο λυπημένη για το πώς αλλάζουν τα πράγματα. Ήταν κάπως ωραίο να επισκεφτείς για λίγο μια εποχή που τα πράγματα ήταν διαφορετικά.

«Μια σύντομη, γλυκιά ιστορία σε μια διαδρομή αναμνήσεων σε μια απλή ζωή σε μια ειδυλλιακή καλοκαιρινή μέρα».

ΤΟ ΠΙΟ ΛΑΜΠΡΌ ΑΣΤΈΡΙ

«Η αγάπη δεν αποτυγχάνει ποτέ. Η ερωτική ζωή της Λίντα και του Γουίλιαμ συνοψίζεται σε αυτή τη σύντομη ιστορία. Μια ιστορία απογοήτευσης και αγώνα, ενώ κρατάει την αγάπη μέσα από όλα αυτά».

Η ΑΠΟΚΆΛΥΨΗ ΤΗΣ ΜΆΡΓΚΑΡΕΤ

Καναδάς

«Άρχισα να διαβάζω αυτή τη νουβέλα μέσα σε λίγα λεπτά αφότου την αγόρασα, και μόλις την άρχισα, έπρεπε να την τελειώσω. Μου άρεσε πραγματικά αυτή η ιστορία. Είναι καλογραμμένη και δεν μπορούσες να μην αισθανθείς την πρωταγωνίστρια. Και η έκπληξη στο τέλος με έκανε να πέσει το σαγόνι μου».

Ο ΝΤΑΡΡΥΛ ΚΑΙ ΕΓΩ

U.S.

«Ανατριχιαστικό. Μια σύντομη γλυκόπικρη ιστορία για την τραγωδία μιας γυναίκας και την προσπάθειά της να την αντιμετωπίσει ενώ είναι έγκυος.»

U.K.

«Υπέροχη ιστορία. Εξαιρετικά συναισθήματα. Ένιωσα πραγματικά για την Cath και τον Darryl.»

Η ΟΜΠΡΈΛΑ ΚΑΙ Ο ΆΝΕΜΟΣ

Η.Π.Α.

«Επιστημονική φαντασία στην πιο σύγχρονη και επίκαιρη εκδοχή της. Σύντομο καλό ανάγνωσμα.»

«Ο συγγραφέας πλέκει μια ευφάνταστη ιστορία επιστημονικής φαντασίας αναδεύοντας επικίνδυνο άνεμο, μια ιπτάμενη ομπρέλα, ένα γυριστό πράσινο μπουκάλι και άλλα πολλά. Μια σύντομη ιστορία με γρήγορη δράση».

Ινδία

«Τι συναρπαστική διαδρομή! Η ροή είναι εξαιρετικά γρήγορη και η γραφή συνεπής και ομαλή. Κατά κάποιο τρόπο, μου θύμισε τον Τζερόμ Κ. Τζερόμ και το Three Men In A Boat».

U.K.

«Η μητέρα των κακών Σαββατοκύριακων συναντά τον εξωγήινο. Γραμμένο με στεγνό πνεύμα, πρόκειται για μια παράξενη ιστορία με ένα εξωγήινο τεράστιο πράσινο αντικείμενο, ομπρέλες και όπλα. Εξαιρετικά ευφάνταστη αν όχι τρελή ιστορία που θα σας καθηλώσει μέχρι την τελευταία σελίδα. Πλήρης βαθμολογία για τη δημιουργική φαντασία, Cathy McGough. Μπορεί να σας κάνει να γελάσετε δυνατά και να χύσετε τον καφέ σας».

ΘΑΝΑΤΙΚΗ ΕΠΙΘΥΜΗ

Η.Π.Α.

«Το διάβασα μέσα σε μισή ώρα χθες το βράδυ, αφού πήγα για ύπνο. Λυπήθηκα γι' αυτόν τον άνθρωπο που ένιωθε ότι η ζωή του ήταν άσκοπη. Ο McGough οδηγεί τον αναγνώστη στα άκρα, και ακόμη και όταν έχει ξεπεράσει το σημείο χωρίς επιστροφή, δεν έχεις ιδέα πώς θα τελειώσουν τα πράγματα. Μια υπέροχη ιστορία για να διαβάσετε στο μεσημεριανό γεύμα ή στο διάλειμμα για καφέ».

«Μου άρεσε η δημιουργικότητα της Cathy McGough που δημιούργησε μια μικρή νουβέλα 20 σελίδων με μια μεγάλη εμπειρία που άλλαξε τη ζωή ενός ανθρώπου που δεν μπορούσε να βρει τον σκοπό της ζωής του».

«Είχα αυτό το βιβλίο στο KIndle μου για αρκετό καιρό, αλλά όταν τελικά αποφάσισα να το διαβάσω, δεν το άφησα κάτω μέχρι να το τελειώσω. Αν και είναι πολύ σύντομο ανάγνωσμα, η πλοκή και οι χαρακτήρες είναι πλήρως ανεπτυγμένοι. Το λάτρεψα.»

«Διαβάζεται σαν ένα επεισόδιο του Tales from the Crypt ή του Twilight Zone».

«Το λάτρεψα και καθώς διάβαζα, αναρωτιόμουν ΓΙΑΤΙ; Όταν το ανακάλυψα, τρομοκρατήθηκα, κάτι τέτοιο είναι ο χειρότερος εφιάλτης μου».

Η.Π.Α.

«Ο συγγραφέας χρησιμοποιεί επιδέξια τον εσωτερικό μονόλογο του χαρακτήρα για να αποκαλύψει τη ζωή του και την απόφαση με την οποία παλεύει. Με καθήλωσε μέχρι το τέλος. Αυτή η επιδέξια ειπωμένη ιστορία είναι ένα πολύ διασκεδαστικό ανάγνωσμα και το συνιστώ ανεπιφύλακτα».

Πίνακας περιεχομένων

Αφιέρωση

ΓΙΑ ΤΗΝ DIANNE

Πρόλογος

Αγαπητοί αναγνώστες,

Σας ευχαριστώ που επιλέξατε να διαβάσετε το βιβλίο μου!

Αυτή η συλλογή διηγημάτων περιλαμβάνει έξι από τα αγαπημένα των αναγνωστών μου και επτά νέα διηγήματα που έγραψα κατά τη διάρκεια της πανδημίας.

Λένε «έξω το παλιό και μέσα το καινούργιο», αλλά εγώ λέω ας δούμε ολόκληρη τη θεώρηση.

Καλή ανάγνωση!

Cathy

ΚΡΑΣΙ DANDELION

Ή ΤΑΝ ΤΟ 1967 ΚΑΙ το καλοκαίρι είχε σχεδόν τελειώσει όταν τράβηξα το σαθρό κόκκινο βαγόνι μου σε έναν αδιέξοδο δρόμο με βότσαλα. Ο κρότος των τροχών της άμαξάς μου ήταν ένας γνώριμος ήχος, για τους ανθρώπους κατά μήκος της διαδρομής μας.

«Ωραία μέρα για βόλτα», έλεγα.

«Και βέβαια είναι. Να έχετε μια καλή μέρα», μου απαντούσαν.

Αν η φίλη μου η Σάντρα και εγώ ήμασταν τυχεροί, μας έφερναν παγωμένο νερό, κόλα ή λεμονάδα. Παρόλο που δεν μέναμε κοντά, οι περισσότεροι μας αντιμετώπιζαν ευγενικά. Οι περισσότεροι αλλά όχι όλοι οι ιδιοκτήτες σπιτιού.

«Μην γίνεσαι ενοχλητικός», μου έλεγε πάντα ο μπαμπάς, και δεν ήμουν. Πάντα κοιτούσα τη δουλειά μου. Δεν χαζολογούσα ούτε προσπαθούσα να τραβήξω την προσοχή πάνω μου. Μπορούσα να κάνω κάτι αν οι τροχοί που έτριζαν έτριζαν;

Ήμουν ένα κορίτσι με σκοπό, οπότε δεν είχε σημασία που τα χέρια μου πονούσαν, παρόλο που ευχόμουν να μεγάλωναν πιο γρήγορα. Δεν είχε σημασία όταν το καρότσι αναποδογύριζε σε μια λακκούβα ή όταν κυλούσε στο χαντάκι.

Παρόλα αυτά, η τρελή γυναίκα σε ένα από τα σπίτια ήταν στο μυαλό μου. Φοβόμουν να περάσω από το σπίτι της μόνη μου.

Σε άλλες επισκέψεις μας φώναζε επειδή δεν κάναμε τίποτα. Ή μας έβριζε. Μια φορά έστειλε και τον σκύλο της έξω, να σαλιαρίζει και να γαβγίζει. Το κοπρόσκυλο προστάτευε το δρόμο σαν να ήταν μέρος της ιδιοκτησίας της. Έριξα μια ματιά στην οροφή, όπου η παλιά καναδική σημαία κυμάτιζε στο αεράκι. Κάποιοι έλεγαν ότι αρνήθηκε να κυματίσει τη νέα σημαία με το μεγάλο φύλλο του σφενδάμου. Αυτή και ο σκύλος της μου προκαλούσαν ανατριχίλα.

Η αναπνοή μου γινόταν πιο γρήγορη καθώς πλησίαζα το φοβερό σπίτι. Αφού ήταν αδιέξοδος, δεν είχα άλλη επιλογή από το να περάσω. Σταμάτησα και κοίταξα πίσω για να δω αν ερχόταν η Σάντρα. Κανένα ίχνος της ακόμα.

Τότε θυμήθηκα ότι το τυχερό λαγοπόδαρο της γιαγιάς ήταν στην τσέπη μου. Μου έδωσε κουράγιο. Τράβηξα το βαγόνι και με τα δύο χέρια και πέρασα βιαστικά.

Ήξερα ότι η γριά κυρία Macguire ήταν εκεί. Δεν χρειαζόταν να τη δω. Μπορούσα να την αισθανθώ. Στο σπίτι στα αριστερά, πίσω από τις κουρτίνες. Με κοίταζε με κακό μάτι. Μισούσε τα παιδιά, όλα τα παιδιά.

Λίγα σπίτια αργότερα, παραλίγο να σκοντάψω στο κορδόνι μου. Σταθεροποίησα το βαγόνι πριν σκύψω για να το ξαναδέσω. Καθώς το έκανα, κοίταξα πίσω από τον ώμο μου και είδα τις κουρτίνες να συσπώνται. Δεν είχε σημασία τώρα. Ήμουν εκτός της εμβέλειας του κακού της ματιού.

«Έι, περίμενε! Περίμενε επάνω!» Ο ήχος της φωνής της φίλης μου συνόδευε τα σανδάλια της που έπιαναν επαφή με τον πέτρινο δρόμο. Επιτέλους, η καλύτερή μου φίλη τα κατάφερε. Η Σάντρα πάντα αργούσε σε όλα.

Γύρισα προς την κατεύθυνσή της και την είδα να περνάει τρέχοντας από το σπίτι της γριάς Μαγκουάιρ. Ήταν λαχανιασμένη όταν έφτασε σε μένα. Πέσαμε η μία στην αγκαλιά της άλλης. Είχαμε περάσει και οι δύο με ασφάλεια από την κατοικία της γριάς μάγισσας.

«Καιρός ήταν!» Είπα λίγο ανυπόμονα καθώς χωρίσαμε.

«Συγγνώμη, είχα δουλειές να κάνω και η μαμά ήταν αποφασισμένη να μου βουρτσίσει τα μαλλιά. Είπε ότι ήμουν δημόσια ντροπή!»

«Το φόρεμά σου είναι όμορφο», είπα παρατηρώντας τις πιέτες και τους φιόγκους που κοσμούσαν τις δύο μπροστινές τσέπες. Ήταν όμορφο και εντελώς ακατάλληλο για να μαζεύεις φρούτα.

Η Σάντρα έπιασε με το ένα χέρι τη μισή λαβή της άμαξας και με το άλλο πίεσε το μπροστινό μέρος του φορέματος. «Μισώ το ροζ», είπε.

Το χέρι της δίπλα στο δικό μου ταίριαξε τέλεια και μπορέσαμε να τραβήξουμε το καρότσι δίπλα-δίπλα με ευκολία.

«Η μαμά με έβαλε να υποσχεθώ να σταματήσω στο μαγαζί στη γωνία στο δρόμο για το σπίτι και να αγοράσω μια φρατζόλα ψωμί». Έβαλε το χέρι στην τσέπη της: «Βλέπεις, μου έδωσε είκοσι τέσσερα λεπτά, συν ένα πεντάλεπτο για να μοιραστούμε μια γρανίτα μπανάνα».

«Ω, αυτό είναι κάτι που περιμένουμε με ανυπομονησία». Η μπανάνα ήταν η αγαπημένη μας γεύση.

Συνεχίσαμε να περπατάμε. Ένας σκύλος γαύγισε κάπου πίσω μας.

«Για να πάρω τα λεφτά για το παγωτό, έπρεπε να φορέσω αυτό το ηλίθιο φόρεμα».

«Δεν είναι χαζό», είπα ψέματα και ευχήθηκα να είχα ένα δικό μου όμορφο φόρεμα που θα μπορούσα να φορέσω μια μέρα που δεν ήταν μέρα εκκλησίας. Με δύο αδέρφια, μια αδερφή και ένα ακόμη μωρό στα σκαριά δεν ήταν πιθανό να πάρω καινούργιο φόρεμα σύντομα.

Η Σάντρα ψιθύρισε: «Την είδες;» Ήξερα ότι εννοούσε τη γριά κυρία Macguire. «Ένιωσες το κακό της μάτι πάνω σου σήμερα;»

«Όχι, γιατί σταύρωσα τα δάχτυλά μου και τα μάτια μου». Είπα ψέματα.

«Καλή σκέψη», είπε μετατοπίζοντας το μεγαλύτερο μέρος του βάρους στο πλευρό της και ρώτησε: »Θέλεις να αναλάβω να τραβήξω για λίγο;»

«Μπα, μπορεί να λερώσεις το φόρεμά σου». Η Σάντρα γέλασε. «Είναι πιο διασκεδαστικό μαζί», είπα καθώς περπατούσαμε δίπλα από το σπίτι του κυρίου Holiday και μετά από το σπίτι του κυρίου και της κυρίας Otter.

Σχεδόν στον προορισμό μας, ησυχάσαμε. Ως καλύτεροι φίλοι δεν χρειαζόταν να μιλάμε συνέχεια. Ο σκοπός του ταξιδιού μας ήταν κοινός και εξαρτιόταν από τους θάμνους *μαύρης σταφίδας της δεσποινίδας Βιρτζίνια Μάρτιν. Αν υπήρχαν πολλές σταφίδες, μπορεί να μας άφηνε να πάρουμε ένα μερίδιο. Αν η συγκομιδή ήταν λιγοστή, το ταξίδι μας θα ήταν πάλι άσκοπο.

«Ανυπομονώ να δω πόσα φρούτα υπάρχουν», είπα.

«Έχω την αίσθηση ότι θα είμαστε τυχεροί», είπε η Σάντρα.

Σταματήσαμε και κοιτάξαμε το σπίτι της δεσποινίδας Βιρτζίνια. Ο μπροστινός κήπος ήταν πάντα άψογος, ήταν σαν ο άνεμος να ήξερε να φυσάει συνεχώς τα σκουπίδια και τα φύλλα μακριά, ώστε να μην καταστρέφουν το όμορφο γκαζόν της.

Από μικρό κορίτσι έψαχνα πάντα για φιλικά πρόσωπα στα σπίτια. Η μαμά έλεγε ότι ήταν μια συνήθεια που θα ξεπερνούσα με τον καιρό.

Το σπίτι της δεσποινίδας Βιρτζίνια είχε ένα ασυνήθιστο αλλά ευγενικό πρόσωπο με δύο στρογγυλά παράθυρα στην κορυφή. Όταν οι περσίδες ήταν κατεβασμένες μέχρι τη μέση ή μέχρι τέρμα, έμοιαζαν με βλέφαρα. Αυτό το χαρακτηριστικό ήταν διαφορετικό από όλα τα άλλα σπίτια που είχα δει.

Ανάμεσα στα μάτια μεγάλωνε μια μύτη. Μια μύτη φτιαγμένη από τούβλα. Η διαφορά ήταν ότι αυτά τα τούβλα ήταν όρθια, ενώ τα υπόλοιπα τούβλα ήταν πλάγια. Με ανατρίχιασε, καθώς ήταν σαν ο οικοδόμος να ήξερε ότι έφτιαχνε ένα χαρακτηριστικό γνώρισμα μύτης μόνο για μένα. Ξέρω ότι αυτό πιθανόν να ακούγεται χαζό.

Στη συνέχεια, το στόμα παρακάτω, το οποίο διαμορφώθηκε από τις διπλές πόρτες. Ένα παράθυρο με βιτρό στην κορυφή το έκανε να μοιάζει με μια σειρά δοντιών με σιδεράκια.

Μου άρεσε να στέκομαι και να κοιτάζω το σπίτι γιατί ήταν επίσης ένα μέρος όπου η φύση ευδοκιμούσε. Γελούσα θυμούμενη πώς ο κισσός που φύτρωνε άγρια μερικές φορές έκανε το σπίτι να μοιάζει σαν να είχε μουστάκι ή μούσι.

Παρατήρησα ότι η Σάντρα σιγοτραγουδούσε Penny Lane. Πάντα σιγοτραγουδούσε όταν βαριόταν. Οι Beatles ήταν εντάξει, αλλά προτιμούσα τους Stones.

Η Σάντρα βούρτσισε τα ξανθά μαλλιά της από το πρόσωπό της, καθώς οι μύγες βούιζαν γύρω της σαν ο ιδρώτας της να ήταν πρόσκληση για σμήνος.

Άφησα τη λαβή μου από το βαγόνι και στάθηκα στις μύτες των ποδιών μου για να δω πάνω από τον φράχτη. Ήλπιζα ότι αυτή τη φορά ήμουν αρκετά ψηλή, αλλά δεν είχα τέτοια τύχη. Η Σάντρα έκανε μια προσπάθεια, καθώς ήταν λίγο ψηλότερη, αλλά ούτε αυτή μπορούσε να δει πάνω από τον φράχτη. Κράτησα την άμαξα σταθερά, ενώ η Σάντρα μπήκε μέσα και προσπάθησε να δει από πάνω, αλλά ούτε αυτό έκανε το κόλπο.

«Νομίζω ότι είναι καλύτερα να πάμε εκεί πάνω και να ρωτήσουμε», είπε η Σάντρα.

«Εντάξει.»

Τραβήξαμε την άμαξα στο μπροστινό γκαζόν της δεσποινίδας Βιρτζίνια και την παρκάρουμε, και μετά περπατήσαμε μέχρι το μακρύ δρομάκι που ήταν γεμάτο λουλούδια. Τα ηλιοτρόπια κούνησαν το κεφάλι τους, υποκλίνοντάς μας σαν να ήμασταν βασιλείς που περνούσαμε ανάμεσά τους. Μερικές πικραλίδες πάλευαν στη σκιά της ξαδέλφης τους.

«Θυμάσαι τότε που ο μπαμπάς μου μας άφησε να δοκιμάσουμε το κρασί από πικραλίδα που έφτιαχνε;»

«Ήταν το πιο απαίσιο πράγμα που έχω δοκιμάσει ποτέ», είπε η Σάντρα.

«Το ξέρω, αλλά και πάλι δεν έπρεπε να το φτύσεις». Γελάσαμε θυμούμενοι το κρασί που πιτσιλίστηκε πάνω στο πουκάμισο του μπαμπά. «Ο μπαμπάς πίστευε ότι ήσουν πολύ αγενής».

«Δεν το ήθελα.» Έριξε μια ματιά στα πόδια της. «Ξέρεις κάτι; Θα μπορούσαμε να ζητήσουμε ηλιοτρόπια και να τα πουλήσουμε».

«Είναι όμορφοι, αλλά ας μείνουμε στο σχέδιο. Η κυρία Σμιθ είπε ότι θα μας πληρώσει δύο τέταρτα (πενήντα λεπτά) για όσες μαύρες σταφίδες μπορούμε να κουβαλήσουμε, οπότε έχουμε ήδη έναν αγοραστή. Δεν ξέρουμε κανέναν που να θέλει ηλιοτρόπια».

«Απλά σκέφτηκα ότι κάποιος μπορεί να θέλει τους σπόρους. Αλλά εντάξει».

Έριξα μια ματιά στη φίλη μου και επέλεξα να μην πω τίποτα άλλο για το θέμα.

Στο κάτω μέρος της σκάλας, μαζέψαμε τις σκέψεις μας. Από την εμπειρία μας ξέραμε ότι δεν είχε σημασία τι λέγαμε, αλλά πώς το λέγαμε.

Την τελευταία φορά αποτύχαμε, οικτρά. Η δεσποινίς Βιρτζίνια είπε ότι οι μαύρες σταφίδες δεν ήταν ακόμα έτοιμες. Είπε πόσο ενθουσιασμένη ήταν που θα έφτιαχνε μερικές νέες συνταγές για την Ετήσια Φθινοπωρινή Έκθεση.

Η δεσποινίς Βιρτζίνια ήταν διάσημη στην κομητεία μας, έχοντας κερδίσει πολλά χρυσά μετάλλια για συνταγές που αφορούσαν τη μαύρη σταφίδα. Συχνά είχε τη φωτογραφία της στην τοπική εφημερίδα, μερικές φορές ακόμη και στο εξώφυλλο.

Έτσι, το να κρατήσει τα φρούτα για τον εαυτό της ήταν δικαίωμά της, αλλά το να τα μοιράζεται ήταν το ζητούμενο στον κόσμο. Ελπίζαμε να την πείσουμε να μας διαθέσει μια μερίδα μαύρης σταφίδας.

Σε εκείνη την επίσκεψη, η απογοήτευση πρέπει να φάνηκε στα πρόσωπά μας, γιατί η κυρία Βιρτζίνια μας κάλεσε να τη βοηθήσουμε να μαζέψει μήλα και αχλάδια αντί γι' αυτά. Προσφέρθηκε να μας πληρώσει δέκα λεπτά ο καθένας, αλλά αυτό δεν ήταν αρκετό για να πάρουμε αυτό που θέλαμε. Την ευχαριστήσαμε για την ευγενική και γενναιόδωρη προσφορά της, αλλά αρνηθήκαμε.

«Κι αν πει όχι;» ρώτησε η Σάντρα, αναστενάζοντας καθώς με κοίταζε στα μάτια.

Άπλωσα το χέρι μου και άγγιξα τις μακριές ξανθές μπούκλες της φίλης μου, και στη συνέχεια έδωσα στην τούφα ένα μικρό τράβηγμα. «Έλα, ας το μάθουμε».

Η Σάντρα άρχισε να τρέχει, αλλά την πρόλαβα εγκαίρως και ξεστόμισα τις λέξεις «DECORUM», στις οποίες η Σάντρα απάντησε: «Ε;». «Πιο σιγά», ψιθύρισα. «Θυμήσου ότι είμαστε νεαρές κυρίες».

Χασκογελάσαμε. Η Σάντρα χάιδεψε ξανά το μπροστινό μέρος του φορέματός της.

Έβγαλα τα χέρια μου από τις τσέπες μου και άπλωσα το χέρι μου προς το χτυπητήρι. Πριν καν το αγγίξω, η δεσποινίς Βιρτζίνια έριξε την πόρτα ανοιχτή. Χαμογελούσε, όχι μόνο με το στόμα αλλά και με τα μάτια της. Ήταν χαρούμενη που μας είδε, αυτό ήταν καλό σημάδι.

«Ποιον έχουμε εδώ αυτό το ωραίο πρωινό;» ρώτησε, γνωρίζοντας πολύ καλά ποιον είχε εκεί, επειδή η Σάντρα κι εγώ ερχόμασταν όλο το καλοκαίρι. Είχαμε ανέβει στη βεράντα της πάνω από δώδεκα φορές ρωτώντας για τις μαύρες σταφίδες.

«Εμείς είμαστε, εγώ και η Σάντρα», είπα και οι δυο μας κάπως υποκλιθήκαμε. Ήταν η καλύτερή μας προσπάθεια να υποκλιθούμε, αν και η πραγματική βασίλισσα της Αγγλίας ίσως να μην το πίστευε. Η δεσποινίς Βιρτζίνια χειροκρότησε.

«Λοιπόν, λοιπόν», είπε η δεσποινίς Βιρτζίνια, καθώς μας κοίταζε από πάνω μέχρι κάτω. Τη Σάντρα με το όμορφο ροζ φόρεμά της και εμένα με τη φόρμα μου. «Δεν μοιάζετε και οι δυο σας...» Δίστασε. «Εσείς κορίτσια μου θυμίζετε...» Έκανε μια παύση, τα λόγια και η έκφραση του προσώπου της είχαν πλέον παγώσει. Τα μάτια της έγιναν θλιμμένα, μόνο για ένα δευτερόλεπτο. Χαμογέλασε. «Εσείς οι δύο μοιάζετε με εικόνα, για την ακρίβεια, θα ήθελα να σας βγάλω μια φωτογραφία, αν δεν σας πειράζει;»

Η αλλαγή της από χαρούμενη σε λυπημένη και πάλι σε χαρούμενη έκανε το στομάχι μου να πονάει. Κοίταξα τη Σάντρα και συμφωνήσαμε. Η δεσποινίς Βιρτζίνια μας κάλεσε μέσα να περιμένουμε όσο εκείνη ετοίμαζε τη φωτογραφική μηχανή. Στο άλλο δωμάτιο την ακούγαμε να ανοίγει και να κλείνει τα συρτάρια.

«Ανησυχώ για το βαγόνι», ψιθύρισε η Σάντρα.

Έκανα όπισθεν και κοίταξα έξω από το παράθυρο. «Όλα είναι μια χαρά». Μετά από αυτό, είχα το νου μου στην άμαξα, καθώς δεν ήθελα να χαθεί ξανά.

Όπως τότε που μπήκαμε μέσα για ένα ποτήρι λεμονάδα. Όταν ξαναβγήκαμε έξω, είχε εξαφανιστεί. Περπατούσαμε και περπατούσαμε προσπαθώντας να το βρούμε, αλλά δεν υπήρχε κανένα ίχνος του βαγονιού.

Η Σάντρα κι εγώ πήγαμε σπίτι. Ήμουν τρομερά αναστατωμένη, έκλαιγα σαν μωρό. Το βαγόνι σήμαινε πολλά για μένα, οι τροχοί που έτριζαν και όλα αυτά. Ήταν ένα χριστουγεννιάτικο δώρο από τους παππούδες μου.

Οι γονείς μας και οι φίλοι μας έψαχναν μέχρι να ανάψουν τα φώτα του δρόμου. Την επόμενη μέρα βάλαμε μια αγγελία στο Lost and Found. Βρέθηκε πέρα από τη δασική περιοχή, αναποδογυρισμένο σε ένα χωράφι ενός αγρότη.

Εμείς, η Σάντρα και εγώ ξέραμε ποιος το έβαλε εκεί. Φυσικά, ήταν η γριά Lady Macguire, αλλά δεν είχαμε αποδείξεις. Ο μπαμπάς έλεγε ότι δεν πρέπει ποτέ να κατηγορείς κανέναν για τίποτα χωρίς αποδείξεις, αλλά την είχαμε δει να μας παρακολουθεί με το κακό της μάτι.

Ακριβώς τότε, η δεσποινίς Βιρτζίνια επέστρεψε κρατώντας μια Kodak Instamatic. Είχα δει μια διαφήμιση γι' αυτήν στο περιοδικό Life του μπαμπά. Το 104 ήταν ένα πραγματικό φελλό.

«Μαζευτείτε τώρα κορίτσια.»

«Δεν θα ήταν καλύτερο το φως έξω;» Ρώτησα.

Χαμογέλασε και άνοιξε την μπροστινή πόρτα.

Περιμέναμε στη βεράντα, προσπαθώντας να μην τρεμοπαίζουμε πολύ, ενώ η κυρία Βιρτζίνια αποφάσιζε πού ήθελε να σταθούμε για να έχουμε τον καλύτερο φωτισμό.

Ακούμπησα στον τοίχο της βεράντας, προσπαθώντας να ρίξω μια ματιά στους θάμνους με τις μαύρες σταφίδες, αλλά δεν είχε αποτέλεσμα.

«Χμμμ», είπε η δεσποινίς Βιρτζίνια, »γιατί δεν πάμε στον κήπο; Με τα πάντα ανθισμένα θα μπορούσαμε να βγάλουμε μερικές υπέροχες φωτογραφίες».

Η Σάντρα και εγώ χαμογελάσαμε.

Κατεβήκαμε τις σκάλες. Η Σάντρα έφτασε στον πάτο με ένα γρήγορο άλμα προς μεγάλη μου περιφρόνηση. Η δεσποινίς Βιρτζίνια δεν φάνηκε να ενοχλείται. Περπατούσαμε πίσω της, καταλαβαίνοντας κάθε λέξη. «Εδώ φυτρώνει ο μαϊντανός και εδώ είναι οι ντομάτες μου. Θεέ μου, πόσο ψηλές έχουν μεγαλώσει φέτος. Τίποτα δεν συγκρίνεται με τη φρέσκια σάλτσα ντομάτας. Και εδώ είναι το χωράφι με τις πικραλίδες μου. Τις χρησιμοποιώ για να φτιάχνω κρασί από πικραλίδα».

Η Σάντρα έμεινε άφωνη και έκανε μια γκριμάτσα.

Η δεσποινίς Βιρτζίνια δεν φάνηκε να το προσέχει. «Και εδώ είναι το χωράφι μου με τις μαύρες σταφίδες, αλλά φυσικά εσείς κορίτσια το ξέρετε ήδη αυτό».

Προσπάθησα να μην δείχνω πολύ ενθουσιασμένη και έριξα μια ματιά πίσω από τον ώμο μου στην άμαξα εκτιμώντας πόσα θα μπορούσαμε να μεταφέρουμε σε ένα ταξίδι. Εύχομαι να τα είχα φέρει μαζί μας στον κήπο.

Ένιωσα το χέρι της Σάντρα να αγγίζει το δικό μου. Παρατήρησα ότι το στόμα της είχε μείνει ορθάνοιχτο καθώς κοιτούσε τις σταφίδες. Έμοιαζε με σκύλο που περίμενε το δείπνο του.

«Εγώ θα το έκλεινα νεαρή μου κυρία», αναφώνησε η δεσποινίς Βιρτζίνια, "εκτός αν θέλετε να πιάσετε μύγες".

Η Σάντρα έκρυψε το στόμα της πίσω από το χέρι της.

Η δεσποινίς Βιρτζίνια γέλασε σχεδόν χαχανίζοντας καθώς κοιτούσαμε τους θάμνους μαύρης σταφίδας σε πλήρη άνθιση. Οι καρποί κρέμονταν εκεί, έτοιμοι να μαζευτούν. Πολλές και πολλές σταφίδες. Ήμασταν τόσο ενθουσιασμένες που βγάλαμε μια στριγκλιά.

«Πρώτα οι φωτογραφίες», μας υπενθύμισε η δεσποινίς Βιρτζίνια. Η δεσποινίς Βιρτζίνια προσπάθησε να βρει την καλύτερη δυνατή γωνία, δεδομένου ότι τα δέντρα απλώνονταν στο φως του ήλιου, δημιουργώντας σκιές.

Συνειδητοποίησα ότι με τόσες πολλές σταφίδες έτοιμες να μαζευτούν, η δεσποινίς Βιρτζίνια θα χρειαζόταν τη βοήθειά μας και θα έπρεπε να μας προσφέρει περισσότερα χρήματα απ' ό,τι όταν μας ζήτησε να μαζέψουμε τα μήλα και τα αχλάδια. Με τα μήλα και τα αχλάδια, περιοριζόμασταν σε ό,τι μπορούσαμε να φτάσουμε. Με τους θάμνους της μαύρης σταφίδας, μπορούσαμε να περπατήσουμε και να μαζέψουμε κάθε σταφίδα.

«Μπορούμε να μαζέψουμε μερικές τώρα;» ρώτησε η Σάντρα.

Κούνησα το κεφάλι μου ελπίζοντας ότι δεν είχε καταστρέψει τις πιθανότητές μας.

«Θα ήθελα μια φωτογραφία με τους θάμνους μαύρης σταφίδας πίσω σας. Προσοχή τώρα, μην τις λιώσετε ή χτυπήσετε τους καρπούς και για όνομα του Θεού, μην φάτε καμία πριν από τη φωτογραφία γιατί θα λερωθούν τα χέρια και το στόμα σας. Ω, μόλις θυμήθηκα. Τώρα, κορίτσια, περιμένετε εδώ όσο εγώ θα τρυπώσω μέσα για λίγο».

Μόνες, τοποθετημένες ακριβώς μπροστά στις σταφίδες, ήταν σαν να μας φώναζαν με τα ονόματά μας. Τριγυρνούσαμε. Περιμέναμε. Προσπαθήσαμε να μην ακούσουμε τους ψιθύρους των φραγκοστάφυλων. Μας κάλεσαν να διαλέξουμε μία. Να δοκιμάσουμε.

«Αυτό είναι τρελό», είπε η Σάντρα. Άνοιξε και έκλεισε τις γροθιές της. Γύρισε και κοίταξε τους θάμνους της μαύρης σταφίδας.

Γύρισα κι εγώ. «Συμφωνώ. Αλλά αν περιμένουμε τις μαύρες σταφίδες, θα βγάλουμε αρκετά χρήματα πουλώντας τις σε ένα απόγευμα».

«Σωστά», είπε η Σάντρα, καθώς κοίταζε τις συστάδες των φρούτων. «Αλλά πρέπει να έχω ένα»

«Μην το κάνεις», είπα.

«Μα δεν θα το μάθει ποτέ!»

«Εντάξει, ας διαλέξουμε ένα μούρο».

«Μα είναι τόσο μικρά».

Η Σάντρα διάλεξε ένα και το ίδιο έκανα κι εγώ. Το έβαλα στο στόμα μου και η γλυκιά και ξινή γεύση του με έκανε να θέλω άλλο ένα. Και άλλο ένα. Πιάσαμε μια χούφτα και τα πετάξαμε στο στόμα μας. Ο χυμός της σταφίδας κάλυψε τη γλώσσα μου.

Η κυρία Βιρτζίνια επέστρεψε στον κήπο.

Πρέπει να ήμασταν πολύ ωραίο θέαμα. Η Σάντρα με το χυμό μουτζουρωμένο στο πρόσωπό της και στο φόρεμά της. Εγώ να κρύβω τα χέρια μου στις τσέπες μου.

Η δεσποινίς Βιρτζίνια δεν θύμωσε μαζί μας. Αντίθετα, είπε, «Ω, κοίτα το όμορφο φόρεμά σου». Κούνησε το κεφάλι της. Απομακρύνθηκε. «Αυτά για σήμερα κορίτσια. Τώρα εσείς οι δύο πηγαίνετε στο σπίτι σας».

«Μα, δεσποινίς Βιρτζίνια. Τι θα γίνει με τις μαύρες σταφίδες;»

«Ναι», είπε η Σάντρα, "Λυπούμαστε που δεν περιμέναμε, αλλά μας φώναζαν".

Η δεσποινίς Βιρτζίνια γέλασε. «Θυμάμαι όταν φώναζαν εμένα και τις αδελφές μου».

Έγινε πάλι θλιμμένη και το στομάχι μου έκανε εκείνο το αστείο πράγμα. «Και οι φωτογραφίες;»

Η δεσποινίς Βιρτζίνια μας ζήτησε να πάρουμε τις θέσεις μας και μετά είπε: «Πείτε τυρί». Μετά από μερικές φωτογραφίες ρώτησε: «Γιατί ενδιαφέρεστε τόσο πολύ για τις μαύρες σταφίδες μου, τέλος πάντων;».

Η Σάντρα ψιθύρισε στο αυτί μου και συμφωνήσαμε να της τα πούμε όλα.

«Δεσποινίς Βιρτζίνια, θέλουμε να κερδίσουμε αρκετά χρήματα για να ανταλλάξουμε βραχιόλια φιλίας. Τα είδαμε στην αγορά και κοστίζουν ένα τέταρτο το κομμάτι», είπε η Σάντρα.

«Η κυρία στην αγορά τα φτιάχνει μόνη της. Είπε ότι θα μπορούσαμε να κάνουμε μια τελετή φιλίας και μετά θα είμαστε οι καλύτεροι φίλοι για μια ζωή».

Η δεσποινίς Βιρτζίνια δεν μίλησε στην αρχή. Αντ' αυτού, βγήκε έξω από την πύλη και την ακολουθήσαμε. Σταμάτησε και άγγιξε τα πρόσωπα των ηλιοτρόπιων, σαν τα λουλούδια να ήταν παλιοί φίλοι. Φαινόταν χαμένη στις σκέψεις της.

Αναρωτήθηκα αν ζητούσαμε πολλά, ενώ προσφέραμε πολύ λίγα σε αντάλλαγμα.

«Ελάτε μαζί μου», είπε η δεσποινίς Βιρτζίνια καθώς άρχισε να μαζεύει πικραλίδες. Όταν τα χέρια της γέμισαν, έδωσε μερικές στη Σάντρα και μάζεψε κι άλλες και τις έδωσε σε μένα. Δεν είχε τελειώσει ακόμα, μάζεψε κι άλλες και τις κράτησε στο μπροστινό μέρος του φορέματός της. Κάθισε κάτω και έφτιαξε ένα σωρό από αυτές που είχε μαζέψει. Μας ζήτησε να συνδυάσουμε τα δικά μας λουλούδια με τα δικά της. Καθίσαμε κι εμείς, η Σάντρα από τη μια πλευρά και εγώ από την άλλη.

Η δεσποινίς Βιρτζίνια πήρε ένα λουλούδι, μετά ένα άλλο. Παρακολουθούσαμε καθώς έβαζε το νύχι της στα κοτσάνια και άφηνε το γάλα της πικραλίδας να τρέξει. Παρόλο που τα δάχτυλά της άρχισαν να κολλάνε, συνέχισε να τα δένει μεταξύ τους δημιουργώντας μια σειρά από πικραλίδες. Τελείωσε μια σειρά και μετά ξεκίνησε μια άλλη.

«Βλέπεις αυτή τη γαλακτώδη ουσία;» ρώτησε η δεσποινίς Βιρτζίνια. Κουνήσαμε το κεφάλι. «Τι νομίζετε ότι είναι;»

«Είναι αίμα;» ρώτησε η Σάντρα.

Αναρωτήθηκα κι εγώ γι' αυτό, αλλά δεν ήθελα να το πω, γιατί δεν είχα ξανακούσει για λευκό αίμα. Δεν τόλμησα να μαντέψω και αντ' αυτού σήκωσα τους ώμους.

«Έχετε ακούσει κορίτσια για το λάτεξ;»

Κουνήσαμε τα κεφάλια μας.

«Το χρησιμοποιούν για να φτιάχνουν καουτσούκ».

«Εννοείς όπως η λαστιχένια μπάλα μου στην Ινδία;»

«Αναπηδάει πολύ ψηλά!» Η Σάντρα είπε.

«Ναι, κορίτσια, το καταλάβατε. Γι' αυτό είναι τόσο κολλώδης». Συνέχισε να δένει τα λουλούδια μεταξύ τους. «Τα φτιάχναμε αυτά, οι αδελφές μου και εγώ, όταν ήμασταν στην ηλικία σας».

«Τι τους συνέβη, εννοώ στις αδελφές σου;» ρώτησε η Σάντρα.

«Βρίσκονται στον παράδεισο», είπε, καθώς άρχισε να δένει ένα τρίτο κορδόνι λουλουδιών.

«Τουλάχιστον είναι μαζί».

Η δεσποινίς Βιρτζίνια μου χάιδεψε το χέρι. «Είσαι πολύ ώριμη για την ηλικία σου, έτσι δεν είναι; Είπες ότι μόλις έκλεισες τα επτά σου χρόνια;»

«Το είπα.»

«Και εσύ Σάντρα;»

«Κι εγώ είμαι επτά χρονών».

Η δεσποινίς Βιρτζίνια κοίταξε τον ουρανό και για λίγες στιγμές παρακολουθήσαμε τα σύννεφα να πλέουν από πάνω μας.

«Αυτό μοιάζει με αρκούδα», είπα δείχνοντας προς τα πάνω.

«Κι αυτό μοιάζει με μια μεγάλη μάζα από τίποτα», είπε η Σάντρα.

Γελάσαμε. Η δεσποινίς Βιρτζίνια είχε ένα υπέροχο γέλιο. «Τώρα, ποιος είναι πρώτος;» ρώτησε, και καθώς ήμουν πιο κοντά της, μου έπιασε το χέρι. Τοποθέτησε τη σειρά από λουλούδια γύρω από τον καρπό μου και έκλεισε τον κύκλο: ήταν ένα βραχιόλι. Έκανε το ίδιο στον καρπό της Σάντρα, και μετά έκλεισε τον τρίτο γύρω από τον δικό της.

«Αχ», είπε η δεσποινίς Βιρτζίνια παρατηρώντας ότι της είχαν μείνει αρκετές πικραλίδες. Άρχισε να τα δένει με κορδόνι μέχρι που δεν της είχε μείνει κανένα. Σηκώθηκε όρθια. Σηκωθήκαμε κι εμείς.

Η δεσποινίς Βιρτζίνια τοποθέτησε το κορδόνι με τα λουλούδια στο κεφάλι της Σάντρα. «Λέγεται γιρλάντα», είπε. «Θέλεις κι εσύ μια;»

«Όχι, ευχαριστώ», είπα.

«Θα μπορούσα να σου φτιάξω ένα όμορφο κολιέ;»

Κοίταξα τα πόδια μου. «Δεν θα ήθελα να χρησιμοποιήσω όλες τις πικραλίδες. Τις χρειάζεσαι για το κρασί».

Η Σάντρα σταύρωσε τα μάτια της και έβγαλε τη γλώσσα της.

Η δεσποινίς Βιρτζίνια δεν έδωσε καμία σημασία στο πρόσωπο που τράβηξε η Σάντρα.

«Ω, δεν είναι καθόλου δύσκολο», είπε η δεσποινίς Βιρτζίνια, "μου έχουν μείνει μερικές από πέρυσι", και άρχισε να μαζεύει. Συμμετείχαμε κι εμείς και με τις τρεις μας να δουλεύουμε μαζί, σε λίγο καιρό φορούσα ένα όμορφο ηλιόλουστο ντεκολτέ. Όταν στριφογύριζα, στριφογύριζε κι αυτό.

Ικανοποιημένοι με τα στολίδια μας, η Σάντρα και εγώ δεν βιαστήκαμε να φύγουμε και περάσαμε το απόγευμα ξεριζώνοντας ζιζάνια και τακτοποιώντας τον κήπο.

Όταν έφτασε σχεδόν η ώρα του δείπνου, είπαμε ότι έπρεπε να φύγουμε.

«Περιμένετε εδώ μια στιγμή», είπε η δεσποινίς Βιρτζίνια. Επέστρεψε με μια πετσέτα, ένα μπολ γεμάτο νερό και το πορτοφόλι της. «Μπορώ;

Όταν η Σάντρα έγνεψε, η δεσποινίς Βιρτζίνια βούτηξε το πανί στο νερό και σήκωσε τον λεκέ από το φόρεμα της Σάντρα. «Θα στεγνώσει όσο θα περπατάς μέχρι το σπίτι». Χρησιμοποίησε το πανί για το πλύσιμο των χεριών και των προσώπων μας.

«Σας ευχαριστώ», είπαμε.

«Α, και κάτι ακόμα», έβαλε το χέρι της στο πορτοφόλι της και μας έδωσε δύο κέρματα.

Θα μπορούσαμε τελικά να αγοράσουμε τα βραχιόλια φιλίας!

Χωρίς δισταγμό ή συνεννόηση, αρνηθήκαμε με ευγνωμοσύνη.

Η δεσποινίς Βιρτζίνια δεν φάνηκε να ενοχλείται. «Τα λέμε του χρόνου», είπε πριν κλείσει την εξώπορτα.

Τραβήξαμε το άδειο βαγόνι κατά μήκος του κακοτράχαλου δρόμου, κρατώντας προσεκτικά το χερούλι για να μην καταστρέψουμε τα βραχιόλια μας.

«Ίσως του χρόνου;» ρώτησε η Σάντρα.

«Ναι, ίσως του χρόνου», απάντησα. «Τώρα, πάμε να πάρουμε αυτό το καρβέλι ψωμί».

Η Σάντρα έβαλε το χέρι στην τσέπη της. Τριγύρισε τα ρέστα. «Μην ξεχάσεις το παγωτό μπανάνα».

Φτάνοντας στο γωνιακό μαγαζί αφήσαμε το χερούλι και τρέξαμε μέσα χωρίς να σκεφτούμε τη γριά κυρία ΜακΓκουάιρ.

ΕΠΙΛΟΓΟΣ

Επέστρεψα σε αυτόν τον δρόμο με τον έφηβο γιο μου σαράντα επτά χρόνια αργότερα και, όπως μπορείτε να φανταστείτε, πολλά πράγματα είχαν αλλάξει. Κάποια προς το καλό και κάποια όχι.

Ο δρόμος δεν ήταν πλέον αδιέξοδος. Ήταν πλήρως ασφαλτοστρωμένος και διευρυμένος, ώστε να μην υπάρχουν πια χαντάκια. Τα περισσότερα από τα σπίτια είχαν ξαναχτιστεί με επένδυση από ξύλο και αλουμίνιο. Σε μερικά είχαν τοποθετηθεί δορυφορικές κεραίες.

Τώρα που ο δρόμος ήταν ανοιχτός, ένας νέος δρόμος, πολλά σπίτια, ένας πύργος κινητής τηλεφωνίας και μια υδροηλεκτρική εγκατάσταση γέμιζαν το χώρο.

Το σπίτι της δεσποινίδας Βιρτζίνια κατεδαφίστηκε και έγινε μονάδα. Ο πίσω κήπος έχει γίνει χώρος στάθμευσης.

Το σπίτι της γριάς Lady Macguire μοιάζει σχεδόν το ίδιο, αν και οι κουρτίνες έχουν αντικατασταθεί με πατζούρια Καλιφόρνιας.

Η Σάντρα κι εγώ χωρίσαμε τους δρόμους μας όταν η οικογένειά της μετακόμισε στον Βορρά. Επέστρεψε στο σπίτι της το 1975 και πήγαμε να δούμε την ταινία « Τα σαγόνια του καρχαρία». Μετά από αυτό χάσαμε επαφή.

Το κόκκινο βαγόνι μου πέρασε στα αδέλφια μου και στις αδελφές μου, και στη συνέχεια στα ξαδέλφια μου. Αν μπορούσε να μιλήσει, θα είχε πολλές υπέροχες ιστορίες να πει.

Και μόνο η αναφορά της μαύρης σταφίδας με γυρίζει πίσω στο καλοκαίρι του '67.

ΤΟ ΠΙΟ ΛΑΜΠΡΌ ΑΣΤΈΡΙ

ΉΤΑΝ ΑΡΓΆ ΤΟ ΒΡΆΔΥ και ένα νεαρό ζευγάρι στεκόταν κάτω από την κουβέρτα του ανεμπόδιστου νυχτερινού ουρανού. Πίσω τους ένα τείχος από ευωδιαστά αειθαλή δέντρα φύλαγε τα όρια.

Κάτω από την πανσέληνο, ο Γουίλιαμ και η Λίντα προσγειώνονταν κρατώντας τα χέρια τους, παρόλο που τα μάτια και το πνεύμα τους ήταν απορροφημένα από τα αστέρια.

Ο μεταμεσονύχτιος ουρανός άπλωνε τα χέρια του ορθάνοιχτα από πάνω τους. Μέσα στην αγκαλιά της σκοτεινής νύχτας, χόρευαν αργά στο επιλεγμένο ρεπερτόριο του βόρειου κοτσύφιου, ενώ τα αστέρια και οι πυγολαμπίδες έσπρωχναν για την προσοχή τους.

Το ζευγάρι ένιωθε σαν να ήταν τα δύο μοναδικά ζωντανά όντα που είχαν απομείνει στη γη. Μαζί βρίσκονταν στην άκρη του κόσμου, παρατηρώντας ακούγοντας, παντρεμένοι με τον ουρανό και αφού το Mockingbird έφυγε με τα φτερά του, με τους διεγερτικούς ήχους της σιωπής.

Μέχρι που ένα μοναχικό αστέρι φούντωσε, ακριβώς μπροστά τους τραβώντας την προσοχή στον εαυτό του. Ένα πεφταστέρι. Πέφτει. Κάνοντας μια διαδρομή στον ουρανό. Τσουρουφλίζοντας, μέσα σε ένα αόρατο ηλεκτρικό ρεύμα, επιταχυνόμενο, πέφτοντας.

«Ακούστε, το ακούσατε αυτό;» ρώτησε ο Γουίλιαμ.

«Ναι, ακούστηκε σαν άγγελοι, που χτυπούσαν τα φτερά τους», απάντησε η Λίντα.

Παρακολουθούσαν καθώς προχωρούσε, άλλαζε πορεία και μετά εξαφανιζόταν πίσω από ένα σύννεφο. Η εμπειρία του να το δουν, να το μοιραστούν, έκανε το ζευγάρι να νιώσει σαν να ήταν μέρος κάποιου μεγαλύτερου από την ύπαρξή του, κάτι απόκοσμο.

Όλοι γεννηθήκαμε από αστρόσκονη. Συνδεδεμένοι για πάντα, τόσο οι ζωντανοί όσο και οι νεκροί.

Όταν το αστέρι δεν ήταν πλέον ορατό, το ζευγάρι κάθισε μαζί και περίμενε να συμβεί κάτι άλλο. Κανείς τους δεν μίλησε, γιατί κρατούσαν την ανάμνηση, αναμειγνύοντας συναισθήματα και αισθήσεις. Πλαισίωναν τη στιγμή στο μυαλό τους για πάντα.

Η Λίντα και ο Γουίλιαμ ήξεραν ένα πράγμα σίγουρα, η φύση ήταν το κλειδί. Τις μέρες που όλα έμοιαζαν αδύνατα, που η ζωή ήταν αβίωτη - η πνευματική σύνδεση με τα στοιχεία τους θεράπευε. Τους έδινε ελπίδα και ανύψωνε τις καρδιές, το μυαλό και το σώμα τους.

«Έκανες κάποια ευχή;» ρώτησε η Λίντα, καθώς ένα σμήνος από Canada Geeze κορνάριζε στον ουρανό.

«Όχι, έχω ήδη εσένα», απάντησε ο Γουίλιαμ καθώς μάζευε τη Λίντα στην αγκαλιά του. Το νεαρό ζευγάρι συνέχισε να ατενίζει τον ουρανό μέχρι που οι χήνες δεν φαίνονταν ούτε ακούγονταν πια.

Η Λίντα και ο Γουίλιαμ είχαν περάσει τόσα πολλά μαζί και όμως, για τον καθένα, ο άλλος ήταν αρκετός.

«Ξέρεις, θα μπορούσα να κάθομαι εδώ για πάντα μαζί σου Γουίλιαμ και να αφήνω τον κόσμο να περνάει. Δεν αισθάνομαι ότι χάνω τίποτα και μου αρέσει όταν ο κόσμος είναι ήσυχος και είναι σχεδόν σαν να είμαστε εσύ κι εγώ αποκλεισμένοι σε ένα δικό μας νησί».

Ο Γουίλιαμ την αγκάλιασε όλο και πιο σφιχτά και η Λίντα καθόταν τώρα αναπαυτικά στην αγκαλιά του.

Καθώς ένωναν τα χέρια τους, μια σειρήνα ακούστηκε από μακριά. Μπήκε στιγμιαία στον μικρό τους κόσμο, ώσπου ο Γουίλιαμ με ψιθυριστή φωνή άρχισε να απαγγέλλει το αγαπημένο του ποίημα του Γουόλτ Γουίτμαν:

«Όταν άκουσα τον μαθητευόμενο αστρονόμο,όταν οι αποδείξεις, τα στοιχεία, ήταν τοποθετημένα σε στήλες μπροστά μου,όταν μου έδειξαν τους χάρτες και τα διαγράμματα, για να τα προσθέσω, να τα διαιρέσω και να τα μετρήσω,όταν ανακατεύοντας άκουσα τον αστρονόμο όπου έδωσε διάλεξη με πολύ χειροκρότημα στην αίθουσα διαλέξεωνΠόσο σύντομα ανεξήγητα κουράστηκα και αρρώστησαΜέχρι που σηκώθηκα και γλίστρησα έξω περιπλανήθηκα μόνος μουΣτον μυστικιστικό υγρό νυχτερινό αέρα, και από καιρό σε καιρό,κοίταζα με απόλυτη σιωπή τα αστέρια». *

Μια σειρήνα ούρλιαξε από μακριά, διακόπτοντας τη στιγμή. Ακολουθούμενη από μια άλλη και μια τρίτη. Ο απόηχος διέσπασε την ηρεμία, αλλά μόνο για ένα φευγαλέο χρονικό διάστημα, όπως το αστέρι. Ένα ουρλιάζει, ένα καίγεται. Και οι δύο ήθελαν να πάνε κάπου - γρήγορα. Ο πρώτος ένας άσχημος, σκληρός ήχος, ένας ήχος που σήμαινε κίνδυνο και χάος. Ένας συνάνθρωπος χρειαζόταν βοήθεια, αμέσως. Ο δεύτερος, ένα αστέρι, με όμορφα αγγελικά φτερά που χτυπούσαν, πέθαινε. Τέλος.

Τέτοια είναι η ζωή και τέτοιος είναι ο θάνατος. Όλοι τελειώνουμε με τον ίδιο τρόπο, όσο κι αν ουρλιάζουμε ή όσο κι αν προσπαθούμε να ξεχωρίσουμε, να φανούμε χρήσιμοι.

Το ζευγάρι παρέμεινε καθιστό, εντελώς χαμένο στη στιγμή. Μοιράζονταν κάθε ανάσα καθώς η νύχτα ξεδιπλωνόταν γύρω τους. Οι γρύλοι κελαηδούσαν και τα κουνούπια βούιζαν. Τα δέντρα βογκούσαν, εκφράζοντας την αγανάκτησή τους στον άνεμο που τα ξύπνησε πρόωρα.

Η Λίντα θυμήθηκε τη μέρα που πρωτογνώρισε τον Γουίλιαμ. Ήταν στο λύκειο και ήταν δεκαέξι χρονών. Η Λίντα ήταν το νέο παιδί, από μια στρατιωτική οικογένεια που μετακόμιζε συνέχεια. Παρόλα αυτά, δεν είχε ποτέ πρόβλημα να ενταχθεί ή να κάνει φίλους, επειδή ήταν γλυκιά και όμορφη και οι άνθρωποι την έλκυαν. Την πρώτη μέρα που είδε τον Γουίλιαμ στο γήπεδο ποδοσφαίρου, ήξερε ότι ήταν ο κατάλληλος γι' αυτήν. Έριξε μια ματιά προς το μέρος της, χαμογέλασε και κάποια στιγμή αργότερα της ζήτησε να βγούμε. Πολύ σύντομα έγιναν ζευγάρι, οι αγαπημένοι του λυκείου. Προορισμένοι να είναι μαζί για πάντα.

Ο Γουίλιαμ ήταν μοναχοπαίδι και η πρώτη του αγάπη ήταν ο αθλητισμός. Ήλπιζε ότι θα έπαιρνε δωρεάν υποτροφία για ποδόσφαιρο σε ένα από τα καλύτερα πανεπιστήμια μετά την αποφοίτησή του. Όταν δεν έκανε προπόνηση, έπαιζε. Δεν ήταν λόγιος, κάθε άλλο, αλλά θαύμαζε την απαιτητική δουλειά και ήταν άριστος κριτής χαρακτήρων. Μια μέρα εντόπισε τη Λίντα να πασχίζει να ανοίξει την κλειδαριά του ντουλαπιού της. Προσφέρθηκε να βοηθήσει, αλλά άνοιξε αμέσως μόλις της το ζήτησε. Μετά από εκείνη τη μέρα, ήθελε να της ζητήσει να βγείτε, αλλά δεν το έκανε μέχρι τη μέρα που αντάλλαξαν ματιές στο γήπεδο ποδοσφαίρου. Όταν του χαμογέλασε, ήξερε ότι ήταν η μοναδική.

Δυστυχώς, οι επαγγελματικές τους πορείες τους τράβηξαν σε διαφορετικές κατευθύνσεις. Ήταν ένας δακρύβρεχτος αποχαιρετισμός και για τους δύο. Και οι δύο υποσχέθηκαν να έρχονται στο σπίτι κάθε Σαββατοκύριακο και να κρατούν επαφή κάθε μέρα. Στην αρχή, έστελναν μηνύματα και τηλεφωνούσαν καθημερινά, μετά άλλαξε σε κάθε δεύτερη μέρα και μετά σε εβδομαδιαία. Ήταν εντάξει όμως, γιατί εξακολουθούσαν να έρχονται στο σπίτι κάθε Σαββατοκύριακο, για να βλέπουν ο ένας τον άλλον για να είναι μαζί. Η απομάκρυνση και η επανασύνδεση, τους έκανε πιο δυνατούς και συνδεδεμένους.

Τότε κάτι συνέβη, κανείς από τους δύο δεν ήξερε τι ήταν σίγουρα. Ίσως ήταν πολύ απασχολημένοι, ή ίσως το να είναι χώρια έγινε ο νέος κανόνας.

Ένιωθαν μοναξιά ο ένας για την παρέα του άλλου αλλά δεν μπορούσαν να την έχουν, άρχισαν να βλέπουν άλλους ανθρώπους. Συμφώνησαν να βλέπουν άλλους ανθρώπους, για να δοκιμάσουν τα νερά, ας πούμε.

Ο Γουίλιαμ έβγαινε μια ή δύο φορές, αλλά όποιον κι αν έβλεπε, το μόνο που σκεφτόταν ήταν η Λίντα. Αναρωτιόταν τι έκανε και με ποιον ήταν. Προσπαθούσε να μη νοιάζεται, όταν οι άνθρωποι μιλούσαν γι' αυτήν ή την έβλεπαν σε ραντεβού, αλλά τον ένοιαζε - την αγαπούσε - ήταν τα πάντα γι' αυτόν - αλλά αν ήταν ευτυχισμένη, ήταν αρκετά άντρας για να κάνει πίσω και να της δώσει χρόνο να καταλάβει αυτό που ήδη ήξερε.

Η Λίντα έβγαινε επίσης ραντεβού, ήταν εντυπωσιακή και έξυπνη. Προσπάθησε να διώξει τον Γουίλιαμ και τις σκέψεις γι' αυτόν από το μυαλό της. Δοκίμασε τα πάντα, έβγαινε με άντρες που ήταν διαφορετικοί από τον Γουίλιαμ, αλλά πάντα κάτι της έλειπε. Όταν άκουσε ότι έβγαινε με άλλες γυναίκες, έβγαλε το πηγούνι της και είπε: «Αν αυτός μπορεί να το κάνει, τότε μπορώ να το κάνω κι εγώ». Μια από τις φίλες της, που ήθελε κρυφά τον Γουίλιαμ για τον εαυτό της, την περιφρόνησε και η Λίντα συνέχισε να βλέπει έναν άντρα που ήξερε ότι δεν ήταν γι' αυτήν. Στην πραγματικότητα, κανένας από τους άντρες δεν μπορούσε να φτάσει τον Γουίλιαμ, γιατί εκείνη αγαπούσε αυτόν και μόνο αυτόν. Η καρδιά της δεν μπορούσε να αγαπήσει κανέναν άλλο.

Τότε πήγε στο σπίτι της, και ο Γουίλιαμ ήταν επίσης στο σπίτι, και έτρεξαν ο ένας στον άλλο όπως έκαναν οι ηθοποιοί στις ταινίες και ορκίστηκαν ότι μόλις αποφοιτήσουν, δεν θα ξαναχωρίσουν ποτέ. Και έτσι έγινε.

Δεκαπέντε χρόνια αργότερα, ακόμα παντρεμένοι. Ακόμα μαζί.

Ακόμα και όταν έχασαν τις δουλειές τους. Το να δουλεύουν στην ίδια εταιρεία είχε τα πλεονεκτήματά του, αλλά όχι όταν η οικονομία πήγαινε χάλια και ήταν τελευταίοι μέσα πρώτοι, έξω. Η Λίντα απολύθηκε πρώτη και έψαξε να βρει άλλη δουλειά, αλλά με το μωρό να είναι καθ' οδόν αποφάσισαν να παραμείνουν στην ίδια εταιρεία, με τον Γουίλιαμ να εργάζεται με πλήρη απασχόληση και να έχει πλήρη ιατροφαρμακευτική περίθαλψη και τη Λίντα να μένει στο σπίτι μέχρι ο γιος τους να είναι αρκετά μεγάλος για να παρακολουθήσει τον παιδικό σταθμό (τον οποίο η εταιρεία είχε στο χώρο της.)

Αντί η οικονομία να βελτιωθεί, χειροτέρεψε και σύντομα ο Γουίλιαμ έμεινε κι αυτός άνεργος. Και οι δύο έκαναν περιστασιακές δουλειές, όπου και όποτε μπορούσαν, μοιράζοντας τη φροντίδα του γιου τους, καθώς η πρόσληψη μπέιμπι σίτερ θα ήταν πολύ δαπανηρή και χρειάζονταν κάθε δεκάρα για να συνεχίσουν να πληρώνουν το στεγαστικό τους δάνειο.

Όταν δεν βρέθηκαν δουλειές, έχασαν το σπίτι τους. Υποθηκευμένο μέχρι τέλους, όπως όλοι οι φίλοι τους και μετά, άστεγοι. Ζούσαν στο αυτοκίνητό τους για μερικούς μήνες, μέχρι που οι πιστωτές τους εντόπισαν και τους το κατέσχεσαν κι αυτό.

Έμειναν μαζί, δυνατοί. Προσκολλημένοι ο ένας στον άλλο.

Όταν έχασαν τον γιο τους, τα πάντα δοκιμάστηκαν. Χωρίς ασφάλεια υγείας, χωρίς σπίτι, χωρίς διεύθυνση. Ένας ιός, μια γρίπη, μια πνευμονία και μια νύχτα, έφυγε.

Η απώλειά του, σχεδόν τους οδήγησε στα άκρα. Ταλαιπωρήθηκαν και ταλαντεύτηκαν, καθώς τα κύματα της απελπισίας τους παρέσυραν προς τα κάτω, και τα μπουκάλια με το αλκοόλ που αυτοθεραπεύονταν τους τράβηξαν για λίγες στιγμές και μετά τους έριξαν στο βούρκο και παραλίγο να τους διαλύσουν. Τώρα το μόνο που είχαν ήταν οι αναμνήσεις του αγοριού τους και μια φωτογραφία πλαισιωμένη σε μια πλαστική σχισμή στο κέντρο ενός μαξιλαριού, το οποίο κουβαλούσαν σε ένα σακίδιο πλάτης μαζί με μια αλλαξιά ρούχα, είδη υγιεινής και ένα ρολό χαρτί υγείας.

Τότε ανακάλυψαν μια σύνδεση με τον γιο τους μέσω της φύσης. Περπατούσαν, όλο και πιο ψηλά, νιώθοντας την παρουσία του σε σχέση με τον ουρανό. Δεν χρειάζονταν τροφή ή όταν το έκαναν, έβρισκαν κάτι στη φύση. Κάνοντας μπάνιο στα ρυάκια, τρώγοντας μήλα και άγρια μούρα. Πικραλίδες και άγρια σπαράγγια. Φιδόκεφα και κρεμμυδάκια. Νεροκάρδαμο και άγριο ρύζι. Όλες οι λιχουδιές που μπορούσαν να συλλέξουν και να ετοιμάσουν χωρίς τίποτα πρόχειρο. Και το νερό, ρουφούσαν την πρωινή δροσιά από τα φύλλα των δέντρων και όταν έβρεχε, άνοιγαν το στόμα τους στον ουρανό και έπιναν το ποτό τους.

Και βρήκαν αυτό το σημείο, ψηλά πάνω από τα φώτα της πόλης. Μακριά από πειρασμούς και ηχορύπανση. Περιτριγυρισμένοι από τη φύση, όπου μπορούσαν να είναι απόλυτα μαζί. Σε ένα μέρος όπου δεν χρειαζόταν να κρυφτούν από τον πόνο, όπου η φύση τον απορρόφησε γι' αυτούς, μέσα τους.

Εκεί όπου η απλότητα ενός άστρου που κατέβαινε μπορούσε να τους αιχμαλωτίσει και να φέρει τον γιο τους πίσω σε μια στιγμή, στον θάνατο ενός νυχτερινού άστρου.

«Καλύτερα να κοιμηθούμε λίγο, μεγάλη μέρα αύριο», είπε ο Γουίλιαμ, καθώς τέντωσε τα χέρια του και χασμουρήθηκε.

«Δεν θα ήθελα να δω αυτό το τέλος όμως».

Ένα κουνέλι χοροπηδούσε στο γρασίδι, σταματώντας πότε πότε για να μυρίσει τον αέρα. Τα στομάχια τους γκρίνιαζαν, αλλά κανένας από τους δύο δεν ήταν πρόθυμος να πάρει μια ζωή για μια τροφή.

Η Λίντα έβαλε το χέρι της στο σακίδιο και έβγαλε το μαξιλάρι. Φίλησε τη φωτογραφία του γιου της και ο Γουίλιαμ έκανε το ίδιο.

Ο Γουίλιαμ χτύπησε ένα σημείο για τον εαυτό του και μετά ένα σημείο για τη Λίντα.

Η Λίντα ξεφούσκωσε το μαξιλάρι. Εκείνη και το τοποθέτησε στο έδαφος όπου ακούμπησε το μάγουλό της πάνω στη φωτογραφία του γιου της. Ο Γουίλιαμ έκανε το ίδιο.

Αγκαλιάστηκαν σφιχτά μεταξύ τους, σαν δύο κουτάλια.

Καθώς ο Γουίλιαμ ήταν στο πίσω μέρος, ξεδίπλωσε προσεκτικά τις σελίδες της εφημερίδας, Μια ριπή ανέμου τους μηδένισε, κάνοντας γνωστή την παρουσία της. Ο Γουίλιαμ κρατούσε τις εφημερίδες κοντά στο στήθος του, προστατεύοντάς τες σαν να ήταν πιο πολύτιμες κι από χρυσό.

Όταν ο αέρας ηρέμησε ξανά, ο Γουίλιαμ σκέπασε τη Λίντα με την πρώτη και τη δεύτερη σελίδα, και στη συνέχεια κάλυψε το κενό με την επικάλυψη της τρίτης και της τέταρτης.

Αγκαλιάστηκαν πιο κοντά. Όσο πιο κοντά μπορούσαν να είναι δύο άνθρωποι.

«Καληνύχτα, αγάπη μου», είπε.

«Καληνύχτα αγάπη», απάντησε εκείνη.

Υποσημείωση: *When I Heard the Learn'd Astronomer του Walt Whitman 1865

Η ΑΠΟΚΆΛΥΨΗ ΤΗΣ Μ'ΑΡΓΚΑΡΕΤ

Η ΆΝΟΙΞΗ ΗΤΑΝ ΣΤΟΝ αέρα. Παρόλα αυτά, η Μάργκαρετ δεν μπορούσε να βγει από τη δυσφορία της.

Όταν τα συναισθήματα την κατέκλυζαν, η Μάργκαρετ αγκάλιαζε τον εαυτό της, επειδή κανείς άλλος δεν προσφερόταν να την αγκαλιάσει. Οι φίλοι της έλεγαν ότι το ξεπερνούσε. Έπρεπε να μιλήσει. Να ζητήσει, όχι να απαιτήσει αυτό που χρειαζόταν. Της είπαν ότι δεν έπρεπε να περιμένει από τον σύζυγό της να έχει Ε.Σ.Π.

Τέτοιες στιγμές, η Μάργκαρετ στριφογύριζε σε μια φανταστική χνουδωτή μπάλα, σαν μαμά αρκούδα. Μετά τεντωνόταν και χασμουριόταν, σαν να ξυπνούσε από μια μακρά χειμερία νάρκη.

Πιες άλλο ένα ποτό, έλεγαν, λες και αν μεθύσει θα καλυτερέψουν τα πράγματα.

Η Μάργκαρετ λαχταρούσε μια νέα αρχή. Μια εποχιακή αναγέννηση, κατά την οποία θα μπορούσε να ξανασυνδεθεί με τον πυρήνα του εαυτού της για άλλη μια φορά.

***

Στις 5 το πρωί σε ένα δυτικό προάστιο του Τορόντο, κοντά στη λίμνη Οντάριο, τα πουλιά είχαν επιστρέψει από τις χειμερινές τους διακοπές. Μερικά παρέμεναν καθ' όλη τη διάρκεια του έτους - αυτά τα θεωρούσε ως τους παντός καιρού φίλους της. Είχαν ήδη απογυμνώσει τον θάμνο Huckleberry. Για να τα φέρει πίσω, η Μάργκαρετ γέμισε τις ταΐστρες με μαύρους ελαιούχους ηλιόσπορους.

Το χειμώνα, το ρεπερτόριο των φωνών των πουλιών κυμαινόταν από Blue Jays μέχρι καρδερίνες, περιστέρια και Killdeer. Η Μάργκαρετ περίμενε στη σιωπή κάθε πρωί να τα ακούσει να φέρνουν τις νέες μέρες. Αναζωογονημένη στο σώμα και στο μυαλό, έκλεινε τα μάτια της και ξανακοιμόταν. Μέχρι που διαφωνούσες φωνές την ξύπνησαν.

Ήταν ο έφηβος γιος της εναντίον του συζύγου της. Παρόλο που μοιράζονταν το ίδιο αίμα, οι ορμόνες τους διαγωνίζονταν για την κυριαρχία και έπαιρναν τα κέρατα τους - ειδικά πρωί-πρωί.

Η Μάργκαρετ και ο Μάικλ Λίντστρομ παντρεύτηκαν πριν από δεκατρία χρόνια και ο γιος τους, δεκατριών πλέον ετών, γεννήθηκε λίγο αργότερα. Κάποιοι είπαν ότι το ζευγάρι έπρεπε να παντρευτεί, αλλά δεν τους αφορούσε καθόλου.

Είχαν γνωριστεί σε ένα ραντεβού στα τυφλά και τα βρήκαν αμέσως. Ο Μάικλ ήταν στέλεχος στη βιομηχανία μεταφορών. Η Μάργκαρετ έκανε δύο δουλειές, ενώ παράλληλα φοιτούσε στο κολλέγιο για να αποκτήσει πτυχίο στη γραφιστική.

Ο Μάικλ δούλευε πολλές ώρες. Με τη Μάργκαρετ να σπουδάζει και να καλύπτει δύο δουλειές, το ζευγάρι δεν έβλεπε συχνά ο ένας τον άλλον. Αλλά όταν το έκαναν, οι σπίθες πετούσαν. Ο έρωτας ήταν στον αέρα. Εντελώς άγνωστοι τους πλησίαζαν, σχολιάζοντας πόσο ερωτευμένοι φαίνονταν, και ο ήλιος δεν παρέλειπε ποτέ να λάμπει όταν έβγαιναν βόλτα πιασμένοι χέρι-χέρι.

Οι φίλοι της Μάργκαρετ ζήλευαν που είχε σταθερό φίλο και ανησυχούσαν. Με το φορτωμένο πρόγραμμα εργασίας τους, μόλις και μετά βίας είχαν χρόνο για μια περιπέτεια, πόσο μάλλον για μια ολοκληρωμένη σχέση με έναν μεγαλύτερο άνδρα.

«Απλά διασκεδάστε χωρίς προσδοκίες», συμβούλευε η Άναμπελ, αν και η ίδια για να αποφύγει τις περιπλοκές είχε μια πολιτική ανοιχτών θυρών που της επέτρεπε να αλλάζει συντρόφους με το παραμικρό.

«Αλλά μου αρέσει. Εννοώ ότι μου αρέσει πραγματικά », απάντησε η Μάργκαρετ.

«Αν είναι γραφτό να γίνει, μπορεί να περιμένει μέχρι να αποφοιτήσεις», είπε η Lizzy, που ήταν στο παιχνίδι του Πανεπιστημίου για μεγάλο χρονικό διάστημα. Ακολουθούσε το πτυχίο Bachelor of Science στην Αστροφυσική, στη συνέχεια προχωρούσε στο Master of Science και ακόμα αποφάσιζε τι πτυχίο θα πάρει μετά την αποφοίτησή της. «Είναι μεγάλος, αλλά όχι αρχαίος και είναι απίθανο να τα παρατήσει σύντομα».

Είναι ευγενικός, ευγενικός και στοχαστικός. Επιπλέον, με έχει καλέσει σε μια συναυλία εργασίας για να γνωρίσω τους συναδέλφους του. Λέει ότι θέλει να μου κάνει επίδειξη». Χαμογέλασε.

«Έχεις ήδη αρκετά στο κεφάλι σου με το να δουλεύεις δύο δουλειές και να παίρνεις το πτυχίο σου», πρότεινε η Άναμπελ. «Για να μην αναφέρω ότι είσαι πολύ νέα για να δεσμευτείς. Εκτός κι αν οι δυο σας το θέλετε αυτό». Χλεύασε και τσίμπησε τα ποτήρια με τη Λίζι.

«Θα μπορούσα να πω όχι, υποθέτω», είπε η Μάργκαρετ, προσθέτοντας λίγο ακόμα κρασί στο ποτήρι της.

«Πράγμα που δεν θέλεις να κάνεις», είπε η Lizzy. «Εγώ λέω να πας. Να γνωρίσεις όλους τους βαρετούς ανθρώπους με τους οποίους δουλεύει κάθε μέρα. Σίγουρα θα σε θεραπεύσει από τις όποιες ψευδαισθήσεις έχεις γι' αυτόν - αν τίποτα άλλο δεν το κάνει».

Η Μάργκαρετ αναστέναξε και επέστρεψε στις μελέτες της. Δεν ήταν τόσο μεγάλος και δεν συμπεριφερόταν σαν γέρος. Μια διαφορά επτά ετών δεν ήταν τίποτα στις μέρες μας.

Αργότερα βγήκε για δείπνο με τον Μάικλ, όπου συνάντησε μερικούς από τους συναδέλφους του στη δουλειά. Ήταν πιο κοντά στην ηλικία τους απ' ό,τι ο Μάικλ, αλλά εκείνος τα πήγαινε καλά με όλους και, παραδόξως, εκείνη πέρασε ευχάριστα. Της άρεσε όταν ο Μάικλ τη σύστησε ως κοπέλα του. Αφού το είπε, την είχε κοιτάξει σαν να περίμενε να το αντικρούσει, αντ' αυτού εκείνη του έπιασε το χέρι. Της άρεσε πολύ που ήταν μέρος της ζωής του.

Λίγο καιρό μετά τη συναυλία στη δουλειά, ο Μάικλ κάλεσε τη Μάργκαρετ να τον ακολουθήσει σε ένα επαγγελματικό ταξίδι εκτός πόλης. Εκείνη αρνήθηκε, αλλά στη συνέχεια ο πειρασμός της επίσκεψης στο Σιάτλ της Ουάσινγκτον την έκανε να αμφισβητήσει την απόφασή της. Εξάλλου, μπορούσε ακόμα να σπουδάσει και ένα διάλειμμα από την καθημερινότητά της θα ήταν ευπρόσδεκτο. Αν πήγαινε, όταν επέστρεφε, θα χτυπούσε πραγματικά τα βιβλία.

«Όλα τα έξοδα είναι πληρωμένα», την εξανάγκασε ο Μάικλ. «Θα λείπω κατά τη διάρκεια της ημέρας... θα έχεις άπλετο χρόνο να μελετήσεις -στην πισίνα- στο τζακούζι».

Εκείνη κούνησε το κεφάλι της αρνητικά, αλλά μπορούσε να καταλάβει ότι αποδυναμωνόταν.

«Και θα πετάξουμε Business Class».

Λοιπόν, αυτό ήταν. Ετοίμασε μια βαλίτσα και έφυγαν για το Σιάτλ όπου, την ημέρα, μελετούσε. Τη νύχτα παρακολουθούσαν τους αγώνες των Μάρινερς ένα βράδυ, πήγαιναν στο ροκ κλαμπ Tractor Tavern ένα άλλο βράδυ. Άκουσαν τον Μπιλ Κλίντον να κάνει μια ομιλία στο κέντρο του Σιάτλ. Ανέβηκαν στο Space Needle και είδαν τα αξιοθέατα του Chihuly Garden και πήγαν στο Μουσείο Ποπ Κουλτούρας. Ήταν σαν να βρίσκονταν στο ταξίδι του μέλιτος- ο έρωτας βρισκόταν στον αέρα και συνέλαβαν τον Tommy.

Η Μάργκαρετ και ο Μάικλ δεν είχαν μιλήσει για παιδιά. Η Μάργκαρετ δεν ήξερε πώς να προσεγγίσει το θέμα. Σκέφτηκε να κάνει έκτρωση, αλλά δεν ήταν μέσα της να πληγώσει κάποιον που δεν επέλεξε να γεννηθεί. Κάλεσε τον Μάικλ σε δείπνο και έθεσε το θέμα.

«Θέλω οικογένεια, πολλά παιδιά», είπε εκείνος.

Εκείνη χαμογέλασε.

«Δεν βλέπω όμως τον εαυτό μου ως τύπο που παντρεύεται», έκανε μια παύση. «Ωστόσο, αν υπήρχε ένα παιδί, θα σκεφτόμουν να παντρευτώ. Όλα τα παιδιά αξίζουν το καλύτερο δυνατό ξεκίνημα».

«Νομίζω ότι είμαι έγκυος», ξέσπασε.

Εκείνος σιώπησε στην αρχή, μετά πετάχτηκε πάνω και την αγκάλιασε. Είπε ότι έπρεπε να το μάθουν με σιγουριά. Έκλεισε ραντεβού για να δει τον γιατρό της. Όταν εκείνος επιβεβαίωσε αυτό που ήδη ήξερε, αγκαλιάστηκαν και έκλαιγαν σαν ηλίθιοι. Ακόμα και τώρα, όταν σκεφτόταν εκείνη τη μέρα, έπρεπε να συγκρατήσει τα δάκρυα.

Παράτησε το κολέγιο όταν η πρωινή ναυτία κατέλαβε τη ζωή της. Τα μαθήματα που έχασε φαινόταν να συσσωρεύονται. Όταν ήταν ξεκάθαρο, ότι θα έπρεπε να επαναλάβει ολόκληρο το έτος, η Μάργκαρετ πήρε άδεια και συγκέντρωσε όλα όσα είχε στο μέλλον. Υπήρχαν πολλά να κάνει πριν από τον ερχομό του μωρού. Πούλησαν το διαμέρισμά του. Αγόρασαν ένα σπίτι στα προάστια και έκαναν έναν γρήγορο γάμο στο Ληξιαρχείο για να γίνουν όλα επίσημα.

Η μέλλουσα νέα μητέρα περνούσε τις μέρες της κάνοντας το σπίτι τους σπιτικό. Όταν έμαθαν ότι θα έκαναν αγόρι, η Margaret πήγε ολοταχώς μπροστά με τη δημιουργία ενός υπέροχου παιδικού δωματίου. Επέλεξαν ένα αθλητικό θέμα, μπέιζμπολ, χόκεϊ, μπάσκετ. Ακόμα και ποδόσφαιρο. Όλες οι αθλητικές δραστηριότητες που εκείνη και ο Michael απολάμβαναν να παρακολουθούν στην τηλεόραση επίπεδης οθόνης τους.

Όταν ο Μάικλ ήταν στη δουλειά, μερικές φορές η Μάργκαρετ έφτιαχνε ένα δίσκο με φαγητά όπως παγωτό, σέλινο, μανιτάρια και σάλτσα. Στη συνέχεια έπεφτε μπροστά στην τηλεόραση, έβαζε κάποια. καταπραϋντική μουσική για το μωρό και του διάβαζε. Η Μάργκαρετ είχε χάσει τον λογαριασμό πόσες φορές είχε διαβάσει το Τι να περιμένεις όταν περιμένεις στο μικρό της. Για εκείνη ήταν σαν μια βρεφική βίβλος και το μοίρασμα της γνώσης ενίσχυε ακόμη περισσότερο τη σχέση τους.

Ένα ηλιόλουστο απόγευμα, πήγε στο τοπικό βιβλιοπωλείο μεταχειρισμένων βιβλίων με μια λίστα με τα αγαπημένα βιβλία που είχε αγαπήσει ως μικρό κορίτσι. Είχε ξεχάσει να ρωτήσει τον Μαρκ ποια ήταν τα αγαπημένα του βιβλία, αλλά εκείνος δεν ήταν ποτέ μεγάλος αναγνώστης. Χρειάστηκαν δύο διαδρομές για να φέρει όλα τα βιβλία μέσα. Κάθισε στο καναπέ, με τις κούτες με τα βιβλία μπροστά της. Δεν μπορούσε να πιστέψει ότι τα είχε βρει όλα! Ακόμα και το Pokey Little Puppy που ήταν το πρώτο βιβλίο που είχε μάθει ποτέ να διαβάζει η ίδια. Α, και ξεφύλλισε αντίτυπα από το Charlotte's Web, την Anne of Green Gables, τον Curious George, τα Bobbsey Twins, τη Heidi και ολόκληρη τη σειρά Harry Potter. Ο Μαρκ γέλασε και είπε ότι θα ήταν καλύτερα να επενδύσουν σε μια βιβλιοθήκη. Έκανε κάτι καλύτερο από αυτό, κατασκεύασε μόνος του ένα, λέγοντας ότι δεν θα υπήρχε κανένα από αυτά τα έπιπλα ακαταστασίας στο υπνοδωμάτιο του γιου του.

Σύντομα έφτασε ο Τόμι και ήταν το πιο όμορφο έργο τέχνης που είχε δει ποτέ. Μερικές φορές δεν μπορούσε να πιστέψει ότι εκείνη και ο Μάικλ τον είχαν δημιουργήσει. Η καρδιά της μεγάλωνε, ποτέ δεν ήξερε ότι θα μπορούσε να αγαπήσει κάποιον περισσότερο από όσο αγαπούσε τον Μάικλ: και τον αγαπούσε πολύ.

Ο Μάικλ ήθελε να αποκτήσει άλλο ένα μωρό αμέσως, αλλά μια δεύτερη εγκυμοσύνη δεν ήταν στα χαρτιά. Η γέννηση του Τόμι ήταν δύσκολη και ο γιατρός τους συμβούλευσε να μην ξαναπροσπαθήσουν. Ο Μάικλ συμφώνησε ότι δεν άξιζε το ρίσκο, και ήταν εντάξει με αυτό, ή τουλάχιστον έτσι έλεγε. Η Μάργκαρετ δεν τον πίστευε, αν και στο παρελθόν ήταν πάντα ειλικρινής.

Οι δυνατοί θόρυβοι κάτω ξέσπασαν ξανά, τραβώντας τη Μάργκαρετ από το μυαλό της και επιστρέφοντας στην πραγματικότητα. Ο Τόμι φώναξε πρώτος, χτυπώντας ένα ντουλάπι, μετά ο Μάικλ τον μάλωσε και τα πράγματα κλιμακώθηκαν γρήγορα. Τσακώθηκαν για τα πιο γελοία θέματα. Κανείς από τους δύο δεν ήταν πρωινός άνθρωπος... ούτε και εκείνη.

Ένα απλό πρωινό με ηρεμία και γαλήνη ήταν το μόνο που χρειαζόταν για να ξαναβρεί τον εαυτό της στα ίσια του.

Η Μάργκαρετ σκέφτηκε να σηκωθεί, αλλά μετά απέρριψε την ιδέα. Θα περίμενε μέχρι να ζητήσουν τη βοήθειά της. Αναπόφευκτα, θα το ζητούσαν.

Ο Τόμι μπήκε στο δωμάτιό της. Αντί να χαμηλώσει τη φωνή του, φώναξε: «Κοιμάσai, μαμά;». Περίμενε για ένα ή δύο δευτερόλεπτα μέχρι να ανακινηθεί.

«Ναι», απαντούσε πάντα, τρίβοντας τα κουρασμένα της μάτια, παρόλο που θα ήταν αδύνατο να κοιμηθεί κατά τη διάρκεια της φασαρίας.

Τώρα που είχε την προσοχή της, φώναζε: «Δεν μπορώ να βρω το αθλητικό μου πουκάμισο, μαμά».

Εκείνη χαμογελούσε, αφού τα έβαζε πάντα στην ίδια ακριβώς θέση, αλλά δεν το ανέφερε αυτή τη φορά. Ποιο ήταν το νόημα; «Είναι στη ντουλάπα σου, αγάπη μου».

«Είναι τόσο πολύ, ΔΕΝ είναι!» είπε, ακολουθούμενη από ένα ποδοβολητό, μια υποχώρηση και ένα χτύπημα της πόρτας.

Άρχισε να μετράει ένα Μισισιπή, δύο Μισισιπή, τρία Μισισιπή.

«Το βρήκα! Ευχαριστώ, μαμά! Ήταν εδώ όλη την ώρα».

Η Μάργκαρετ ξανακοιμήθηκε κάτω από τα σκεπάσματα και αποκοιμήθηκε για άλλη μια φορά. Μέχρι που ο σύζυγός της Μάικλ επέστρεψε στο δωμάτιό τους. Ακολουθούσε ένα αυστηρό καθεστώς. Πρώτα ήταν η τουαλέτα, μετά το πλύσιμο των χεριών, το βούρτσισμα των δοντιών, το οδοντικό νήμα, το ξύσιμο της γλώσσας με διαλείποντες και πολύ ευδιάκριτους ήχους πνιγμού (που συχνά την έκαναν να καλύπτει τα αυτιά της με το μαξιλάρι.) Ακολουθούσε ένα δεκαπεντάλεπτο ντους, ξύρισμα, περισσότερο βούρτσισμα των δοντιών, στέγνωμα, καλλωπισμός, κολόνια. Όλα χρονομετρημένα με ακρίβεια δευτερολέπτου.

Όταν τελείωνε, έριχνε την πόρτα διάπλατα και ο καυτός ατμός έβγαινε πριν από εκείνον στο δωμάτιο. Τον παρακολουθούσε να διασχίζει το πάτωμα σαν να ακολουθούσε ένα φάντασμα που έφευγε. Η μυρωδιά της κολώνιας του και ο ζεστός ατμός την έκαναν να νυστάζει και σύντομα θα αποκοιμιόταν ξανά.

«Μάργκαρετ, μήπως είδες ένα αδέσποτο μανικετόκουμπο;»

Εκείνη σήκωσε το κεφάλι της: «Όχι τελευταία», απάντησε καθώς εκείνος έψαχνε το πάνω συρτάρι χωρίς να το κλείσει τελείως. Μετά άνοιγε το μεσαίο συρτάρι, αφήνοντάς το μερικώς ανοιχτό. Τέλος, το κάτω συρτάρι το τραβούσε τελείως προς τα έξω. Η ντουλάπα έμοιαζε με σκάλα, αλλά ήταν επικίνδυνη, αφού μπορούσε εύκολα να ανατραπεί ανά πάσα στιγμή. Φαντάστηκε τον Τόμι να περνάει και ολόκληρη η συρταριέρα να προσγειώνεται πάνω του. Ο τρόμος για το τι θα μπορούσε να συμβεί την έσκισε μέχρι το μεδούλι. Αν έπρεπε να τον βγάλει από κάτω... είχε τη δύναμη; Κι αν... Πετάχτηκε από το κρεβάτι και έκλεισε κάθε συρτάρι.

«Θα το έκανα εγώ», είπε ο Μάικλ καθώς χτύπησε την πόρτα πίσω του βγαίνοντας.

Αφού ήταν ήδη ξύπνια, θα πίεζε τον εαυτό της στην πλάτη της κλειστής πόρτας μέχρι που από κάτω ο Τόμι φώναξε: «Μαμά, δεν βρίσκω το φαγητό μου!».

«Είναι στο κουτί με το κολατσιό σου, στο δεύτερο ράφι, στη δεξιά πλευρά του ψυγείου».

«Όχι, δεν είναι», απάντησε.

«Έρχομαι», είπε καθώς έπιανε το χερούλι της πόρτας, αλλά πριν προλάβει να την ανοίξει, εκείνος φώναξε: »Ω, το βλέπω τώρα! Ευχαριστώ, μαμά».

Επιστρέφοντας στο δωμάτιό της, μουρμούρισε you're welcome, καθώς το μαύρο κενό κάτω από το κρεβάτι της έγνεφε. Θα μπορούσε να γλιστρήσει ακριβώς από κάτω, χωρίς τίποτα να της κρατάει συντροφιά εκτός από τα κουνελάκια της σκόνης. Εκεί κάτω, θα δημιουργούσε τη δική της υπερδύναμη - μια προστατευτική ασπίδα σκοταδιού που απωθούσε τις δυνατές θυμωμένες φωνές.

Οι φωνές που πλησίαζαν την πήραν την απόφαση και μπήκε μέσα στον σκοτεινό χώρο. Μέσα στο άνετο περιβάλλον, η αναπνοή και οι παλμοί της καρδιάς της επιβραδύνθηκαν. Έκλεισε τα μάτια της, ισιώθηκε και, στη συνέχεια, απλώνοντας το χέρι της προς τα πάνω, τράβηξε το πάπλωμα στο πάτωμα και το έσυρε κάτω και πάνω από όλο της το σώμα, σαν να είχε χτίσει φρούριο.

Ο Μάικλ επέστρεψε στο δωμάτιό τους. «Γλυκιά μου;» είπε.

Ο Τόμι σταμάτησε στην πόρτα: «Μήπως είναι στο μπάνιο;».

Ο Μάικλ κοίταξε και μετά έριξε μια ματιά στο κρεβάτι.

«Δεν είναι πάλι εκεί κάτω, έτσι;» Ο Τόμι ψιθύρισε.

«Για να δούμε», άκουσε τον Μάικλ να απαντά.

Οι δυο τους κατέβηκαν στο έδαφος και κρυφοκοίταξαν στο σκοτάδι. Είδαν κάποια κίνηση κάτω από την κουβέρτα. Ο Μάικλ κοίταξε τον γιο του και μετά έβαλε το δάχτυλό του στα χείλη του. Εκείνος έγνεψε, χαρούμενος που άφησε τον πατέρα του να μιλήσει πρώτος.

«Αγάπη μου», είπε ο Μάικλ με καταπραϋντική φωνή, "θα σε πείραζε να πας το παντελόνι και τα πουκάμισά μου στο καθαριστήριο;". Άνοιξε το στόμα του και μετά το έκλεισε ξανά.

Η καημένη η Μάργκαρετ δεν μπορούσε να πιστέψει ότι της έδινε μια λίστα με τις δουλειές που έπρεπε να κάνει και της μιλούσε σαν να κρυβόταν κάτω από το κρεβάτι κάθε μέρα της ζωής της. Την ενοχλούσε πάρα πολύ.

Μη καταλαβαίνοντας το υπονοούμενο, συνέχισε: «Α, και ξέχασα να σε ρωτήσω το Σαββατοκύριακο, ε, αν ήταν εντάξει να καλέσω μερικούς φίλους. Απόψε. Για ένα μικρό γλέντι. Ένα πάρτι οκτώ ατόμων, μαζί με εμάς. Συγγνώμη και πάλι για την τόσο σύντομη ειδοποίηση. Ήθελα να σε ρωτήσω το Σαββατοκύριακο».

Ο Τόμι έκανε μια κίνηση για να συναντήσει τη μητέρα του στο μοναχικό κουκούλι της. Αντί γι' αυτό, εκείνη βγήκε από το δωμάτιο. Σηκώθηκε και ξεσκονίστηκε. Την κοιτούσαν επίμονα, αλλά δεν έλεγαν τίποτα. «Εσείς οι δύο πηγαίνετε κάτω, τώρα», είπε κρατώντας ακόμα το ζεστό πάπλωμα.

Ο Μάικλ έριξε μια ματιά στο ρολόι του.

«Είμαι καλά, απολύτως καλά. Έρχομαι σε ένα λεπτό, παρακαλώ». Έβαλε το πάπλωμα πίσω στο κρεβάτι.

«Εντάξει», του απάντησαν φεύγοντας.

Όταν έφυγαν, έφτασε στην άλλη άκρη του κρεβατιού. Έκλεισε την ηλεκτρική κουβέρτα από την πλευρά του συζύγου της. Καθώς έβαζε το παλτό και τις παντόφλες της, φαντάστηκε ότι ξέχασε να κλείσει την κουβέρτα του. Θα έπιανε φωτιά το σπίτι; Πιθανόν. Και θα έφταιγε εκείνη. Για όλα έφταιγε πάντα εκείνη.

Έκλεισε το παλτό της και μετά έφτιαξε τα μαλλιά της στον καθρέφτη. Έπρεπε να μιλήσει στον Μάικλ για το δείπνο. Οκτώ άτομα. Απόψε. Τουλάχιστον δεν ήταν τόσο άσχημα όσο την τελευταία φορά που ήταν δώδεκα, ή την προηγούμενη φορά που ήταν δεκαοκτώ.

Παρόλα αυτά, του είχε ζητήσει τόσες φορές σε άλλες περιπτώσεις όπως αυτή, να την ειδοποιήσει περισσότερο. Την τελευταία φορά που είχε ολοκληρώσει τα πάντα - καλά, σχεδόν τα πάντα - δεν είχε προλάβει να βάλει βερνίκι στα νύχια της. Ο Μάικλ το επισήμανε αυτό αμήχανα μπροστά στους καλεσμένους και ακόμη και ο γιος τους είχε αρκετή συναισθηματική νοημοσύνη για να αλλάξει θέμα πριν εκείνη ξεσπάσει σε κλάματα.

Στο διάδρομο, οι παντόφλες κουνελιού της έκαναν σπίθες καθώς περπατούσε, προκαλώντας της σοκ καθώς μάζευε κάλτσες, εσώρουχα και ένα μανικετόκουμπο στο δρόμο. Κομμάτια και κομμάτια που της άφηναν σαν μονοπάτι για να την οδηγήσουν κάτω, εκεί που την περίμεναν.

Κάτω τώρα, στεκόταν στο διάδρομο που οδηγούσε στο σαλόνι. Καθώς μπήκε μέσα, είδε και άκουσε τον σύζυγό της να τρώει τοστ, ενώ κρατούσε ένα φλιτζάνι τσάι με το μικρό δάχτυλο ψηλά. Δίπλα του ήταν ο Τόμι, που έτρωγε Rice Crisps και του έλειπε το στόμα. Σταγόνες από γάλα και υπολείμματα δημητριακών συγκεντρώνονταν ανάμεσα στα πόδια του, κάνοντας ήχους από πιτσιρίκια καθώς χτυπούσαν στο χαλί.

Έβαλε στο μυαλό της να πετάξει το χαλί στο στεγνωτήριο αφού φύγουν, ανακουφισμένη που το ύφασμα στο πάτωμα σφουγγάριζε τα υγρά αντί να λερώσει αυτό που πίστευε ότι ήταν το τελευταίο καθαρό σχολικό πουκάμισο του γιου της. Πρόσθεσε μια δεύτερη νοερή σημείωση για να του παραγγείλει μερικά καινούργια πουκάμισα - μεγάλωνε τόσο γρήγορα- ήταν δύσκολο να συμβαδίσει με τις αυξήσεις.

«Καλημέρα», είπε η Μάργκαρετ ακριβώς τη στιγμή που ο Φρεντ Φλίντστοουν φώναξε: » Γουίλμα!

Η οικογένειά της αναγνώρισε την παρουσία της ρίχνοντας μια ματιά προς την κατεύθυνσή της, και μετά όλοι μαζί ξέσπασαν σε γέλια καθώς ο Μπάρνεϊ και ο Φρεντ συνέχισαν τα συνηθισμένα τους καμώματα. Τουλάχιστον τα πήγαιναν καλά. Οι Flintstones ήταν ένα πράγμα στο οποίο συμφωνούσαν και οι δύο.

Όταν έγινε ένα διαφημιστικό διάλειμμα είπε: «Σχετικά με αυτό το δείπνο, Μάικλ». Χαμήλωσε την ένταση της συσκευής. Ο Τόμι διαμαρτυρήθηκε και μετά τελείωσε να τρώει τα δημητριακά του.

«Συγγνώμη και πάλι γι' αυτό», είπε ο σύζυγός της. «Μιλούσα με το αφεντικό μου το Σαββατοκύριακο στον αγώνα γκολφ. Δεν ξέρω πώς κατέληξε εδώ, αλλά το επόμενο πράγμα που κατάλαβα ήταν ότι εγώ φιλοξενούσα την καταραμένη εκδήλωση. Δεν χρειάζεται να είναι black tie ή κάτι φανταχτερό. Τρία πιάτα, συν το επιδόρπιο θα πρέπει να αρκούν».

«Ποιοι είναι οι καλεσμένοι μας; Τι είδους φαγητό τους αρέσει; Υπάρχουν αλλεργίες; Υπάρχουν χορτοφάγοι;» Έκανε μια παύση. «Γιατί δεν ανάβουμε τη σχάρα;»

«Μπα, η ιδέα της ψησταριάς είναι υπέροχη για μια συνάντηση το Σαββατοκύριακο, αλλά αυτό έχει επαγγελματικά κίνητρα».

Αναστέναξε.

Συνέχισε: «Το αφεντικό μου και η γυναίκα του, ο Τζιμ και ο Ντέιβ από το μάρκετινγκ, η Λούσι και ο σύζυγός της Γουίλιαμ από το νομικό τμήμα. Νομίζω ότι η Λούσι μπορεί να είναι χορτοφάγος ή χορτοφάγος. Ο Λανς από τα οικονομικά και η σύζυγός του - δεν την έχω ξανασυναντήσει. Είναι καινούργιος στην ομάδα μας». Έριξε μια ματιά στο ρολόι του και αναπήδησε.

Η Μάργκαρετ έπιασε το μανίκι του. Εισήγαγε το μανικετόκουμπο που έλειπε, και στη συνέχεια σφηνώθηκε ακριβώς μπροστά από τον σύζυγό της με την ελπίδα να λάβει ένα φιλί.

Ο Μάικλ δίστασε για ένα δευτερόλεπτο προτού δώσει στη Μάργκαρετ αυτό που κάποιοι θα μπορούσαν να χαρακτηρίσουν ως φιλί - εκείνη όχι. Ήταν περισσότερο σαν ένα φιλάκι -που δόθηκε εν κινήσει- καθώς περνούσε με ταχύτητα. Τα χείλη του ζευγαριού μόλις που είχαν αγγίξει.

Πριν η Μάργκαρετ προλάβει να πει μια λέξη, ο Μαρκ χτύπησε την πόρτα πίσω του.

Εκείνη τύλιξε ξανά τα χέρια της γύρω από τον εαυτό της. Για ένα ή δύο δευτερόλεπτα φάνηκε ότι ο Τόμι θα την αγκάλιαζε. Εκείνη άνοιξε τα χέρια της, κι εκείνος σε αντάλλαγμα τέντωσε το χέρι του προς την κατεύθυνσή της με την ανοιχτή παλάμη προς τα πάνω. Εκείνη σταύρωσε τα χέρια της, καθώς εκείνος πήγε κατευθείαν στο Sales Pitch 101.

«Βλέπεις μαμά, σήμερα είναι η μέρα των μπιφτεκιών - δύο με ένα - και χρειάζομαι χρήματα. Τα χρήματα είναι για φιλανθρωπικό σκοπό και έχω ήδη ξοδέψει όλο το χαρτζιλίκι μου αυτή την εβδομάδα».

«Και τι θα γίνει με το γεύμα που έφτιαξα;»

«Κανένα πρόβλημα, θα το φάω στο διάλειμμα».

Η Μάργκαρετ τον χτύπησε στο κεφάλι και στη συνέχεια πήγε στην κουζίνα όπου η τσάντα της ήταν κρεμασμένη στον γάντζο. Καθώς έφτασε μέσα, έριξε μια ματιά στην κατάσταση της κουζίνας της. Τι ακαταστασία! Και έπρεπε να τακτοποιήσει τα πάντα για το αποψινό δείπνο. Κανένα πρόβλημα!

Είχε μόνο ένα χαρτονόμισμα των δέκα δολαρίων, το οποίο έβαλε στο χέρι του που τον περίμενε ακόμα. «Φέρε μου ρέστα», είπε καθώς έφυγε από το σπίτι με ένα αποφασιστικό χτύπημα της πόρτας.

Πίσω στο σαλόνι, οι Flintstones ολοκλήρωναν με το «Θα περάσετε καλά»! Η Μάργκαρετ σιγοτραγουδούσε ενώ έριχνε το χαλί στον ώμο της, μάζευε το βρώμικο φλιτζάνι με το πιατάκι, το ποτήρι και το μπολ.

Τώρα στην κουζίνα, έβαλε το χαλί στο πλυντήριο ρούχων, τα σκεύη για πρωινό στο πλυντήριο πιάτων και μετά έβαλε στον εαυτό της ένα φλιτζάνι τσάι από τη χλιαρή κατσαρόλα. Επέστρεψε στο σαλόνι, το οποίο ήταν λιγότερο ακατάστατο. Ξεφύλλισε τα κανάλια και έπεσε πάνω στην εκπομπή Judge Judy. Δεν μπορούσε παρά να θαυμάσει τη γυναίκα, η οποία είχε τον απόλυτο έλεγχο όλων και όλων στην αίθουσα του δικαστηρίου της.

Οι φίλοι της είπαν ότι έπρεπε να σηκωθεί πριν από την οικογένειά της, αυτό θα ελαχιστοποιούσε το χάος και την ακαταστασία. Τότε θα ήταν εκείνη στο τιμόνι της κατάστασης. Άλλοι έλεγαν, ότι θα έπρεπε να βρει δουλειά και να φύγει από το σπίτι πριν από αυτούς, ώστε να μάθουν να τα βγάζουν πέρα μόνοι τους. Ήταν όμως τόσο κουρασμένη, τόσο ανισόρροπη αυτές τις μέρες, για να μην αναφέρουμε ότι είχε να δουλέψει από τότε που γεννήθηκε ο γιος της. Ποιος θα την προσλάμβανε τώρα;

Η Μάργκαρετ ήταν όλο και πιο δυσαρεστημένη με την τύχη της, καθώς παρέδιδε τη ζωή της για τις ανάγκες εκείνων που αγαπούσε. Δυσανασχετούσε με το να δίνει πάντα, αν και ήταν επιλογή της να το κάνει. Τότε ανέβαινε στο τρένο της ενοχής και της αυτολύπησης. Μήπως κάθε μητέρα περνούσε το ίδιο πράγμα; Αυτό το κενό; Αυτό το σπρώξιμο και το τράβηγμα μέσα της, δημιουργώντας ένα κενό.

Αυτό το κενό μέσα της, το οποίο άφηνε να κινείται σαν καλοκαιρινή καταιγίδα και να βρέχει τα πάντα στη ζωή της. Ήταν ένας τυφώνας που περίμενε να συμβεί και σήμερα ήταν η μέρα που φοβόταν.

Έκανε ντους και ντύθηκε, χωρίς να σταματήσει για πρωινό, αλλά αφιερώνοντας χρόνο για να πετάξει το χαλί στο στεγνωτήριο, και με μια διακαή επιθυμία να βγει έξω. Μακριά. Οπουδήποτε, μακριά.

Η Μάργκαρετ έστρεψε το αυτοκίνητό της προς την κατεύθυνση του εμπορικού κέντρου και οδήγησε. Πάρκαρε. Στο δρόμο προς το εσωτερικό του, ένας νεαρός άνδρας ποιούσε τα καροτσάκια. Με τη βοήθεια του ανέμου, αρκετά είχαν προορισμό την επικείμενη διαφυγή. Σκέφτηκε να πει κάτι για να ελαφρύνει το βάρος του άντρα, αντ' αυτού του χαμογέλασε. Κάτω από την αναπνοή του την αποκάλεσε σκύλα.

Η νοικοκυρά τον αγνόησε και βιάστηκε να μπει μέσα. Δεν μπορούσε παρά να αναρωτηθεί γιατί η ενσυναισθητική της χειρονομία δεν είχε πετύχει τίποτα άλλο παρά μόνο κακοποίηση. Δεν πειράζει, σκέφτηκε, στρέφοντας την προσοχή της στο πρόβλημα που υπήρχε: την προετοιμασία του δείπνου. Πρώτα απ' όλα, όμως: τι θα φορούσε; Μήπως θα έπρεπε να χαρίσει στον εαυτό της ένα καινούργιο ρούχο; Τα ψώνια την είχαν βοηθήσει να ανεβάσει τη διάθεσή της στο παρελθόν. Ίσως να τα κατάφερνε και σήμερα;

Η Μάργκαρετ διέσχισε τον διάδρομο μόδας, βρίσκοντας μια κούκλα σε μια βιτρίνα που φορούσε ένα κομψό κοστούμι που της άρεσε. Τολμούσε να μπει στο εσωτερικό, όπου οι καθρέφτες παντού της επιτίθονταν. Υποχώρησε.

Στις κυλιόμενες σκάλες παρατήρησε ένα σπα για μαλλιά και νύχια. Έριξε μια ματιά στα νύχια της. Προτιμούσε να τα φτιάχνει μόνη της στο σπίτι μόλις ήξερε τι θα φορούσε - θα έβρισκε χρόνο. Αλλά τα μαλλιά της, αυτό ήταν άλλο θέμα.

Στάθηκε έξω από το κομμωτήριο, παρατηρώντας τους στυλίστες να κινούνται και να απασχολούνται. Φαινόταν ότι ήταν μια ήσυχη μέρα στο κομμωτήριο, αφού μόνο μια καρέκλα ήταν κατειλημμένη. Σκέφτηκε να μπει μέσα, να μιλήσει σε κάποιον, αλλά αποφάσισε να μην το κάνει, καθώς έριξε μια ματιά στο τηλέφωνό της. Ο χρόνος περνούσε και είχε ήδη πάρα πολλά να κάνει.

Μια πινακίδα νέον που αναβόσβηνε τράβηξε την προσοχή της. Έγραφε:

Ταξιδέψτε στον προορισμό των ονείρων σας. Πώληση μόνο σήμερα!

Δεν ήταν πλέον η Μάργκαρετ, ήταν η Μαργαρίτα στην Κούβα. Φαντάστηκε τον εαυτό της στην Κούβα να χορεύει ρούμπα. Μετά ήταν στην Αυστραλία, χορεύοντας στην Outback. Αποκλείεται! Ήταν πολύ μακριά.

Ένας νεαρός άνδρας με τα μισά της χρόνια την πρόσεξε. «Θα είμαι μαζί σου σε λίγο», είπε. Επέστρεψε στη συνομιλία του στο τηλέφωνο.

Εκείνη τόλμησε να μπει μέσα και στάθηκε αμήχανα κοντά στη ρεσεψιόν. Άκουσε την ήρεμη φωνή του νεαρού άνδρα. Μερικές φορές αναγνώριζε την παρουσία της με ένα χαμόγελο. Μετά από λίγες στιγμές, σταμάτησε να μιλάει και έβαλε το χέρι του πάνω στο τηλέφωνο.

«Πάρτε ένα φλιτζάνι καφέ ή νερό όσο περιμένετε. Δεν θα αργήσω. Α, και μη διστάσετε να περιηγηθείτε στα φυλλάδια και τα περιοδικά. Έρχομαι αμέσως».

Η Μάργκαρετ έχυσε στον εαυτό της ένα αχνιστό και ζεστό φλιτζάνι καφέ και στη συνέχεια πρόσθεσε κρέμα γάλακτος και ένα κομμάτι ζάχαρη. Έριξε μια ματιά προς την κατεύθυνση του νεαρού άνδρα στο τηλέφωνο, όταν παρατήρησε ένα κουτί με μπισκότα. Σαν να ζητούσε την άδειά του.

Εκείνος έβαλε ξανά το χέρι του πάνω στο ακουστικό: «Ω, ναι, πάρτε ένα ή δύο μπισκότα. Είστε πολύ ευπρόσδεκτος».

«Ευχαριστώ», ψιθύρισε, παίρνοντας ένα μπισκότο. Ήταν ο παράδεισος της σοκολάτας.

Όσο περίμενε, ξεφύλλισε μερικά περιοδικά. Το πρώτο ήταν για την Ελβετία. Τώρα ήταν η Μάγκι που ετοιμαζόταν να κάνει σκι στο Ζέρματ με τον ψηλό, ξανθό και όμορφο δάσκαλο σκι ονόματι Σβεν να τη βοηθάει με τα σκι. Τώρα είχαν τελειώσει το σκι και της πρόσφερε ένα ζεστό φλιτζάνι κακάο. Εκείνη λιποθύμησε και άπλωσε το χέρι της γι' αυτό, μετά του έκλεισε τα μάτια.

Πήρε άλλο ένα φυλλάδιο για τη Χαβάη, φανταζόμενη τον εαυτό της στην παραλία του Γουαϊκίκι, να κάνει χούλα με τον Τζορτζ Κλούνεϊ. Τότε κοίταξε κάτω, συνειδητοποίησε ότι φορούσε μπικίνι και ούρλιαξε.

Η Μάργκαρετ επέστρεψε στην πραγματικότητα, ρίχνοντας μια ματιά προς την κατεύθυνση του νεαρού άντρα που μιλούσε ακόμα στο τηλέφωνο. Δεν είχε παρατηρήσει το ξέσπασμά της. Ουφ. Έφαγε άλλη μια μπουκιά από το μπισκότο σοκολάτας. Το να φορέσει μπικίνι ή οποιοδήποτε άλλο είδος μαγιό ήταν εκτός συζήτησης.

Στον τοίχο εντόπισε μια αφίσα που διαφήμιζε ένα ταξίδι στη Βρετανία. Beefeaters. Φορούσαν εκείνα τα τρελά ψηλά καπέλα. Τώρα ήταν η Κάθι που έψαχνε τον Χίθκλιφ στους βάλτους του Γιόρκσαϊρ.

Ήταν μια πολύ κρύα και θυελλώδης μέρα, αλλά περπατούσαν και απολάμβαναν τον καθαρό αέρα...

«Μπορώ να σας βοηθήσω;» ρώτησε ο νεαρός άνδρας.

Ο Χίθκλιφ εξαφανίστηκε. «Ε, απλώς ονειρεύομαι», απάντησε η Μάργκαρετ με αναψοκοκκινισμένα μάγουλα.

Ο νεαρός έκανε κλικ στο πληκτρολόγιό του, κοιτάζοντας την οθόνη. Γύρισε τον υπολογιστή προς το μέρος της. «Αυτές είναι οι σημερινές προσφορές της τελευταίας στιγμής για μία μόνο μέρα. Μόλις ήρθαν!»

Ενδιαφερόμενη, πλησίασε πιο κοντά.

«Αν ενδιαφέρεστε για την Αγγλία, δεν θα βρείτε ξανά τέτοια τιμή».

«Πάντα ήθελα να επισκεφτώ το Ηνωμένο Βασίλειο».

«Αυτή η τιμή», είπε ο νεαρός άνδρας, »περιλαμβάνει ένα ενοικιαζόμενο αυτοκίνητο και έναν συνδυασμό ξενοδοχείων και B&B. Θα μπορούσατε να ταξιδέψετε τριγύρω και μετά να επιλέξετε πού θέλετε να σταματήσετε και να μείνετε».

«Δεν ξέρω για την οδήγηση εκεί, δεν οδηγούν στην άλλη πλευρά;»

«Αυτό είναι αλήθεια, αλλά θα το μάθεις σε χρόνο μηδέν».

***

Η Μάργκαρετ επέστρεψε στο σπίτι και έκανε μια παραγγελία για φαγητό από έξω. Επέλεξε μια ποικιλία πιάτων από το μενού για να καλύψει κάθε της ανάγκη. Έβαλε το Chardonnay, το Rose και την μπύρα στο ψυγείο. Τις τέσσερις φιάλες κόκκινου κρασιού τις έβαλε στο ράφι με τα κρασιά.

Έδεσε μια ποδιά γύρω από τη μέση της και μετά άρχισε να σκουπίζει και να ξεσκονίζει. Επανατοποθέτησε το καθαρό χαλί στο σαλόνι. Όταν όλα ήταν τέλεια, έστρωσε το τραπέζι με θέσεις για επτά άτομα στο τραπέζι. Ο Μάικλ δεν θα ήθελε να ρισκάρει να προκαλέσει σκηνή ο

Τόμι. Όχι μπροστά στο αφεντικό του και τους συναδέλφους του στη δουλειά. Ετοίμασε έναν δίσκο και τον έστησε στον πάγκο για να τον πάρει στο δωμάτιό του.

Η Μάργκαρετ πήγε στο δωμάτιό της και ετοίμασε μια βαλίτσα και μια χειραποσκευή. Παρήγγειλε ένα Uber για να την αφήσει στο αεροδρόμιο.

Τρεις ώρες αργότερα, επιβιβάστηκε στο αεροπλάνο και σύντομα πετούσε για το Ηνωμένο Βασίλειο.

Καθώς κοίταζε έξω από το παράθυρο, για ένα κλάσμα του δευτερολέπτου την κατέλαβε ένα αίσθημα ενοχής. Το πολέμησε.

Είχε αφήσει ένα σημείωμα στο ψυγείο που έλεγε ότι θα έφευγε.

Η Μάργκαρετ δεν είχε αναφέρει πού θα πήγαινε ή πότε θα επέστρεφε.

Ούτε ότι είχε αγοράσει εισιτήριο χωρίς επιστροφή. Θα το καταλάβαιναν.

Η ΟΜΠΡΈΛΑ ΚΑΙ Ο ΆΝΕΜΟΣ

ΉΤΑΝ ΠΑΡΑΣΚΕΥΉ ΚΑΙ 13 του μηνός και ο άνεμος έπνεε κόκκινο. Πράγματα που δεν ήταν γραφτό να πετάξουν αναπηδούσαν και εξοστρακίζονταν. Πάνω και κάτω. Σαλτάριζαν γύρω μου.

Σε μια τέτοια μέρα κάποιοι συνταξιούχοι θα μπορούσαν να είχαν μείνει στο κρεβάτι, αλλά όχι εγώ. Γιατί να τολμήσω να βγω έξω, σε μια τέτοια τρομερή μέρα; Γι' αυτό το λόγο και μόνο γι' αυτό το λόγο - χρειαζόμουν ένα δυνατό φλιτζάνι καφέ.

Κατά συνέπεια, έπαιξα ντότζεμ, σκύβοντας και βουτώντας για να βγω από το σπίτι και να μπω στο αυτοκίνητό μου. Στη συνέχεια κατευθύνθηκα προς το πλησιέστερο drive-through. Δεν ήμουν η μόνη αρκετά γενναία για να τολμήσω να πάω στο άγνωστο για να θεραπεύσω τον εθισμό μου στην καφεΐνη.

Η ουρά προχώρησε προς τα εμπρός, προχωρώντας με γοργούς ρυθμούς. Έδωσα την παραγγελία μου για ένα Extra Strong Vanilla Latte και μετά με το αυτοκίνητο σύρθηκα προς το παράθυρο για να πληρώσω. Έπιασα το πορτοφόλι μου και ανακάλυψα ότι το είχα αφήσει στο σπίτι.

Η κυρία στο παράθυρο, άπλωσε το χέρι της και το τράβηξε πάλι προς τα μέσα για να αποφύγει ένα μικρό κλαδάκι που ήρθε σε επαφή με το παράθυρό μου και στη συνέχεια αναπήδησε στο δικό της.

«Ψιλά», είπα, καθώς η γυναίκα άπλωσε ξανά το χέρι της. Εγώ εξακολουθούσα να ψάχνω το ντουλαπάκι του αυτοκινήτου και τις υποδοχές των ποτηριών. Αφού μέτρησα, είχα εβδομήντα οκτώ λεπτά. Κάτω από το κάθισμά μου υπήρχε άλλο ένα δολάριο. Συνέχισα να ψάχνω, ενώ τα αυτοκίνητα πίσω μου περίμεναν και ο τύπος ακριβώς πίσω μου κόρναρε, ενώ άλλοι ακολουθούσαν.

«Αυτό είναι αρκετό», είπε η γυναίκα, καθώς έπαιρνε τα κέρματα και μου έδινε τον καφέ.

Χαμογέλασα το μεγαλύτερο χαμόγελό μου και είπα: «Ευχαριστώ», έκλεισα το παράθυρο και απομακρύνθηκα, πάντα τόσο ευγνώμων. Ο καφές μύριζε παραδεισένια, αλλά απέφυγα να πιω μια γουλιά μέχρι το πρώτο κόκκινο φανάρι.

Καθώς περίμενα, πίνοντας, απολαμβάνοντας, μια άστεγη ομπρέλα ράγισε το παρμπρίζ μου με την ξύλινη λαβή της πριν αναπηδήσει μακριά και καταλήξει να ακουμπήσει σε ένα κοντινό κλαδί δέντρου.

Δεν κατάλαβα καν ότι ο τζαβάς με έκαιγε μέχρι που άλλαξε το φανάρι. Σταμάτησα με ασφάλεια και βγήκα από το όχημα. Δεν υπάρχει τίποτα καλύτερο από τον καυτό καφέ που τρέχει από το πόδι σου στις κάλτσες και τα παπούτσια σου. Κούνησα το πόδι μου, σαν σκύλος που έκανε πρόσφατα μπάνιο.

Το είδα να έρχεται, αλλά ήταν πολύ αργά.

Αυτή η καταραμένη ομπρέλα. Πάλι.

***

Ξύπνησα, ακόμα στο πάρκινγκ με το ξύλινο χερούλι της ομπρέλας τυλιγμένο γύρω από το λαιμό μου. Είχα πέσει δυνατά, αλλά κατάφερα να πιαστώ από την πόρτα του αυτοκινήτου καθώς κατέβαινα, πράγμα που ήταν καλό από τη μια πλευρά και κακό από την άλλη, αφού έκρυβε την κατάστασή μου.

Το τσιμέντο κάτω από μένα το ένιωθα κρύο και σπογγώδες. Προσπάθησα να σηκωθώ και ο άνεμος έπιασε την ομπρέλα, συνεχίζοντας το ταξίδι της σαν ένα δύστροπο σκουπίδι.

Δεν στάθηκα ακόμα όρθια, αλλά εκτοξεύτηκα προς τα πάνω σπρώχνοντας το βάρος μου στην πόρτα του αυτοκινήτου. Το ξαφνικό κλικ της κλειδαριάς της πόρτας δεν μου προμήνυε τίποτα καλό — είχα αφήσει τα κλειδιά στη μίζα. Έψαξα να βρω το τηλέφωνό μου, συνειδητοποιώντας γρήγορα ότι ήταν στο σπίτι με την τσάντα μου.

Ακούμπησα στο αυτοκίνητο με σταυρωμένα τα χέρια με την ελπίδα να προσελκύσω έναν καλό Σαμαρείτη.

Στο βάθος, εντόπισα την ομπρέλα καθώς έπαιρνε το δρόμο της για αλλού. Ουπς. Ένα επερχόμενο όχημα που προσπαθούσε να αποφύγει τον στροβιλιζόμενο δερβίση χτύπησε στο πίσω μέρος ενός άλλου αυτοκινήτου. Κάποιος θα καλούσε την αστυνομία τώρα. Θα τους έκανα νόημα να με βοηθήσουν κι εμένα. Όλα καλά.

Πριν περάσει πολύς καιρός, η καταραμένη ομπρέλα έφυγε ξανά, εκσφενδονιζόμενη με πλήρη ταχύτητα προς την κατεύθυνσή μου. Ήμουν μαγνήτης ομπρελών; Αυτή τη φορά πέταξε ψηλά, περιστρεφόμενη. Ήταν ένα πράγμα ομορφιάς στο βάθος. Ανοιγόταν στον ουρανό σε όλο του το σκοτάδι. Ήταν μαγευτικό, τόσο ψηλά που ανέβηκε, και ξέρετε το παλιό ρητό, «Ό,τι πάει ψηλά», λοιπόν, αποδείχτηκε αληθινό, καθώς το καταραμένο πράγμα έπεφτε στο έδαφος με την πιθανότητα να με βγάλει για τα καλά νοκ άουτ. Όπως και το σύνθημα των προσκόπων, ήμουν προετοιμασμένος και αντί να περιμένω να συγκρουστεί με το κεφάλι μου, άπλωσα το χέρι μου και το άρπαξα από τη λαβή.

Κρατήθηκα με νύχια και με δόντια, ελπίζοντας ότι δεν θα γίνω η ίδια η Μαίρη Πόπινς. Τα πόδια μου όντως άφησαν το έδαφος, αλλά μόνο για ένα ή δύο δευτερόλεπτα πριν ακούσω σειρήνες και παπούτσια να χτυπούν στο πεζοδρόμιο.

Μια νεαρή γυναίκα έκλεισε το χέρι της πάνω στο δικό μου στη λαβή. Σταθεροποιηθήκαμε, καθώς περισσότερα βήματα περπατούσαν στους δρόμους, καθώς ο ιδιοκτήτης της πάτησε το κουμπί και έκλεισε το πτυσσόμενο στέγαστρο.

***

Μετά από αυτό το παράξενο πρωινό, πήγα σπίτι και έβαλα τα πόδια μου πάνω, αρνούμενη να κουνηθώ μέχρι να κοπάσει ο αέρας. Τηρούσα το σχέδιο μέχρι που ο γιος μου μου ζήτησε να τον πάρω λίγο μετά τις 7:30 από το σπίτι του φίλου του στην άλλη άκρη της πόλης. Οι γονείς επρόκειτο να τον φέρουν στο σπίτι, αλλά ήταν νευρικοί οδηγοί, εξ ου και η κλήση μου.

Η ρωγμή από το μάτι του ταύρου στο παρμπρίζ μου ήταν μια συνεχής υπενθύμιση του πώς πήγαινε η μέρα μου μέχρι στιγμής. Περίμενα ακόμα μήνυμα από την ασφαλιστική μου εταιρεία για την απαλλαγή. Ερευνούσαν το θέμα της «θεϊκής ενέργειας».

Επικοινώνησα με την αστυνομία, η οποία είπε ότι θα επιβεβαίωνε την ύπαρξη της ομπρέλας, αλλά όχι ότι συνδεόταν με το παρμπρίζ μου. Όταν με είδαν, την κρατούσα.

Αισθανόμενος εξαιρετικά θυμωμένος με το άτομο που δεν κατάφερε να κρατήσει τον υφασμάτινο θόλο του, είχα το μισό μυαλό να γράψω στο συμβούλιο για να ζητήσω μια πολιτική άδειας χρήσης ομπρέλας. Τότε θα μπορούσα να τους αναγκάσω να πληρώσουν την απαλλαγή μου, ή ακόμα καλύτερα, να τους κάνω μήνυση.

Έβαλα μπροστά το αυτοκίνητο και έκανα όπισθεν από το δρομάκι, έχοντας επίγνωση των ιπτάμενων αντικειμένων, όταν ένα πράσινο μπουκάλι τράβηξε την προσοχή μου. Γύριζε και στριφογύριζε σε έναν κύκλο, σαν φανταστικοί άνθρωποι που έπαιζαν ένα παιχνίδι Spin the Bottle. Τις περισσότερες φορές δεν έφευγε από το έδαφος και έμοιαζε με μακρόστενο πράσινο διαστημόπλοιο καθώς απογειωνόταν, σηκωνόταν όλο και πιο ψηλά, μετά έπεφτε, περιστρεφόταν και σηκωνόταν ξανά. Συνέχισα, συμπτωματικά προς την ίδια κατεύθυνση προς την οποία κατευθυνόταν το μπουκάλι.

Όταν είδα έναν άντρα και μια γυναίκα να περπατούν ο ένας προς τον άλλον, ενώ το μπουκάλι έκανε επικίνδυνα τούμπες, άνοιξα το παράθυρό μου και τους φώναξα. Όταν δεν αντέδρασαν, κόρναρα. Το μπουκάλι, ψηλά πλέον στον αέρα, άρχισε να πέφτει ελεύθερα προς το μέρος τους.

Το μπουκάλι έπεσε κάτω, χτυπώντας με όλη του τη δύναμη το κεφάλι της γυναίκας. Το πράσινο δοχείο εξοστρακίστηκε και χτύπησε το κεφάλι του άνδρα. Το αδιάφορο πράσινο αντικείμενο σηκώθηκε και έπεσε αρκετές φορές πριν σταματήσει πάνω στον κορμό ενός δέντρου.

Έβαλα τα φλας τεσσάρων κατευθύνσεων και έσβησα τη μηχανή προτού βγω από την ασφάλεια του αυτοκινήτου μου μέσα στον επικίνδυνο άνεμο για άλλη μια φορά.

Τόσο ο άνδρας όσο και η γυναίκα είχαν τις αισθήσεις τους, ωστόσο δεν κινούνταν ούτε προσπαθούσαν να σηκωθούν. Έπιασα τον σφυγμό της γυναίκας, μετά του άνδρα και εκτίμησα την κατάσταση, θυμούμενος την εκπαίδευσή μου στις Πρώτες Βοήθειες από χρόνια πριν. Κάλεσα το 911. Ο αποστολέας έκανε μερικές ερωτήσεις, αλλά το κρακ πίσω μας έκανε τους ανθρώπους να σηκωθούν

Παρακολουθούσαμε τον άνεμο να συνεχίζει να βρυχάται, στέλνοντας το μπουκάλι να πετάει. Η μεγαλοπρεπής ιτιά έσκυψε για να το ανακτήσει, αλλά ήταν πολύ αργά. Ο άνεμος έσπασε τον παχύ κορμό της στη μέση και καθώς το δέντρο χτύπησε στο έδαφος, οι αντηχήσεις του ταρακούνησαν τη γη κάτω από εμάς.

«Έλα!» Φώναξα.

Με τον άνεμο να μας κυνηγάει στα πόδια, το σκάσαμε.

***

Μόλις φτάσαμε στο καταφύγιο του αυτοκινήτου μου και δεθήκαμε, πάτησα το γκάζι. Με το μπουκάλι να μην είναι πια ορατό, συνεχίσαμε για να παραλάβουμε τον γιο μου.

Μετά από λίγες στιγμές που πήραμε ανάσες, συστηθήκαμε.

Ο Μπρεντ Γουέλτς ήταν ένας ψηλός και πολύ όμορφος άντρας, με σκούρα μαλλιά και μπλε μάτια. Είχε ένα λακκάκι στο πηγούνι του σαν του Κάρι Γκραντ. Ήταν συνέταιρος σε ένα τοπικό δικηγορικό γραφείο, πολύ καλός ομιλητής, με εμφανώς υπέροχους τρόπους και ήταν ελεύθερος.

Η Eileen Manny, επίσης ελεύθερη, είχε μακριά ξανθά μαλλιά και φορούσε υπερβολικό μακιγιάζ. Ήταν μια συγκρατημένη και χαμηλών τόνων εκπρόσωπος καλλυντικών, οπότε το «πρόσωπό της ήταν η παλέτα της».

Της συστήθηκα. «Το όνομά μου είναι Άλις Μίτσελ. Είμαι πρόσφατα χήρα και συνταξιούχος καθηγήτρια γυμνασίου».

Τώρα που γνωριστήκαμε, με ευχαρίστησαν που τις έσωσα. Στη συνέχεια ρώτησαν για τη ρωγμή στο παρμπρίζ, μόλις ο Τζάσπερ σκαρφάλωσε στο όχημα και δέθηκε.

Μετά τις συστάσεις, συνέχισα να διηγούμαι την ιστορία με την ομπρέλα. Οι επιβάτες μου βροντοφώναξαν από τα γέλια.

«Τι είναι τόσο αστείο;» ρώτησα.

«Δεν θα μπορούσε να έχει συμβεί σε κανέναν άλλον», απάντησε ο Jasper.

Ξεκινήσαμε για το σπίτι, αφήνοντας τον Μαρκ και την Αϊλίν στο δρόμο.

Όταν επιτέλους φτάσαμε, συνειδητοποίησα ότι απέμεναν ακόμη δύο ώρες από αυτή την περισσότερο από περιπετειώδη Παρασκευή και 13η. Σκαρφάλωσα στο κρεβάτι, τράβηξα τα σκεπάσματα πάνω από το κεφάλι μου και προσπάθησα να κοιμηθώ.

Δεν είχα ιδέα τι θα ακολουθούσε.

***

Το επόμενο πρωί, Σάββατο 14 του μηνός , μου πήρε λίγα λεπτά να ξυπνήσω. Ήταν σαν να χτυπούσε το κουδούνι στο όνειρό μου, μέχρι που ο γιος μου Jasper χτύπησε την πόρτα του υπνοδωματίου μου.

«Μαμά, είναι για σένα — οι μπάτσοι».

Έριξα πίσω τα σκεπάσματα, τράβηξα το νυχτικό μου πάνω από το κεφάλι μου, το αντικατέστησα με ένα κοστούμι τζόκινγκ και βούρτσισα με τα δάχτυλα τα μαλλιά μου πριν βγω έξω.

Ο γιος μου, ο οποίος έχει ελάχιστες εθιμοτυπικές αρχές σε αυτά τα πράγματα, παρόλο που ανατράφηκε με άριστους τρόπους, είχε αφήσει τους αστυνομικούς να στέκονται στη βεράντα.

Καθώς έσπρωξα το κεφάλι μου έξω, μισό μέσα και μισό έξω, ο αέρας δυνάμωσε και παραλίγο να μου τραβήξει την πόρτα από τα χέρια.

Η εμφάνιση των αξιωματικών ήταν ατημέλητη, κάτι που τον παλιό καιρό αναφερόταν ως «ανεμοδαρμένη και ενδιαφέρουσα». Το γεροδεμένο ζευγάρι των αξιωματικών ήταν αρκετά όμορφο για να κάνει μαύρη εργασία ως στρίπερς από τον Κεραυνό από το Down Under. Τους κάλεσα μέσα.

«Όχι, ευχαριστώ, κυρία», είπε ο ξανθομάλλης, που όταν έβγαλε το καπέλο του έμοιαζε με τον άλλο τύπο, αυτόν που δεν ήταν ο "Ποντς" από το C.H.I.P.S..

«Jon», είπα δυνατά χωρίς να το θέλω (το όνομα του ξανθού τύπου από το C.H.I.P.S. μόλις μου είχε έρθει στο μυαλό.)

«Το όνομά μου είναι Μάρσαλ», είπε ο ξανθός. «Ο συνεργάτης μου είναι ο αστυνομικός Ράμσεϊ».

«Χάρηκα για τη γνωριμία. Και τι μπορώ να κάνω για σας;»

Ο ξανθός είπε: «Λάβαμε μια αναφορά για ένα εγκαταλελειμμένο τηλεφώνημα στο 100 από εσάς χθες, μπορείτε παρακαλώ να μας εξηγήσετε τι συνέβη;».

«Παρατήρησα έναν άνδρα και μια γυναίκα να περπατούν ο ένας προς τον άλλον ενώ περίμεναν να αλλάξει το κόκκινο φανάρι. Παρατήρησα το μπουκάλι».

«Κατά τη διάρκεια της πτήσης;» Ρώτησε ο Ράμσεϊ.

Εγώ έγνεψα. «Ναι, το μπουκάλι ανέβηκε ψηλά και μετά ξανακατέβηκε κάτω. Προσπάθησα να τραβήξω την προσοχή τους, αλλά πριν το καταλάβω, το μπουκάλι χτύπησε πρώτα τη γυναίκα και μετά τον άντρα. Και οι δύο έπεσαν στο πεζοδρόμιο, με δύναμη».

«Σε ποια κατάσταση βρίσκονταν όταν τους φτάσατε και πόση ώρα σας πήρε να φτάσετε εκεί;» ρώτησε ο Τζον, εννοώ ο Μάρσαλ.

«Πάρκαρα μέσα σε λίγα δευτερόλεπτα και πήγα αμέσως στο πλευρό τους».

Ο Ράμσεϊ ήταν ο τύπος με τις σημειώσεις, κατέγραφε όλα όσα έλεγα.

Ο Μάρσαλ είχε το τηλέφωνό του στραμμένο πάνω μου- κατέγραφε ό,τι έλεγα.

Φαντάστηκα ότι ήταν εντάξει, αν και δεν το αμφισβήτησα εκείνη τη στιγμή.

«Είχαν τις αισθήσεις τους, ανέπνεαν και είχαν δυνατούς σφυγμούς. Αφού το επιβεβαίωσα αυτό, κάλεσα το 100».

«Τι συνέβη τότε;»

«Ένα τεράστιο δέντρο έπεσε κάτω και τρέξαμε προς το αυτοκίνητό μου».

«Ζήτησε κάποιος από αυτούς να δει γιατρό ή να πάει στα επείγοντα;»

«Όχι, ήταν εντελώς ξύπνιοι. Γελούσαμε και μιλούσαμε. Τα σπίτια τους ήταν στο δρόμο της επιστροφής, τους αφήσαμε και δεν υπήρχε κανένα πρόβλημα».

Εμείς παραμείναμε σιωπηλοί.

***

«Περί τίνος πρόκειται;» Ρώτησα, νιώθοντας τον άνεμο να κόβει τη φόρμα μου.

«Έχεις γνωρίσει ποτέ κάποιον από αυτούς;» Ρώτησε ο Μάρσαλ. «Εξάλλου, τα σπίτια τους δεν απέχουν πολύ από τα δικά σου».

«Όχι.» Στάθηκα ήσυχα, προσπαθώντας να καταλάβω πού πήγαιναν με τις ερωτήσεις τους. Τι σημασία είχε αν είχα ξαναδεί κάποιον από τους δύο; Μέσα ο γιος μου άνοιξε την τηλεόραση και ο ήχος έσκασε. Έκλεισα την πόρτα πίσω μου και βγήκα έξω.

«Τι είδους μπουκάλι ήταν αυτό;» ρώτησε ο Ράμσεϊ.

«Ήταν ένα πράσινο μπουκάλι».

Οι δύο αστυνομικοί αντάλλαξαν ματιές.

«Είναι αλήθεια ότι είχατε χθες ένα άλλο περιστατικό με μια ομπρέλα;» ρώτησε ο Μάρσαλ.

«Ναι, ήταν μια τρομερή Παρασκευή και 13».

«Το θέμα είναι», είπε ο Ράμσεϊ. «Ο Γουέλτς και ο Μάνι πέθαναν».

***

Ξύπνησα από τη λιποθυμία μου με τρία ανήσυχα πρόσωπα να με κοιτάζουν. Τα δύο ανήκαν στους αξιωματικούς Ramsey και Marshall. Στα χέρια τους κρατούσαν αντίτυπα του Reader's Digest τα οποία μου κούνησαν σαν θαυμαστές. Το άλλο ανήκε στον Τζάσπερ, ο οποίος κρατούσε ένα ποτήρι νερό από το οποίο κατά διαστήματα σκόρπουσε σταγόνες στο μέτωπό μου.

«Είσαι καλά, μαμά;»

Δεν ήμουν εκατό τοις εκατό σίγουρη. Παρόλα αυτά, προσπάθησα να καθίσω όρθια για να αποφύγω άλλες επιθέσεις από το Reader's Digest και το νερό.

«Έπαθες ένα μικρό σοκ», είπε ο Ράμσεϊ, μόλις δύο νοσοκόμοι έφτασαν προς το μέρος μου. Ο ένας έλεγξε τους σφυγμούς μου, ο άλλος έβαλε τη ζώνη της αρτηριακής πίεσης και άρχισε να αντλεί. Και οι δύο είπαν: «Όλα καλά».

Προσπάθησα να τους συνοδεύσω στην πόρτα, αλλά είπαν ότι δεν ήταν απαραίτητο.

Ο Ράμσεϊ κάθισε απέναντί μου.

Οι πεταλούδες στο στομάχι μου φτερούγιζαν και εξακολουθούσα να αισθάνομαι λίγο ευαίσθητη, καθώς στο μυαλό μου αιωρούνταν ερωτήματα για ιπτάμενα μπουκάλια που σκοτώνουν ανθρώπους.

Νόμιζα ότι σκεφτόμουν μόνο την τελευταία σκέψη, μέχρι που ο Ράμσεϊ απάντησε: «Δεν ξέρουμε ακόμα την αιτία θανάτου. Ο ιατροδικαστής εξετάζει τα πτώματα».

«Παρατηρήσαμε ότι έχετε μια μεγάλη ρωγμή στο παρμπρίζ σας», είπε ο Μάρσαλ. «Μήπως κάποιος από αυτούς έπεσε πάνω της;»

«Όχι, προκλήθηκε από την ομπρέλα».

«Νομίζω ότι έχουμε αρκετές πληροφορίες», είπαν οι αστυνομικοί.

Ο Τζάσπερ τους έδειξε την έξοδο.

Πήγα στην κουζίνα, έφτιαξα ένα δυνατό φλιτζάνι τσάι και άνοιξα ένα πακέτο μπισκότα σοκολάτας. Έξω, άκουγα τον άνεμο να φυσάει τα φύλλα γύρω-γύρω. Άνοιξα την πίσω πόρτα και ζήτησα από τη Μητέρα Φύση να σταματήσει και να σταματήσει.

Όπως ήταν αναμενόμενο, αγνόησε το αίτημά μου.

***

Η Κυριακή ήταν μια ήσυχη μέρα. Έμεινα μόνη μου και ο Jasper μου φέρθηκε σαν να ήταν η Ημέρα της Μητέρας με πρωινό, μεσημεριανό και δείπνο στο κρεβάτι. Ακόμα σε κατάσταση σοκ, αποδέχτηκα ευχαρίστως το ρόλο του ανάπηρου για μια μέρα και μόνο μια μέρα.

Τη Δευτέρα το πρωί, το πρώτο πράγμα που έκανα ήταν να πάω στο κατάστημα αντικατάστασης γυαλιών. Το μόνο που έπρεπε να κάνω ήταν να πληρώσω την απαλλαγή και θα το έφτιαχναν επί τόπου.

Το τηλέφωνό μου χτύπησε και ήταν ο αστυνόμος Ράμσεϊ. Μου ζήτησε να κατέβω στο τμήμα, «Και να φέρω το αυτοκίνητό σου».

Του εξήγησα πού βρισκόμουν και γιατί. Είπε ότι το αυτοκίνητό μου ήταν «υπό έρευνα». Είπε ότι θα μείνω χωρίς αυτοκίνητο για μερικές μέρες.

Του είπα ότι θα ερχόμουν το συντομότερο δυνατό και έφυγα από τις εγκαταστάσεις.

Αργότερα, περίμενα σε ένα κόκκινο φανάρι όταν παρατήρησα ένα νεαρό ζευγάρι να περπατάει μαζί κρατώντας τα χέρια. Στο άλλο του χέρι κρατούσε ένα φλιτζάνι καφέ. Εκείνη έπινε από ένα πράσινο μπουκάλι. Τη μια στιγμή ήταν ευτυχισμένοι, την επόμενη στιγμή εκείνη του πέταξε το χέρι σαν να ήταν καυτή πατάτα. Εκείνος με τη σειρά του έριξε τον καυτό καφέ του και χύθηκε σε όλο το παντελόνι και τα παπούτσια του.

Σε μια στιγμή του δευτερολέπτου, χτύπησε τον πάτο του μπουκαλιού της και αυτό πετάχτηκε στον αέρα. Όσοι περιμέναμε στα φανάρια το είδαμε να ανεβαίνει. Ήταν σαν πύραυλος, που πετούσε κατευθείαν ψηλά στον ουρανό.

Κατέβηκε ακριβώς τη στιγμή που το νεαρό ζευγάρι κοίταξε ψηλά.

Χτύπησε πρώτα το κεφάλι της γυναίκας, εξοστρακίστηκε από το κεφάλι του άντρα και κύλησε κατά μήκος του πεζοδρομίου στο δρόμο.

Βγήκα αμέσως από το αυτοκίνητό μου και κάλεσα το 100 στο δρόμο. Με ακολούθησαν κι άλλοι, βγαίνοντας από τα οχήματά τους. Κλείσαμε ολόκληρη τη διασταύρωση.

Η κοπέλα ήταν αναίσθητη και ο άντρας ξύπνιος.

«Ένα ασθενοφόρο είναι καθ' οδόν», είπα.

Ακούσαμε τις σειρήνες. Είδαμε τα περιπολικά.

«Τι στο καλό κάνετε εδώ;» Ρώτησε ο Ράμσεϊ.

«Αμάν», απάντησα.

***

Εξήγησα την κατάσταση. Υπήρχαν πολλοί μάρτυρες αυτή τη φορά.

Αφού το ασθενοφόρο έβαλε το ζευγάρι μέσα και φώναξε, οι αστυνομικοί είπαν σε όλους να απομακρυνθούν από την περιοχή, εκτός από εμένα. Είχαν ήδη μιλήσει με τους περισσότερους από τους μάρτυρες.

«Με συλλαμβάνετε;»

Αντάλλαξαν ματιές.

«Θέλετε ακόμα να κατασχέσετε το όχημά μου;» Έκανα φιγούρα, είχα δει πολλά αστυνομικά σόου.

«Μπορείτε να πάτε σπίτι σας», είπε ο Ράμσεϊ.

«Ξέρουμε πού μένεις», είπε ο Μάρσαλ χαμογελώντας. «Απλά μην φύγεις από την πόλη, εντάξει;»

Γέλασα και συνέχισα το δρόμο μου.

***

Δεν υπήρξαν επεισόδια στο δρόμο για το σπίτι.

Έβαλα το ψητό κοτόπουλο στο φούρνο, καθάρισα τις πατάτες και έκοψα μερικά λαχανικά, ενώ παράλληλα σκεφτόμουν τα αερομεταφερόμενα πράσινα μπουκάλια.

Πήγα στο γραφείο μου και πληκτρολόγησα «ιπτάμενα μπουκάλια» σε μια μηχανή αναζήτησης. Με συνέδεσε με έναν τύπο στο YouTube που έβαλε καραμέλες μέσα σε ένα μπουκάλι και μετά το έσπασε στο έδαφος. Τίποτα δεν συνέβη. Ενδιαφερόμενος, συνέχισα να παρακολουθώ. Την επόμενη φορά που το έσπασε, το μπουκάλι, αφού συγκρούστηκε με το πρόσωπο ενός ανθρώπου με κάμερα, εκτοξεύτηκε στον αέρα σαν πύραυλος.

Τότε έπεσα πάνω σε κάποια πειράματα του Myth Busters που επιβεβαίωναν ότι ένα γεμάτο μπουκάλι είχε τη δυνατότητα να σπάσει ένα κρανίο. Αντίθετα, τα άδεια μπουκάλια δεν μπορούσαν — αυτός ο μύθος είχε πραγματικά καταρριφθεί από τους δύο πρόσφατους θανάτους.

Έκλεισα τον υπολογιστή. Δεν ήθελα να το σκέφτομαι άλλο.

Με το σύνθημα, μπήκε μέσα ο Jasper. «Όλα καλά μαμά;»

Του είπα για το τελευταίο περιστατικό και τα πειράματα στο YouTube.

«Αστειεύεσαι, έτσι;»

Κούνησα το κεφάλι μου και πήγα στην κουζίνα να ανακατέψω τις πατάτες.

«Και για να μην ξεχνιόμαστε, οι αστυνομικοί που κλήθηκαν στον τόπο του εγκλήματος ήταν ο Ράμσεϊ και ο Μάρσαλ. Πρέπει να νομίζουν ότι είμαι κάποιο είδος γρουσούζης».

«Είναι μια μικρή πόλη, μαμά, όλοι ασχολούμαστε ο ένας με τις δουλειές του άλλου. Κατέγραψε κανείς το περιστατικό στο κινητό του;»

Από το στόμα των μωρών. Αν το έκαναν, μπορεί να είχε φορτωθεί στο διαδίκτυο. «Πώς θα το βρω; Τι λέξεις-κλειδιά πρέπει να χρησιμοποιήσουμε;»

Πήγαμε πίσω στο γραφείο μου και σίγουρα ήταν εκεί.

«Πρέπει να το πεις στους αξιωματικούς.»

Ο αξιωματικός Ράμσεϊ απάντησε αμέσως. Ο Τζάσπερ του έστειλε τον άμεσο σύνδεσμο, ενώ εγώ τον ενημέρωσα για τις λεπτομέρειες.

Οι πατάτες είχαν σχεδόν τελειώσει, οπότε έριξα το νερό και πρόσθεσα λίγο αλάτι και πιπέρι.

Ο Τζάσπερ και εγώ καθίσαμε να δειπνήσουμε με τον ήχο της τηλεόρασης στο βάθος. Υπήρχε μια ενημέρωση για το ζευγάρι που χτυπήθηκε από το μπουκάλι. Αφήσαμε κάτω τα μαχαιροπίρουνα και πλησιάσαμε πιο κοντά. Ο εκφωνητής είπε ότι η κατάσταση της κοπέλας ήταν κρίσιμη, αλλά ευτυχώς το αγόρι ήταν σταθερό.

Δεν πεινούσαμε πια.

***

Δεν κοιμήθηκα πολύ, συνέχεια στριφογύριζα.

Τελικά ενέδωσα και έφτιαξα ένα φλιτζάνι τσάι.

Στεκόμουν, κρατώντας το, κοιτάζοντας έξω από το παράθυρο τον άνεμο που φυσούσε ακόμα και στροβίλιζε τα πράγματα γύρω μου. Ανατρίχιασα.

Στη ζωή μου, τα καλά και τα τρομερά πράγματα συνέβαιναν πάντα σε τριάδες.

Πήγα στο γραφείο μου και έκανα κλικ σε κάποιες πληροφορίες σχετικά με υπερφυσικά συμβάντα, συμπεριλαμβανομένων των προφητειών. Όλα τα σημάδια ήταν εκεί. Το σύμπαν προσπαθούσε να μου πει κάτι.

Αλλά τι;

Τα σημάδια έδειχναν ότι θα μπορούσε να είναι ένα θυμωμένο πνεύμα, κάποιος που είχε δολοφονηθεί ή σκοτωθεί πριν από την ώρα του. Κάποιος που τριγυρνούσε τριγύρω, αναζητώντας εκδίκηση. Δεν μπορούσα να δω καμία σχέση με τα θύματα. Ήταν άλλωστε τελείως άγνωστοι.

Άρχισα να πληκτρολογώ με μανία. Το να φτιάχνω λίστες πάντα με βοηθούσε να καταλάβω τα πράγματα.

Στην πρώτη στήλη έβαλα τον εαυτό μου. Εργένης. Χήρος. Συνταξιούχος. Ένας γιος. Παντρεμένος εδώ και τριάντα πέντε χρόνια. Ο σύζυγος πέθανε από καρκίνο του παχέος εντέρου. Στάδιο 4. Και οι δύο γονείς μου είχαν πεθάνει. Ήμουν μοναχοπαίδι. Η οικογένειά μας ζούσε πάντα σε τοπικό επίπεδο. Η γενεαλογία μας πήγαινε πολύ πίσω σε αυτή την περιοχή.

Στη λίστα νούμερο δύο έβαλα τον Μπρεντ Γουέλτς. Ήταν τριάντα τριών ετών και ήταν δικηγόρος. Έψαξα στη Google τη νεκρολογία του. Ήταν ανύπαντρος. Δεν παντρεύτηκε ποτέ. Ζούσε μόνος του. Η οικογενειακή του καταγωγή πήγαινε πολύ πίσω σε αυτή την περιοχή. Πώς δεν είχαμε συναντηθεί ποτέ πριν; Οι συγγενείς του έπαιξαν καθοριστικό ρόλο στη μετατροπή της κοινότητάς μας σε κατοικήσιμο μέρος πολύ πίσω στις μέρες της πρωτοπορίας. Η μητέρα και ο πατέρας του είχαν πεθάνει. Ήταν μοναχοπαίδι.

Είχαμε μερικά κοινά πράγματα. Αυτό με έκανε να σηκωθώ.

Στην επόμενη στήλη έβαλα την Eileen Manny. Ήταν τριάντα εννέα ετών. Είχε μια δίδυμη αδελφή, την Έστερ, που ζούσε στην περιοχή. Τόσο πολύ για αυτή τη θεωρία. Είχαν ντόπιες ρίζες, αλλά δεν έφταναν τόσο μακριά όσο ο Μπρεντ και η δική μου. Η Eileen ήταν παντρεμένη, αλλά ο σύζυγός της είχε πεθάνει. Οι γονείς της Eileen ζούσαν και οι δύο, αλλά είχαν μετακομίσει. Η κόρη της Αϊλίν πήγαινε στο ίδιο σχολείο με τον Τζάσπερ. Περίεργο που δεν είχαμε συναντηθεί ξανά.

Οι κατάλογοι μου περιείχαν ελάχιστες πληροφορίες και δεν βοηθούσαν καθόλου.

Νυσταγμένη πλέον, επέστρεψα στο κρεβάτι όπου οι λίστες με τις άχρηστες πληροφορίες στριφογύριζαν στο κεφάλι μου.

***

Έβρεχε πολύ δυνατά, αλλά τα σύννεφα δεν ήταν στις κανονικές τους θέσεις. Αντίθετα, βρίσκονταν από κάτω μου. Έβρεχε, από το έδαφος προς τα πάνω. Άλλο ένα σημάδι της κλιματικής αλλαγής και της αστικής ρύπανσης;

Πέταξα έξω από τον εαυτό μου, ενώ τα πόδια μου παρέμεναν σταθερά τοποθετημένα μέσα στα Tender Tootsies μου. Τα πόδια μου ήταν κρυμμένα κάτω από μια πολύχρωμη φούστα με λουλούδια, σε στυλ δεκαετίας του '60. Την φυσούσε ο άνεμος, εκθέτοντάς τα, καθώς η φούστα ακορντενίζονταν προς τα έξω και μετά πάλι προς τα μέσα. Στη μέση μου υπήρχε μια ζώνη από πολύ χοντρό, καφέ δέρμα. Ήταν πολύ στενή, με στενεύει.

Ήμουν νεκρή;

Τσιμπήθηκα. Οπότε δεν πέθανα.

Φορούσα μια λευκή μπλούζα με ψηλό φραγκοφορεμένο γιακά και ένα κολιέ, χάντρες, μαύρο, ένα κομπολόι. Πέρασα τις δροσερές χάντρες από τα δάχτυλά μου προσπαθώντας να τα διαβάσω όλα, αλλά δεν μπορούσα να θυμηθώ τι να το κάνω.

Ο άνεμος με σήκωσε και με παρέσυρε. Με πήγαινε μπροστά και πίσω.

Τα μακριά μου μαλλιά κατέβαιναν στην πλάτη μου σε μια σφιχτή πλεξούδα.

Στεκόμουν σε ένα κομμάτι γης τότε, πάνω από τα σύννεφα. Δεν υπήρχε πολύς χώρος για να κινηθώ χωρίς να φοβάμαι μήπως πέσω...

«Μαμά! Μαμά! Ξύπνα! Ξύπνα σε παρακαλώ.»

Ήταν ο Τζάσπερ. Γύρισα πίσω.

Ούρλιαξα καθώς μια πράσινη μπάλα φωτιάς έκαψε τα μαλλιά μου και έλιωσε το κομπολόι. Έσταζε στο στήθος μου και μέσα από τα δάχτυλά μου.

***

Σηκώθηκα και κοίταξα τα δάχτυλά μου, περιμένοντας να δω πράσινες σταγόνες να διαρρέουν, αλλά ήταν πεντακάθαρα. Δεν ήταν παρά ένα κακό όνειρο.

Ο γιος μου με φώναζε ακόμα. Έτρεξα στο σαλόνι και άνοιξα και έκλεισα τα μάτια μου μερικές φορές για να βεβαιωθώ ότι έβλεπα αυτό που έβλεπα. Τι ακαταστασία!

Ένα πράσινο πράγμα είχε πέσει μέσα από την οροφή του σπιτιού μου. Κατεβαίνοντας προς την τελική του κατοικία (το υπόγειο) είχε συντρίψει και καταστρέψει τα πάντα στο πέρασμά του, ενώ ψέκασε μια πράσινη ουσία νέον γύρω από το σπίτι μου σαν σκύλος που σημαδεύει την περιοχή του. Η απόχρωση του πράσινου θα μπορούσε να είναι μια ωραία πινελιά, αν δεν ήταν τόσο πολύ και αν δεν είχε διασκορπιστεί με τυχαίο τρόπο.

«Τι στο καλό;»

«Δεν το άκουσες;» Ο Τζάσπερ ρώτησε. «Ήταν σαν ένα ηχητικό μπουμ».

Περπάτησα πιο κοντά στην τρύπα. Δεν είχα ακούσει τίποτα. Κοιμόμουν, ονειρευόμουν. Τώρα ήμουν ξύπνιος και άφωνος. Σταύρωσα τα χέρια μου και κοίταξα κάτω. Ατμός ανέβαινε από αυτήν.

Άπλωσα την παλάμη του χεριού μου και παρόλο που ήταν έναν όροφο κάτω από εμάς, ένιωθα τη ζέστη να ανεβαίνει. Προσπάθησα να μιλήσω, αλλά δεν υπήρχαν λέξεις.

Ο Τζάσπερ παρακολουθούσε, περίμενε να πω κάτι.

Δεν έμοιαζε με τίποτα σπουδαίο, ενσωματωμένο στο πάτωμα του υπογείου μου. Δεν ήταν στρογγυλό, τετράγωνο ή σε σχήμα αυγού. Είχε πολλές όψεις, ήταν τρισδιάστατο, σφαιρικό, σχεδόν ευκλείδειο, ένα συμπαγές δωδεκάεδρο.

«Δεν πρέπει να καλέσουμε κάποιον;» ρώτησε ο Τζάσπερ καθώς έσκυβε στην άκρη δίπλα μου.

«Δεν είμαι σίγουρος ποιον πρέπει να καλέσουμε. Δεν είμαστε εμείς πληγωμένοι, το σπίτι είναι αυτό που είναι. Δεν είναι φάντασμα, οπότε η ομάδα Καταπολέμησης Φαντασμάτων δεν θα βοηθούσε. Δεν είμαι σίγουρη αν ο Νιλ ντε Γκράσε Τάισον ή κάποιο από τα επιστημονικά περιοδικά κάνει επισκέψεις στο σπίτι».

Ο Τζάσπερ γέλασε. «Μακάρι ο Στίβεν Χόκινγκ να ήταν ακόμα εδώ γύρω».

«Νομίζω ότι αυτό μοιάζει περισσότερο με τον Στίβεν Κινγκ», είπα.

Ήμασταν σε κατάσταση σοκ, αλλά το συγκρατούσαμε με χιούμορ.

«Πρέπει να πάμε εκεί κάτω και να ρίξουμε μια πιο προσεκτική ματιά».

«Δεν ξέρω, μαμά- το πράγμα εκπέμπει θερμότητα. Νιώθω σαν να με καίει ο ήλιος και μόνο που στέκομαι εδώ».

Είχε δίκιο, αλλά δεν το είχα προσέξει, γιατί οι εξάψεις στην ηλικία μου ήταν ο κανόνας.

«Και η αστυνομία;» ρώτησε ο Τζάσπερ, βγάζοντας το τηλέφωνό του και τραβώντας μερικές φωτογραφίες.

«Δεν είμαι σίγουρος πώς θα μπορούσαν να βοηθήσουν, αλλά τουλάχιστον είναι σε απόσταση οδήγησης». Φοβόμουν την ιδέα να μιλήσω με τους αστυνομικούς Ράμσεϊ και Μάρσαλ.

«Τράβηξα αυτό», μου έδειξε ο Τζάσπερ, "καθώς έπεφτε από την οροφή".

Η φωτογραφία του πράγματος σε κίνηση προς τα κάτω το έδειχνε να διπλώνει και να ξεδιπλώνεται ακριβώς πριν χτυπήσει.

«Είναι παραμορφωμένη», είπε ο Τζάσπερ. «Κινούνταν πολύ γρήγορα».

Κάλεσα το αστυνομικό τμήμα και ο αστυνομικός Ράμσεϊ είχε ρεπό σήμερα, οπότε ζήτησα τον αστυνομικό Μάρσαλ. Αφού του εξήγησα, με ρώτησε: «Πρόκειται για αστείο;»

Έχοντας στείλει μια φωτογραφία στο παρελθόν, του έστειλα και τώρα μία. Η απόδειξη είναι ότι η φωτογραφία είναι μια από τις καλύτερες αποδείξεις. Περίμενα.

Ο αξιωματικός Μάρσαλ ρώτησε αν είχε χτυπήσει κανείς και επιβεβαίωσα ότι ήταν μόνο το σπίτι. Εξήγησα την πρόθεσή μας να πάμε κάτω και να ρίξουμε μια πιο προσεκτική ματιά. Μου πρότεινε να τον περιμένουμε και να το ελέγξουμε μαζί.

Αφού κλείσαμε το τηλέφωνο, ο Jasper και εγώ πήγαμε στην κουζίνα και έβαλα τον βραστήρα.

«Από όλα τα σπίτια του κόσμου, γιατί το δικό μας;» ρώτησε.

«Το ίδιο σκεφτόμουν, γιε μου». Σκεφτόμουν επίσης την ασφαλιστική εταιρεία και τι θα έλεγαν. Πρώτα το σπασμένο παρμπρίζ και τώρα ένα κατεδαφισμένο σπίτι. Έριξα νερό στον στιγμιαίο καφέ και καθίσαμε.

«Αν ήταν φτιαγμένο από νεφρίτη, θα ήμασταν πάμπλουτοι», είπε ο Τζάσπερ.

«Ναι, οι Κινέζοι αποκαλούν τον νεφρίτη τον πολύτιμο λίθο του ουρανού».

Πήραμε μια γουλιά και περπατήσαμε κοιτάζοντας προς τα κάτω, με τη ζέστη να αναβλύζει από αυτό. Ανεβαίνοντας. Αναρωτήθηκα αν θα μπορούσε να είναι αρκετά καυτή για να βάλει φωτιά στο υπόλοιπο σπίτι. Αποφάσισα να καλέσω την πυροσβεστική.

***

Το κουδούνι της πόρτας μας άρχισε να χτυπάει με απρόσμενους επισκέπτες λίγο αργότερα. Δεν ήταν οι αστυνομικοί ή η πυροσβεστική. Ήταν οι γείτονές μας. Άκουσαν τη σύγκρουση, συγκεντρώθηκαν και ήρθαν να ερευνήσουν (και να δουν αν ήμασταν καλά).

Μπήκαν μέσα, βλέποντας ότι τόσο ο Jasper όσο και εγώ ήμασταν καλά.

«Κάνει σίγουρα ζέστη εδώ μέσα», είπε ο Αρτουά από την απέναντι πλευρά του δρόμου. Φημιζόταν για το ότι έλεγε το αιματηρά προφανές.

«Τι συμβαίνει;» ρώτησε η γυναίκα του, κοιτάζοντας μέσα στην τρύπα.

«Η εικασία σου είναι τόσο καλή όσο και η δική μου», είπα.

«Ήρθαν οι μπάτσοι», είπε ο Τζάσπερ και πήγε να τους αφήσει να μπουν.

«Γυρίστε στα σπίτια σας», απαίτησε ο αστυνόμος Μάρσαλ, αλλά κανείς δεν κουνήθηκε.

Οι πυροσβέστες έφτασαν με τις μάνικες σε ετοιμότητα. Ακολούθησαν τη θερμότητα και ψέκασαν το αντικείμενο από ψηλά. Αντί να κρυώσει, σφύριξε και έφτυσε. Βγήκε κι άλλος ατμός. Γινόταν όλο και πιο καυτό, σε σημείο που να λιώνουν τα ρούχα μας.

«Τραβήξτε πίσω! Τραβήξτε πίσω!» απαίτησε ο αξιωματικός Μάρσαλ. Τα παιδιά που φορούσαν τα προστατευτικά ρούχα δεν μπορούσαν να νιώσουν τη ζέστη όπως εμείς. Μέσα σε λίγα δευτερόλεπτα σταμάτησαν την επίθεση με νερό.

Ακριβώς τότε έφτασε ο εκπρόσωπος της ασφαλιστικής εταιρείας: «Ουάου!» είπε.

Αυτό ήταν το τελευταίο πράγμα που άκουσα.

***

Συνήλθα στο κρεβάτι με τα σκεπάσματα τραβηγμένα μέχρι το λαιμό, σίγουρος ότι μόλις είχα δει ένα κακό όνειρο με ένα πράσινο πράγμα να πέφτει από το ταβάνι. Βγήκα έξω για να το ερευνήσω.

Στο σαλόνι αυτό που είδα ήταν μια γιγαντιαία συσκευή σκαπανέων η οποία κατέβαινε στην τρύπα με σκοπό να σηκώσει τον πράσινο κρατήρα από το σπίτι μου. Ακουγόταν σαν ένα καλό σχέδιο.

Το στόμιο του πράγματος άνοιξε, μεγάλο, μεγαλύτερο, και μετά όσο πιο μεγάλο μπορούσε να πάει. Πήγε κάτω από το πράγμα με τα σαγόνια του σε ετοιμότητα και το έσφιξε.

«Όλα τα συστήματα λειτουργούν!» φώναξε κάποιος.

Η συσκευή στράβωσε και έτριζε. Τραγούδησε και μετά υποχώρησε με έναν αναστεναγμό και ένα σπασμένο σαγόνι. Τα μεταλλικά δόντια λύγισαν και στράβωσαν καθώς ό,τι είχε απομείνει προσκολλημένο στη συσκευή ανύψωσης τραβήχτηκε ξανά προς τα πάνω.

«Και τώρα τι;» ρώτησα.

«Κυρία μου», είπε ο αξιωματικός Μάρσαλ, »γιατί δεν κάνετε κράτηση σε ένα ξενοδοχείο για λίγες μέρες εσείς και ο γιος σας; Ίσως να έχετε και ασφάλεια που να το καλύπτει».

«Πράξη του Θεού», είπα.

«Ο κουνιάδος μου είναι ασφαλιστής και τον ρώτησα σχετικά. Είπε ότι τα περισσότερα συμβόλαια καλύπτουν τους μετεωρίτες, οπότε αν μπορέσουμε να διαπιστώσουμε αν αυτό το πράγμα είναι μετεωρίτης, τότε όλα θα καλυφθούν».

«Και ποιος αποφασίζει τι είναι ή τι δεν είναι;»

«Επικοινωνήσαμε με κάποιον που μπορεί να μας συμβουλεύσει ή να μας δείξει τη σωστή κατεύθυνση».

Κάθισα στην αγαπημένη μου καρέκλα — ανεξαιρέτως το μικρό μου κομμάτι γαλήνης μέσα στο χάος.

***

Όταν κανείς δεν κοιτούσε, κατέβηκα κάτω για να ρίξω μια πιο προσεκτική ματιά στο πράγμα. Καθώς πλησίαζα, φάνηκε να υπάρχει ένας ήχος, βουητό ή βουητό που γινόταν όλο και πιο δυνατός όσο πλησίαζα, εκτός από την αύξηση της θερμότητας. Υπήρχε επίσης μια μυρωδιά που με έκανε να βάλω το χέρι μου στη μύτη μου.

Όταν στάθηκα δίπλα του, με κυρίευσε ένα συναίσθημα σαν να είχαν ανατραπεί τα πάντα. Στην πραγματικότητα, όταν κοίταξα ψηλά, οι καλεσμένοι που στέκονταν στο σαλόνι καθρεφτίζονταν από κάτω, σαν το σώμα τους να βρισκόταν στον επάνω όροφο και η σκιά τους κάτω να αιωρείται στο πάτωμα μαζί μου. Ήταν ένα παράξενο συναίσθημα, σαν να ήμουν εκεί κάτω αλλά όχι μόνος.

Τα πράγματα που έμοιαζαν με σκιές ήταν κατοπτρικές εικόνες με πράσινα φώτα, ενέργεια που οδηγούσε στο αντικείμενο. Μελέτησα τους επισκέπτες στον επάνω όροφο και τον αντίστοιχο κάτω- όταν κινούνταν, κινούνταν και η ενέργεια που έμοιαζε με σκιά.

Περπάτησα γύρω από μία από τις ακτίνες και πιο κοντά στην πεσμένη μάζα και η θερμότητα μειώθηκε. Αν ακολουθούσα το μοτίβο χρησιμοποιώντας τις σκιώδεις ενέργειες, μπορούσα να πλησιάσω το πεσμένο αντικείμενο.

Εξετάζοντάς το πιο προσεκτικά, με τράβηξαν σχισμές στην επιφάνεια του πράγματος. Είχαν σχήμα σαν μάτια, αλλά δεν υπήρχε ούτε κόρη, ούτε βλέφαρο, ούτε βλεφαρίδες. Αφού το κύκλωσα, αισθάνθηκα ζάλη.

Για να σταθεροποιηθώ, ακούμπησα το χέρι μου στον τοίχο. Το επόμενο πράγμα που κατάλαβα ήταν ότι ο τοίχος είχε μετακινηθεί και βρισκόμουν έξω από το σπίτι μου. Ο τοίχος του υπογείου μου είχε μετατραπεί σε περιστρεφόμενο κιγκλίδωμα.

Εκτός από το γρασίδι, τίποτα πίσω δεν έμοιαζε όπως θα έπρεπε. Το υπόστεγο είχε εξαφανιστεί, το ίδιο και η σχάρα για τα ποδήλατα και το ποδήλατο του γιου μου. Και κάτι άλλο, τα σπίτια των γειτόνων είχαν εξαφανιστεί όλα.

Άρχισα να περπατάω, ευχόμενος να είχα ένα σχοινί συνδεδεμένο με το σπίτι για να κρατηθώ σε περίπτωση που χάθηκα,

Κοίταξα ψηλά και δεν υπήρχε ούτε ήλιος ούτε ουρανός. Αυτό που τα είχε αντικαταστήσει ήταν μόνο πράσινο πάνω και γύρω, εκτός από τα δέντρα. Τα δέντρα ήταν χωρίς κλαδιά, απλοί κορμοί που έφταναν προς τον ουρανό.

Τσιμπήθηκα για να βεβαιωθώ ότι ήμουν ξύπνιος. Ήμουν.

Γύρισα και παρατήρησα το σπίτι μου. Το αντικείμενο που πλησίαζε ήταν ορατό, μισό μέσα και μισό έξω.

Για μια στιγμή, ήθελα να γυρίσω πίσω, μέχρι που ένα συναίσθημα με κατέλαβε. Είχα όρεξη να τραγουδήσω και το έκανα. Το « The Green, Green Grass of Home» του Τομ Τζόουνς .

Ταλαντευόμενος και χορεύοντας με τον εαυτό μου, ήταν σαν να αιωρούμουν σε ένα σύννεφο. Τότε ένα χέρι ήταν στο μυαλό μου, το χέρι του συζύγου μου Λούθερ.

Έριξα τα χέρια μου γύρω από το λαιμό του και εκείνος έκανε το ίδιο γύρω από το δικό μου.

Φιληθήκαμε και χορέψαμε.

Όταν τελείωσε το τραγούδι, υποκλίθηκε, μου έστειλε ένα φιλί και εξαφανίστηκε.

Σκούπισα ένα δάκρυ.

***

Νιώθοντας πιο μόνη τώρα απ' ό,τι την ημέρα που πέθανε, τύλιξα τα χέρια μου γύρω από τον εαυτό μου και κινήθηκα προς το σπίτι.

Επιστρέφοντας και πάλι μέσα, με τράβηξε το αντικείμενο που έμοιαζε να μετακινείται και να βουίζει. Κάτι άλλο, γυρνούσε αντίθετα με τη φορά των δεικτών του ρολογιού.

Στον επάνω όροφο άκουσα μια κραυγή που ακολουθήθηκε από έναν κρότο. Ένα σώμα έπεσε μέσα από την τρύπα, ενώθηκε με την ενέργεια της σκιάς του και στη συνέχεια αναπαύθηκε στην επιφάνεια του αντικειμένου. Η σάρκα του άντρα τσιγάρισε και έφτυσε, μέχρι που το μόνο που απέμεινε ήταν ένα σχήμα Χ όπου τα χέρια και τα πόδια του άντρα είχαν απλωθεί.

Το στομάχι μου ανατρίχιασε καθώς πήγαινα προς τα πάνω.

***

Τα κενά πρόσωπα τα έλεγαν όλα.

Πήγα στον Τζάσπερ και ρώτησα ποιος ήταν ο άντρας. Μου εξήγησε ότι ήταν ένας κάμεραμαν της τοπικής εφημερίδας. Προσπάθησε να τραβήξει το καλύτερο πλάνο, αλλά έσκυψε πάρα πολύ.

«Όλοι έξω!» απαίτησε ο Μάρσαλ. Αυτή τη φορά δεν δέχτηκε το όχι ως απάντηση.

Ο Τζάσπερ κι εγώ είχαμε πάλι το σπίτι μας δικό μας, ό,τι είχε απομείνει τουλάχιστον.

***

Ο αστυνομικός Μάρσαλ και δύο ακόμη αστυνομικοί είχαν τοποθετηθεί μπροστά από το σπίτι μου.

Δύο ακόμη αστυνομικοί έφτασαν και τοποθετήθηκαν στο πίσω μέρος.

Απομόνωσαν την περιοχή με ταινία. Έβαλαν τους περίεργους γείτονες να περάσουν το δρόμο.

Ο Τζάσπερ κι εγώ τραβήξαμε τις κουρτίνες και κρυφοκοιτάξαμε έξω ακριβώς τη στιγμή που μια πομπή μαύρων οχημάτων σταμάτησε. Οι πόρτες άνοιξαν ταυτόχρονα σαν σκηνή από το « Men in Black». Μαύρα κοστούμια. Ρέι-μπανς.

«Θεέ μου», είπε ο αστυνόμος Μάρσαλ. «Νομίζω ότι ο εμπειρογνώμονας με τον οποίο επικοινωνήσαμε μπορεί να έφερε τις αρχές».

«Αμάν, το έκανε ποτέ», είπα.

«Ουάου», αναφώνησε ο Τζάσπερ όταν έπεσε το μάτι του στη μοναδική γυναίκα της συνοδείας.

Ήταν ντυμένη με ένα κόκκινο διμερές κοστούμι με ραμμένο σακάκι και φούστα πάνω από το γόνατο. Κάτω από το σακάκι φορούσε μια λευκή μπλούζα με ανοιχτό γιακά και ένα κολιέ με μια διαμαντένια καρδιά. Την εμφάνισή της συμπλήρωνε ένα ζευγάρι κόκκινες γόβες επτά ιντσών και μια ασορτί τσάντα.

Οι άνδρες συγκρατήθηκαν καθώς η γυναίκα ανέβαινε τις σκάλες.

Ήταν ξεκάθαρα η αρχηγός της αγέλης.

Ο Τζάσπερ κι εγώ πήγαμε στην είσοδο, μαζί με τον Μάρσαλ και τους άλλους δύο αστυνομικούς. Σχηματίσαμε ένα μισό πέταλο.

Η γυναίκα έδειξε την ταυτότητά της. Ήταν από την Εθνική Ασφάλεια και είχε μαζί της έναν ακόμη πράκτορα. Υπήρχαν δύο από το F.B.I. Δύο από τη C.I.A. Δύο από το Τμήμα Προστασίας Αλλοδαπών. Δύο από τη Μυστική Υπηρεσία.

«Πού είναι;» απαίτησε η γυναίκα. Το όνομά της ήταν Σάρλοτ Κάσιντι. Έβγαλε τα σκούρα γυαλιά ηλίου της και τα κορακί μαλλιά της έκαναν αμέσως αντίθεση με τα γαλάζια μάτια της. Στο χέρι της κρατούσε ένα αντικείμενο που έδειχνε τικ. «Δεν είναι τόσο μεγάλο όσο το φανταζόμουν». Πλησίασε την τρύπα με τη συσκευή τεντωμένη και αυτή σώπασε.

«Ανιχνευτής ακτινοβολίας;» Ψιθύρισε ο Τζάσπερ.

Τίναξα τους ώμους μου.

Ο άντρας της CIA, ο Φρανκ Ντουν, έβαζε συνεχώς τα γυαλιά ηλίου του και τα έβγαζε ξανά, παρόλο που ήταν μέσα. Ήταν πολύ ενοχλητικό. Ο συνεργάτης του, ο Τζέικ Φλατς, τον έσπρωξε με τον αγκώνα και του είπε να το κόψει. «Κυρία μου, τι ξέρετε για αυτό το αντικείμενο;»

«Έπεσε από την οροφή μου. Είναι γελοία καυτό. Μουρμουρίζει, μερικές φορές βουίζει. Προσπάθησαν να χρησιμοποιήσουν ένα περονοφόρο ανυψωτικό για να το βγάλουν από εδώ, το έσπασε».

Πλησίασα πιο κοντά, κάνοντας νόημα για να εξηγήσω για τη μορφή Χ που άφησε ο νεκρός τύπος.

«Έφυγε», είπε ο Τζάσπερ.

«Τι έφυγε;» Ρώτησε η Σάρλοτ.

Ο αξιωματικός Μάρσαλ συνέχισε. «Ένας φωτογράφος έπεσε μέσα και έλιωσε πάνω του. Υπήρχε ένα αποτύπωμα του σώματός του, σε σχήμα Χ, αλλά δεν είναι πλέον ορατό».

«Ίσως δεν ήταν ποτέ εκεί;» είπε η ίδια.

«Ήταν οπωσδήποτε εκεί», είπα, "Έχουμε πολλούς μάρτυρες".

«Χριστέ μου!» είπε ένας από τους τύπους του Τμήματος Προστασίας Αλλοδαπών (Τ.Δ.Φ.Π.Α.Α.). Το όνομά του ήταν Άλεξ Γκριν και ήθελε πολύ να κατέβει και να το δει.

Η Σάρλοτ πήρε το προβάδισμα, προτείνοντας να χωριστεί η ομάδα. Έδειξε ποιος θα έπρεπε να παραμείνει επάνω και ποιος θα έπρεπε να κατέβει μαζί της. Εγώ συμπεριλήφθηκα στην τελευταία ομάδα.

Ο Alex Greene και η συνεργάτιδά του Jessie Filtch ήταν φανερά ενοχλημένοι που τους απέκλεισαν, αλλά η Charlotte θεώρησε καλύτερο για εκείνη και την ομάδα της να προσεγγίσουν πρώτα τον κίνδυνο πριν αφήσουν τους άλλους ελεύθερους.

***

Όταν έφτασα στην κάτω σκάλα, έχοντας περπατήσει αργά για να μπορώ να σκέφτομαι στο δρόμο — μερικές φορές το να είσαι γέρος έχει τα πλεονεκτήματά του — αναρωτήθηκα αν θα έπρεπε να τους πω για το χορό με τον σύζυγό μου. Συνειδητοποίησα ότι έπρεπε, αν και δεν τους αφορούσε πραγματικά.

Παρατήρησα αμέσως μια αλλαγή στο αντικείμενο. Σε δύο από τις σχισμές που έμοιαζαν με μάτια υπήρχαν δύο πραγματικά μάτια.

Το χρώμα τους όμως δεν ήταν ανθρώπινο, καθώς υπήρχαν κηλίδες πράσινου χρώματος στο βάθος και στη θέση της κόρης υπήρχε κάτι κόκκινο της φωτιάς. Ασθάνθηκα και προχώρησα παρακάτω.

Μόλις συνήλθα, περίμενα ότι οι καλεσμένοι θα έμεναν έκπληκτοι ή τουλάχιστον θα ενδιαφέρονταν για τις σκιές που έβγαιναν από τους ανθρώπους του επάνω ορόφου. Παραδόξως, δεν φάνηκε να το προσέχουν.

Η Σάρλοτ ήταν απασχολημένη με το να κουνάει το τικ-τακ της που δεν έδειχνε πια. Ήρθε πιο κοντά μου. «Τι ακριβώς σε ανησυχεί με αυτό το πράγμα; Μου φαίνεται εντελώς ακίνδυνο».

Με έσωσε από το να πω κάτι που θα είχα μετανιώσει ο P. G. Willow («Penguin» για συντομία) — ο εκπρόσωπος της Εθνικής Ασφάλειας. «Θα δείξετε λίγη ευαισθησία; Στο σπίτι αυτής της γυναίκας έχουν εισβάλει και το έχουν διαλύσει». Έκανε μια παύση: «Έχετε σκεφτεί ότι μπορεί να εκκολαφθεί;»

«Δεν έχει καν το σχήμα αυγού», ανταπέδωσε η Σάρλοτ αφού χλεύασε.

«Ένα αυγό όπως το ξέρουμε», ανταπάντησε ο Πιγκουίνος.

Η Σάρλοτ γούρλωσε τα μάτια της.

«Αυτό που με ανησυχεί», είπα προσπαθώντας να μην ακουστώ πολύ θυμωμένη ενώ ένιωθα θυμωμένη, »δεν είναι τόσο αυτό το πράγμα, όσο το ότι όλοι εσείς ποδοπατάτε το σπίτι μου. Γιατί βρίσκεστε εδώ, ούτως ή άλλως; Γιατί δεν είναι εδώ οι τύποι από το Τμήμα Προστασίας Αλλοδαπών αντί για το FBI, τη C.I.A. και την Εθνική Ασφάλεια;».

«Κάνει πολύ ζέστη», πρότεινε ο άνθρωπος του γκισέ της Σάρλοτ από την Εθνική Ασφάλεια. Το όνομά του ήταν Μπραντ Χιτ και ήταν καλός στο να δηλώνει το αιματηρά προφανές, όπως ήταν και ο γείτονάς μου.

Περιπλανήθηκα, προσπαθώντας να τραβήξω την προσοχή στις σκιές. Περπατούσα μέσα και έξω από αυτές. Τίποτα.

Ήμουν ο μόνος που μπορούσε να τις δει;

«Τι είναι αυτά τα κενά στην επιφάνεια;» ρώτησε ο Χιτ.

Πλησίασα και τον ρώτησα ποια ήταν αυτά. Αναρωτήθηκα τι μπορούσε να δει και τι δεν μπορούσε να δει. Είπε τις εκατοντάδες ή χιλιάδες κενές σχισμές που έμοιαζαν με σχισμές. Στη συνέχεια άπλωσε το χέρι του και θα το άγγιζε, αν δεν τον είχα σταματήσει εγκαίρως.

«Προσπαθείς να αυτοκτονήσεις;»

Η Σαρλότ παρενέβη: «Νομίζω ότι είδαμε αρκετά. Το πράγμα πρέπει να κρυώσει. Κάλεσε την πυροσβεστική. Αφού το ψύξουν, μπορούμε να το κυλήσουμε έξω από εδώ. Εύκολο-εύκολο».

Της είπα τι συνέβη όταν η πυροσβεστική το επιχείρησε αυτό.

Η Σάρλοτ μίλησε κατευθείαν στο τηλέφωνό της: «Το εν λόγω αντικείμενο θερμαίνεται όταν χύνεται νερό πάνω του. Επαναλαμβάνω, θερμαίνεται αντί να ψύχεται όταν χύνεται πάνω του παγωμένο νερό». Διέσχισε το δωμάτιο. Την ακολουθήσαμε όλοι.

«Περιμένετε ένα λεπτό», είπε ο Χιτ. Όλοι περιμέναμε. «Δεν πειράζει», είπε.

Η Σαρλότ και η συνοδεία της έφυγαν αφού μας έδωσαν συγκεκριμένες οδηγίες:

#1. Κανείς νέος δεν επιτρέπεται να μπει στο σπίτι.

#2. Να μην δημοσιεύεται τίποτα στα μέσα κοινωνικής δικτύωσης ή οπουδήποτε αλλού χωρίς την άδειά της.

Μετά έφυγαν, εκτός από δύο.

***

Παρέμειναν ο Alex Greene και η σύντροφός του, Jessie Filtch. Οι δύο τύποι από το Τμήμα Προστασίας Αλλοδαπών.

«Μαμά, μπορώ να σου μιλήσω;»

Συγχωρήσαμε τους εαυτούς μας και πήγαμε στο γραφείο μου.

«Μαμά, νομίζω ότι αυτοί οι δύο τύποι είναι ηλίθιοι».

«Τζάσπερ, τι ωραία που τα λες αυτά».

«Νομίζω ότι πρέπει να καλέσουμε κάποιον, έναν ειδικό. Όπως ο Σαμ και ο Ντιν στο Supernatural. Θα ξέρουν τι να κάνουν».

Κούνησα το κεφάλι μου. «Ε, Τζάσπερ, είναι φανταστικοί χαρακτήρες».

«Το ξέρω μαμά, αλλά πρέπει να υπάρχουν κάποιοι τέτοιοι τύποι και στην πραγματική ζωή».

«Γιατί δεν σερφάρεις στο διαδίκτυο να δεις τι μπορείς να βρεις;»

Άφησα τον Τζάσπερ στο γραφείο μου και πήγα να βρω τον Άλεξ και την Τζέσι. Φορούσαν κάποιο περίεργο προστατευτικό εξοπλισμό, συμπεριλαμβανομένων στολών και μασκών, και με τα όπλα που κρατούσαν, έμοιαζαν με τους Ghostbusters.

Περίμενα ότι θα οδηγούσα εγώ, αλλά αντ' αυτού ακολούθησα τα αγόρια. Κουβαλούσαν τόσα πολλά επιπλέον πράγματα, σωλήνες και συσκευές. Ένα από τα παιδιά έκανε τικ-τακ.

Τα αγόρια συνεργάζονταν καλά, με μια παράξενη όσμωση. Ο ένας ήξερε τι σκεφτόταν ο άλλος πριν επικοινωνήσει. Πλησίασαν κοντά στο αντικείμενο και φορώντας προστατευτικά γάντια έβαλαν τα χέρια τους πάνω του. Οι στολές τους έκαναν τη δουλειά — στην αρχή. Αντάλλαξαν ματιές και έδωσαν ο ένας στον άλλον ένα μπράβο.

Πλησίασα λίγο πιο κοντά, ανιχνεύοντας μια περίεργη μυρωδιά. Κάτι έκαιγε. Πρώτα άναψε το γάντι της Τζέσι και μετά του Άλεξ. Έτρεξαν στον νεροχύτη και έσκισαν τα διαλυμένα γάντια τους με το άλλο χέρι. Τα χέρια τους είχαν καεί, αλλά δεν ήταν τόσο άσχημα όσο θα μπορούσε να είναι.

«Ουάου!» είπε ο Τζέσι, αφού είχε βγάλει τη μάσκα του. «Αυτό το κάθαρμα είναι πιο καυτό κι από την κόλαση».

Αυτό το ξέσπασμα αλήθειας με έκανε να γελάσω καθώς ο Άλεξ έβγαζε τη μάσκα του. «Πρόσεξες αυτό το πράγμα;

Οι δύο άντρες κοίταξαν ο ένας τον άλλον και μετά εμένα. Δεν ήμουν σίγουρος για το τι εννοούσαν και γι' αυτό έμεινα σιωπηλός.

«Ναι», είπε η Τζέσι. «Τα μάτια».

Μου έκανε εντύπωση που μπορούσαν να τα δουν και το είπα.

«Περιμένετε ένα λεπτό», είπε ο Άλεξ. «Μας λέτε ότι μπορείτε να τα βλέπετε χωρίς εξοπλισμό για τα μάτια;»

Εγώ έγνεψα.

«Τι άλλο μπορείς να δεις;» Ρώτησε η Τζέσι.

Δίστασα και είπα ότι θα επιστρέψω αμέσως. Φόρεσαν ξανά τις κουκούλες τους και ανέβηκα επάνω για να επιδείξω την ενέργεια των σκιών. Περίμενα, περιμένοντας να ακούσω κάτι από αυτές, όπως μια κραυγή απόλαυσης, αλλά δεν άκουσα τίποτα».

«Ω, επέστρεψες», είπαν.

«Πρόσεξες τίποτα;»

«Μπορώ να χρησιμοποιήσω το μπάνιο σας;» Είπε ο Άλεξ και ανέβηκε επάνω.

Ο Τζέσι φόρεσε την κουκούλα του και όταν επέστρεψε ο Άλεξ αντάλλαξαν ματιές.

«Λοιπόν, μπορείς να δεις τις σκιές τότε;»

«Βάζουμε τα χέρια μας μέσα από αυτήν», παραδέχτηκε ο Τζέσι. «Και επίσης το διαβάσαμε».

Πλησίασα πιο κοντά. «Λοιπόν, μη με κρατάτε σε αγωνία».

«Είναι λάμψη ιονισμένου αέρα, άτομα Ράιντμπεργκ, εξ ου και η πράσινη απόχρωση», είπε ο Άλεξ. «Είναι δύσκολο να εξηγηθεί, καθώς συνήθως εμφανίζεται μόνο στο διάστημα ή σε μέρη όπως το Βόρειο Σέλας. Είναι εξαιρετικά σπάνιο, εννοώ ότι είναι ανήκουστο στο υπόγειο κάποιου».

Είχα μείνει με το στόμα ανοιχτό. Το έκλεισα.

«Με βάση το αλουμίνιο», εξήγησε η Τζέσι. «Δεν είναι τοξικό ή επικίνδυνο. Πιστεύουμε ότι το αντικείμενο βρίσκεται εδώ τυχαία, από πολύ, πολύ μακριά. Δεδομένου του μεγέθους και του σχήματός του, για να μην αναφέρουμε το βάρος του, το να το στείλουμε πίσω δεν θα είναι εύκολο. Στην πραγματικότητα, μάλλον δεν έχουμε την τεχνολογία για να το κάνουμε».

«Χρειάζομαι ένα ποτό», είπα.

Καθώς ανέβαινα προς τα πάνω, η Τζέσι ρώτησε: «Τι γίνεται με τον τοίχο;».

«Αν υποθέσουμε ότι μπορεί να τον δει», είπε ο Άλεξ.

Προσποιούμενος ότι δεν τους είχα ακούσει, συνέχισα. Μετά έριξα πίσω ένα σφηνάκι ουίσκι.

«Μαμά;»

«Είμαι στην κουζίνα, αγάπη μου».

«Βρήκα δύο τύπους, σαν τον Σαμ και τον Ντιν. Οδηγούν εδώ τώρα, περίπου σαράντα πέντε λεπτά μακριά, χρησιμοποιώντας το GPS τους. Ελπίζω να μη σε πειράζει, αλλά τους πρόσφερα έναν τρέχοντα λογαριασμό. Μέχρι εκατό δολάρια για να καλύψουν τα έξοδά τους».

Χαμογέλασα. «Εντάξει.»

«Έχουν ιστοσελίδα και πολλές μαρτυρίες και εμπειρία στο υπερφυσικό, το απόκρυφο και το εξωγήινο».

«Μπράβο, Τζάσπερ. Ενημέρωσέ με όταν φτάσουν. Στο μεταξύ θα απασχολήσω τους δύο καλεσμένους κάτω».

«Είσαι καλά, μαμά; Φαίνεσαι λίγο κουρασμένη;»

«Είμαι κουρασμένη, αλλά ταυτόχρονα ενθουσιασμένη.

«Κι εγώ το ίδιο!»

***

Επέστρεψα στο υπόγειο, επιβεβαιώνοντας ότι μπορούσα να το δω.

«Έχεις περάσει μέσα από αυτό; Στην άλλη πλευρά;» ρώτησε η Τζέσι.

«Πήγα και ακούμπησα στον τοίχο έτσι». Έκανα επίδειξη και για άλλη μια φορά πέρασα κατευθείαν μέσα. Τα αγόρια είχαν ήδη φορέσει τα ρούχα τους και ακολούθησαν.

«Πώς είναι ο αέρας;» ρώτησε η Τζέσι.

«Είναι φρέσκος και όμορφος».

Έβγαλαν τις μάσκες τους.

«Πότε παρατηρήσατε για πρώτη φορά το κενό;» ρώτησε ο Άλεξ.

«Δεν το πρόσεξα πραγματικά, απλά έσκυψα μέσα του κατά λάθος».

«Φαίνεται πολύ παράξενο με όλο αυτόν τον πράσινο ουρανό», είπε ο Άλεξ. Άγγιξε το γρασίδι, είπε ότι το ένιωθε τεχνητό.

Περπάτησαν προς την αντίθετη κατεύθυνση από εκεί που είχα πάει πριν. Ακολούθησα στενά πίσω τους. Περπατούσαμε για αρκετή ώρα, ακούγοντας προσεκτικά την ησυχία. «Γιατί το ονομάσατε το κενό;»

«Πλάκα έκανε», είπε η Τζέσι. «Το κενό είναι αυτό που αποκαλούν κάτι τέτοιο στον κόσμο των παιχνιδιών ή της εικονικής πραγματικότητας. Δεν είμαστε ακόμα σίγουροι για το τι είναι αυτό, αλλά νιώθουμε ότι αυτός ο κόσμος είναι ο κόσμος από τον οποίο προήλθε το αντικείμενό σας».

«Στην πραγματικότητα», πρόσθεσε ο Άλεξ. «Αυτό το πράγμα θα ήταν καμουφλαρισμένο εδώ, σαν χαμαιλέοντας».

Άκουσα ένα δυνατό σφύριγμα. Ενδιαφέρον ήταν ότι μπορούσα να ακούσω ήχους από το εσωτερικό του σπιτιού μου σε αυτό το άλλο μέρος. Ο Άλεξ και η Τζέσι δεν αντέδρασαν στον ήχο, καθώς επέστρεψα στην είσοδο και μπήκα κατευθείαν μέσα. Τα αγόρια με ακολουθούσαν, αλλά δεν πέρασαν. Άπλωσα το χέρι μου στο κενό (για να μην υπάρχει καλύτερη λέξη) και μετά το τράβηξα πίσω. Ήταν γεμάτο με μια πράσινη ουσία που έμοιαζε με ζελέ. Μπήκα ξανά μέσα και με τα δύο χέρια, απλώνοντας απελπισμένα το χέρι μου για την Τζέσι και τον Άλεξ. Φώναξα τα ονόματά τους μέσα από τον τοίχο και προσπάθησα ακόμη και να σπρώξω τον εαυτό μου ξανά μέσα, αλλά δεν είχα καμία τύχη.

Ο Τζάσπερ ψιθύρισε δυνατά.

«Φέρτε τους εδώ κάτω Τζάσπερ, νομίζω ότι χρειαζόμαστε τη βοήθειά τους — ΤΩΡΑ».

***

Ο Σαμ και ο Ντιν μας ήταν δύο νεαρά παλικάρια, ελάχιστα μεγαλύτερα από τον Τζάσπερ. Ήταν φορτωμένοι με εξοπλισμό καθώς κατέβαιναν τις σκάλες. Ο ψηλότερος από τους δύο είχε ξανθά μαλλιά και ονομαζόταν Μπερτ (συντομογραφία του Άλμπερτ) και ο δεύτερος νέος, που είχε ένα στρατιωτικό κούρεμα, ονομαζόταν Λέο (συντομογραφία του Γαλιλαίου).

Αφού ανταλλάξαμε μερικές ευγένειες, τους εξήγησα για τους αγνοούμενους πράκτορες και το κενό.

Ο Λίο μίλησε σε ένα μικρόφωνο που είχε στο τηλέφωνό του. Περιέγραψε το αντικείμενο, συμπεριλαμβανομένου του μεγέθους και των διαστάσεων. Μου ζήτησε να του εξηγήσω πώς λειτουργεί το κενό.

Ο Μπερτ πλησίασε το πράσινο αντικείμενο για να το δει από κοντά. Άπλωσε το χέρι του και άγγιξε το αντικείμενο πριν προλάβω να τον σταματήσω. «Είναι τελείως γαμάτο», είπε. «Εννοώ από άποψη θερμοκρασίας. Λαμβάνοντας υπόψη την περιγραφή του Τζάσπερ νωρίτερα, θα έλεγα ότι κάτι έχει βραχυκυκλώσει».

Το άγγιξα κι εγώ- το ένιωσα εξαιρετικά λείο και δροσερό. Έψαξα να βρω το ζευγάρι των ματιών, χωρίς καμία τύχη. Αναρωτήθηκα για τις σκιές και ζήτησα από τον Τζάσπερ να ανέβει τρέχοντας τις σκάλες, ώστε να μπορέσω να το ελέγξω. Τίποτα. Ο Μπερτ και ο Λίο με παρακολουθούσαν με προσοχή.

«Νομίζω ότι όποιος κι αν είναι ο ιδιοκτήτης αυτού του πράγματος πρέπει να έχει μια ακτίνα έλξης πάνω του».

«Θα έπρεπε να πούμε ότι είχε ακτίνα έλξης», είπε ο Μπερτ. «Γιατί φαίνεται να έχει δυσλειτουργήσει».

«Μπορώ να κατέβω τώρα;» Ρώτησε ο Τζάσπερ.

Ζήτησα συγγνώμη που τον ξέχασα.

«Οι τύποι στην άλλη πλευρά, πώς τους λένε;» Ρώτησε ο Λίο.

Τους φωνάξαμε. Τίποτα.

«Λοιπόν, το πράγμα με την ακτίνα έλξης», είπα, »σταμάτησε να λειτουργεί, οπότε πώς θα το φτιάξουμε; Και αν το φτιάξουμε, θα μπορέσουν να το ξαναπιάσουν;»

«Αν μπορούσαμε να κάνουμε το κενό να ανοίξει, τότε θα σπρώχναμε το αντικείμενο μέσα», είπε ο Λίο.

«Και να πάρουμε πίσω τα παιδιά», πρόσθεσε ο Τζάσπερ.

Θα εξακολουθούσα να έχω μια τεράστια τρύπα στην οροφή μου, αλλά τουλάχιστον τότε θα μπορούσα να το φτιάξω.

Μαζί οι τέσσερις μας σταθήκαμε στη μία πλευρά του αντικειμένου. «Με το τρία», είπε ο Μπερτ και το σπρώξαμε με ό,τι είχαμε.

«Ήταν έξυπνη ιδέα», είπε ο Μπερτ όταν δεν μπορέσαμε να το μετατοπίσουμε ούτε ένα ίχνος. Δίστασε για μια στιγμή και μετά ρώτησε: «Όταν ήσασταν στην άλλη πλευρά, αισθανθήκατε κάποιο κίνδυνο;».

Το σκέφτηκα. Δεν είχα και το είπα. «Ένα πράγμα», παραδέχτηκα. «Τζάσπερ, αυτό θα σε σοκάρει. Ήλπιζα να σου το πω ιδιαιτέρως».

Εξήγησα για τον χορό με τον σύζυγό μου. Ανησυχώντας, ρώτησα τον Τζάσπερ πώς αισθανόταν γι' αυτό. Είπε ότι θα ήθελε απλώς να ήταν εκεί μαζί μου.

«Ρώτησε για μένα;»

Εύχομαι να το είχε κάνει, αλλά δεν το είχε κάνει. Όλα έγιναν τόσο γρήγορα.

«Να ξεκαθαρίσω κάτι», διέκοψε ο Άλεξ. «Δεν ήταν ο άντρας σου. Ήταν μια εκδήλωση του συζύγου σου. Τα υπερφυσικά όντα μπορούν να διαβάσουν το μυαλό, κάποια μπορούν να επικαλεστούν πνεύματα και να αναπαραστήσουν ακόμα και τους ζωντανούς».

«Αλλά αισθανόταν αληθινός, ακόμα και μύριζε αληθινός».

«Αυτό ακριβώς θέλουν να πιστεύεις», είπε ο Λίο.

Έξω άκουσα τα λάστιχα των αυτοκινήτων να σταματούν με τρίζοντες ήχους.

«Γύρισαν», είπα καθώς κατευθυνόμασταν προς την μπροστινή πόρτα.

«Γαμώτο», είπαν ο Λίο και ο Μπερτ. «Έχουμε δικαίωμα να είμαστε εδώ. Δεν πρόκειται να πάμε πουθενά».

Άνοιξα την πόρτα.

Σταθήκαμε σταθερά στη θέση μας με μια ισχυρή αίσθηση του σκοπού και της αποφασιστικότητας ότι δεν θα μετακινηθούμε.

***

Αυτή τη φορά δεν ήταν η Σάρλοτ επικεφαλής της αγέλης. Αντίθετα, ήταν ο Πρόεδρος.

Ήταν ψηλότερος από όλους τους άλλους, ντυμένος με ένα χοντρό πανωφόρι που τονιζόταν με ένα ζευγάρι δερμάτινα γάντια. Οι σωματοφύλακές του ήταν κοντά του, μιλούσαν σε μικρόφωνα και έδιναν ορατή θερμότητα.

«Κύριε Πρόεδρε», είπα με μια υπόκλιση. Άπλωσε το χέρι του χωρίς γάντια. Τον σύστησα στον Τζάσπερ, μετά στον Μπερτ και τον Λίο. «Καλώς ήρθατε στο σπίτι μου, κύριε Πρόεδρε».

Έσκυψε το κεφάλι, μπήκε μέσα και ρώτησε: «Λοιπόν, από πού πέρασαν;».

Πώς το ήξερε; Είχαν βάλει κοριό στο σπίτι μου; Είχα ενοχληθεί και το είπα.

Η Σάρλοτ ήρθε μπροστά με το τηλέφωνό της τεντωμένο, πάτησε το play. Στο τηλέφωνό της υπήρχε ένα μήνυμα από την Τζέσι και τον Άλεξ.

«Θεέ μου!» Αναφώνησε ο Μπερτ.

«Γιατί δεν το σκεφτήκαμε αυτό;» ρώτησε ο Λίο.

«Δεν θα το σκεφτόσασταν τώρα, έτσι δεν είναι;» είπε η Σάρλοτ με μια ανάρμοστη αλαζονεία που τα σηκωμένα φρύδια του Προέδρου έδειχναν ότι δεν του άρεσε καθόλου.

«Ακολουθήστε με», είπα και τους οδήγησα στο υπόγειο.

«Περιμένετε ένα λεπτό», είπε ο Πρόεδρος. «Πώς γίνεται αυτό το πράγμα να μην εκπέμπει πια θερμότητα;» Γύρισε προς τη Σάρλοτ. «Νόμιζα ότι είπες ότι ήταν πυρακτωμένο».

Η Σάρλοτ συνειδητοποίησε ότι ο Πρόεδρος είχε δίκιο και ζήτησε ενημέρωση.

«Φαίνεται ότι συνέβη όταν τα παιδιά μπήκαν στο κενό», προσφέρθηκα.

«Τηλεφώνησέ τους ξανά», διέταξε ο Πρόεδρος, η Σάρλοτ προσπάθησε, αλλά δεν απαντούσαν.

Ο Μπερτ είπε στον Πρόεδρο: «Μόλις σκεφτόμασταν το ενδεχόμενο να βγάλουμε το πράγμα έξω από εδώ τώρα που είναι δροσερό. Αν μπορέσουμε να ανοίξουμε το κενό και να βάλουμε τα παιδιά μέσα και αυτό έξω, θα μπορούσε να θεωρηθεί ως ανταλλαγή καλής θέλησης».

«Με ποιον;» ρώτησε ο Πρόεδρος.

«Σε όποιον το έστειλε εδώ», είπε ο Λίο.

«Σε παρακαλώ, πες μου περισσότερα», είπε η Πρόεδρος και σύντομα η Σάρλοτ και η συνοδεία της συγκεντρώθηκαν γύρω της και άκουγαν κι αυτοί.

«Πιστεύουμε», είπε ο Λίο, »ότι σε όποιον κι αν ανήκει αυτό το πράγμα πρέπει να είχε μια ακτίνα έλξης πάνω του. Πιστεύουμε ότι η ακτίνα έλξης δεν λειτούργησε σωστά — αλλά σε κάθε περίπτωση, πρέπει να βγάλουμε αυτούς τους δύο τύπους έξω πριν ξαναλειτουργήσει».

Ο Πρόεδρος έσφιξε το χέρι του Λίο και του Μπερτ. Στράφηκε προς τη Σαρλότ. «Προσέλαβε αυτούς τους δύο».

Τα αγόρια κολακεύτηκαν, αλλά αρνήθηκαν την προσφορά του και στη συνέχεια εξήγησαν τις προηγούμενες εμπειρίες τους με το υπερφυσικό, το απόκρυφο και το εξωγήινο. Είπαν στον Πρόεδρο για τα πέντε εκατομμύρια και πλέον χτυπήματα στο YouTube και τα εκατομμύρια των οπαδών τους στα Μέσα Κοινωνικής Δικτύωσης.

«Λοιπόν τώρα, αυτό είναι πολύ εντυπωσιακό», είπε ο Πρόεδρος. Το χέρι του γλίστρησε στην τσέπη του, έβγαλε δύο επαγγελματικές κάρτες και τις έδωσε στα αγόρια. Εκείνα με τη σειρά τους, του έδωσαν τις δικές τους επαγγελματικές κάρτες.

«Τώρα ας περάσουμε στο θέμα που μας απασχολεί», είπε ο Πρόεδρος. «Πώς να πάρουμε πίσω τα παιδιά μας και μάλιστα pronto».

Ακούμπησα στον τοίχο, όπως είχα ξανακάνει και ήλπιζα να περάσω, αλλά αυτή τη φορά δεν τα κατάφερα.

***

Καταφέραμε να μετακινήσουμε το πράσινο αντικείμενο έστω και λίγο, ώστε να είναι στη θέση του αν ανοίξει το κενό.

«Το μόνο που μπορούμε να κάνουμε τώρα είναι να περιμένουμε», είπε ο Πρόεδρος. Στη συνέχεια κάλεσε τη Σαρλότ, μας ευχαρίστησε που ήμασταν εξαιρετικοί πολίτες και στη συνέχεια έκανε πρόταση να αναχωρήσουμε.

«Μπορώ να ζητήσω μια χάρη;» Είπε ο Μπερτ.

«Βεβαίως», είπε ο Πρόεδρος.

«Μπορούμε να βγάλουμε μια selfie για την ιστοσελίδα μας;»

Ο πρόεδρος είπε: «Κανένα πρόβλημα» και έβγαλαν αρκετές.

Ανεβήκαμε επάνω και περιμέναμε ένα σημάδι. Οποιοδήποτε σημάδι.

***

Η μέρα μετατράπηκε σε νύχτα.

Έξω ο άνεμος σφύριζε και κροτάλιζε τα κεραμίδια της στέγης σαν να έτρεχε έναν αγώνα με τον εαυτό του. Έκλεισα τα μάτια μου, ανατρίχιασα, κοίταξα και μέσα από το κενό στο ταβάνι και εντόπισα μια ακτίνα φωτός μέσα στην έναστρο, έναστρο νύχτα.

Ασθμαίνω και σύντομα όλοι στέκονταν κοντά μου και κοιτούσαν ψηλά.

«Ουάου!» Αναφώνησε ο Λίο. «Νομίζω ότι είναι η ακτίνα έλξης».

«Μιλάμε για διακτίνισή μου, Σκότι!» είπε ο Μπερτ.

Η ελκτική ακτίνα κατέβηκε, πέρασε μέσα από την τρύπα, κατέβηκε στο υπόγειο όπου προσκολλήθηκε στο πράσινο αντικείμενο. Η ακτίνα έλξης ήταν επίσης πράσινη, αλλά έλαμπε και κουνιόταν καθώς έφτανε και έπιανε το αντικείμενο.

Μόλις το έπιασε καλά, φάνηκε να σταματάει και μετά να ανεβάζει τους κινητήρες. Ο ήχος ήταν εκκωφαντικός, και όλοι καλύψαμε τα αυτιά μας, καθώς σήκωσε το αντικείμενο πρώτα μακριά από τον τοίχο και μετά αργά αλλά σταθερά προς τον ουρανό.

Δεν μπορούσαμε να πάρουμε τα μάτια μας από πάνω του. Θα μπορούσαμε να είχαμε κινδυνεύσει — και πάλι δεν μπορούσαμε να κοιτάξουμε αλλού. Ανέβαινε όλο και πιο ψηλά και μέσα στον νυχτερινό ουρανό. Βγήκαμε έξω, για να δούμε περισσότερο τι βρισκόταν στην άλλη άκρη, αλλά από όλες τις οπτικές γωνίες δεν φαινόταν τίποτα, εκτός από την ακτίνα μιας πράσινης γραμμής που μετέφερε το αντικείμενο μακριά.

Μόλις εξαφανίστηκε εντελώς, τόσο ψηλά που ήταν αόρατο με γυμνό μάτι, μείναμε μαζί όρθιοι σιωπηλοί μέχρι που είπα: «Εντάξει, το αντικείμενο εξαφανίστηκε, αλλά τι θα κάνουμε με τον Άλεξ και την Τζέσι; Είναι ακόμα παγιδευμένοι στο κενό».

«Μάλλον χρειαζόμαστε ένα σχέδιο Β», είπε ο Λίο.

«Αυτό θα το αφήσουμε σε εσάς», είπε η Σάρλοτ καθώς πάτησε την ταχεία κλήση στο τηλέφωνό της και ενημέρωσε τον Πρόεδρο και στη συνέχεια κήρυξε την υπόθεση λήξασα. «Δεν υπάρχουν ζητήματα ασφαλείας εδώ, ούτε εξωγήινοι». Η ίδια και η συνοδεία της μάζεψαν τα πράγματά τους και κατευθύνθηκαν προς τα οχήματά τους.

«Περιμένετε ένα λεπτό!» Φώναξα. «Δεν νοιάζεσαι καν για τους άνδρες σου;»

«Παράπλευρες απώλειες», είπε η Σάρλοτ καθώς χτύπησε την πόρτα του αυτοκινήτου της. Έφυγαν με το αυτοκίνητο.

«Υποθέτω ότι εξαρτάται από εμάς», είπα.

Ο Μπερτ και ο Λίο κοιτάχτηκαν μεταξύ τους.

Ο Μπερτ είπε: «Λυπάμαι, αλλά δεν ξέρουμε τι να κάνουμε ή πώς να τους πάρουμε πίσω. Θα φύγουμε κι εμείς, για να κοιμηθούμε λίγο. Θα σας τηλεφωνήσουμε το πρωί αν σκεφτούμε κάτι».

Ο Τζάσπερ κι εγώ δεν διασκεδάσαμε καθόλου. Τώρα που το αντικείμενο είχε φύγει, όλοι έφευγαν. Μας εγκατέλειπαν.

Ο Τζάσπερ πήγε στο δωμάτιό του κι εγώ έβαλα τις πιτζάμες μου, σκεπτόμενη συνεχώς τους αγνοούμενους. Προσπάθησα να αποσπάσω την προσοχή μου διαβάζοντας ένα μυθιστόρημα μυστηρίου, αλλά το μυστήριο ακριβώς κάτω από την ίδια μου τη στέγη απαιτούσε την προσοχή μου. Μετά από δύο ώρες στριφογυρίσματος σηκώθηκα για να φτιάξω ένα φλιτζάνι τσάι.

Θα είχα φορέσει το παλτό μου αν ήξερα ότι θα ερχόταν παρέα.

***

Πίνοντας το τσάι, αναρωτώμενη πώς θα μπορούσα να λύσω το δίλημμα, κοίταξα τα αστέρια, καθώς ένα δάκρυ έτρεχε στο μάγουλό μου. Δύο άντρες είχαν χαθεί κάπου στο κενό, χωρίς οικογένεια, χωρίς φίλους, χωρίς πατρίδα. Ήταν γενναίοι πολίτες. Τους άξιζε κάτι καλύτερο.

Άρπαξα ένα σοκολατένιο μπισκότο και ετοιμαζόμουν να δαγκώσω, όταν παρατήρησα ένα λαμπερό πράσινο αστέρι. Ένα πράσινο αστέρι; Έτριψα τα μάτια μου, αλλά ήταν ακόμα εκεί και μου έκλεινε το μάτι. Βγήκα έξω για να δω τον νυχτερινό ουρανό.

Δεν ήταν αστέρι.

Κινούνταν, έπεφτε γρήγορα προς την κατεύθυνσή μου, γινόταν όλο και μεγαλύτερο.

«Ωχ, όχι!» Φώναξα σε κανέναν. Μετά φώναξα τον Τζάσπερ και βγήκε έξω τρέχοντας. Έδειξα προς τα πάνω, ενώ σκεφτόμουν μια γρήγορη κίνηση αν χρειαζόταν να φύγουμε από τη μέση.

Καθώς η απόσταση μεταξύ αυτών και ημών μειώθηκε, δεν μπορούσαμε να συγκρατήσουμε τον ενθουσιασμό μας και πηδήξαμε από χαρά, καθώς το πράγμα σταμάτησε και ήταν εκεί.

Δύο μαύρες ομπρέλες άνοιξαν, ο Άλεξ και η Τζέσι άρπαξαν από μία ο καθένας και άρχισε η κάθοδός τους προς εμάς. Φορώντας κοστούμια φτιαγμένα από ένα αντανακλαστικό υλικό ο Alex και η Jessie έπεσαν απαλά προς το μέρος μας.

Αφού προσγειώθηκαν ομαλά, το ζευγάρι έβαλε το χέρι του μέσα στις στολές του και έβγαλε δύο πράσινα μπουκάλια. Αφού άνοιξαν το καπάκι τους, κατέβασαν το περιεχόμενό τους. Βγήκαν από τις στολές τους αποκαλύπτοντας τα ρούχα με τα οποία είχαν αναχωρήσει. Γλίστρησαν τα μπουκάλια πίσω στο εσωτερικό τους και τα προσάρμοσαν στις ομπρέλες.

Η ακτίνα έλξης προσδέθηκε στις ομπρέλες και τις στολές. Χαιρετήσαμε καθώς τα αντικείμενα τραβήχτηκαν προς τον ουρανό και παρακολουθήσαμε μέχρι που δεν μπορούσαμε να τα δούμε πια.

«Καλώς ήρθατε πίσω!» αναφωνήσαμε ο Τζάσπερ και εγώ.

«Θα μπορούσα να σκοτώσω ένα φλιτζάνι τσάι!» είπε ο Άλεξ.

«Εγώ θα προτιμούσα ένα σφηνάκι ουίσκι», είπε η Τζέσι.

«Ποιοι ήταν αυτοί;» Ρώτησα. «Ή μήπως θα έπρεπε να πω ΤΙ ήταν;»

«Όλοι στον κατάλληλο χρόνο», είπαν οι δύο ήρωες που επέστρεψαν ομόφωνα. «Αλλά πρώτα πρέπει να έχουμε μπισκότα και ποτά».

Εκείνοι προσαρμόστηκαν στο ότι επέστρεψαν, ενώ εγώ ετοίμαζα τα πιάτα. Καθίσαμε μαζί στο τραπέζι, πίνοντας. Περιμένοντας. Δεν είχαν τίποτα να πουν. Καμία ερώτηση για εμάς, παρόλο που το τεράστιο πράσινο αντικείμενο δεν βρισκόταν πλέον στο σπίτι μου.

Η υπομονή μου άρχισε να εξαντλείται, οπότε τους ζήτησα να μας πουν τι συνέβη.

«Ήταν σύντομες διακοπές», είπε ο Άλεξ.

«Ναι, διακοπές επί πληρωμή», είπε η Τζέσι.

Εγώ σηκώθηκα όρθιος. «Τι εννοείτε; Πού ήσασταν; Ποιος σε είχε; Ήσουν φυλακισμένη; Πώς ήταν; Πώς τους έπεισες να σε στείλουν πίσω;» Κάθισα πάλι κάτω.

Ο Τζάσπερ συνέχισε: «Και τι ήταν αυτό το πράσινο πράγμα; Γιατί ήταν εδώ; Μήπως κάποιος έφαγε ξύλο επειδή το πέταξε;»

Οι άντρες κοιτάχτηκαν μεταξύ τους με κενά πρόσωπα. Δεν είχαν ιδέα για ποιο πράγμα μιλούσαμε. Μιλάμε για άγνοια.

«Μαμά, νομίζω ότι οι εξωγήινοι τους έσβησαν το μυαλό».

«Σύμφωνοι. Μιλάμε για μια καθαρή αρχή».

Δεν υπήρχε τίποτα άλλο που μπορούσαμε να πούμε ή να κάνουμε, εκτός από το να κοιμηθούμε. Η Τζέσι κοιμήθηκε στον καναπέ, ο Άλεξ στην πολυθρόνα La-Z-Boy.

Ο Άλεξ πετάχτηκε πάνω. «Ω, πριν το ξεχάσω».

Η Τζέσι πήδηξε κι αυτή. «Ναι, έχουμε κάτι για σένα».

Ο Τζάσπερ και εγώ κοιταχτήκαμε ο ένας τον άλλον, ήταν σαν να τους είχαν σπρώξει ή σοκαριστεί.

Ο Τζέσι έβγαλε από την τσέπη του μια πράσινη αστραφτερή θήκη. Κυμάτισε όταν την πήρα στο χέρι μου και την ένιωσα πολύ δροσερή. Την άνοιξα και έμεινα άναυδος. Μέσα ήταν το μετάλλιο του Αγίου Χριστόφορου του συζύγου μου. Αυτό που του είχα δώσει στην πρώτη επέτειο του γάμου μας.

Ο Άλεξ έδωσε ένα παρόμοιο αντικείμενο στον Τζάσπερ. Μέσα ήταν το ρολόι του πατέρα του. Ο Τζάσπερ το έβαλε κατευθείαν στον καρπό του. «Είπε τίποτα για μένα;»

Ο Άλεξ είπε: «Σας βλέπει κάθε μέρα, και τους δυο σας. Είναι αλήθεια αυτό που λένε, αυτοί που αγαπάμε δεν είναι ποτέ μακριά μας».

Τόσο ο Άλεξ όσο και η Τζέσι πετάχτηκαν αυτή τη φορά μαζί. «Πρέπει να φύγουμε».

«Και τώρα τι;» Ρώτησα. «Είστε καλά, παιδιά;»

«Ναι», είπαν μαζί. «Έχουμε κάτι να παραδώσουμε στον Πρόεδρο. Τώρα».

Ένα αυτοκίνητο σταμάτησε έξω και έφυγαν.

***

«Πρέπει να του το παραδώσουμε οι ίδιοι», απαίτησαν η Τζέσι και ο Άλεξ.

Ήταν μεσάνυχτα, αλλά ο Πρόεδρος δέχτηκε να τους δει.

Όταν μπήκαν στο Οβάλ Γραφείο, ο Πρόεδρος καθόταν και φορούσε το μεταξωτό του μπουρνούζι.

«Τι έχετε εσείς οι δύο για μένα;» ρώτησε ο Πρόεδρος.

Μαζί η Τζέσι και ο Άλεξ του παρουσίασαν το αντικείμενο. Ήταν ένα εξαιρετικά μεγάλο πράσινο κουμπί. Πάνω του αναγράφονταν οι ακόλουθες λέξεις: «ΠΙΕΣΕ ΜΕ. ΑΠΛΑ ΚΑΝΕ ΤΟ».

«Τι θα συμβεί;» ρώτησε ο Πρόεδρος.

«Δεν ξέρουμε».

«Πρέπει να ρωτήσω κάποιον, έναν από τους συμβούλους μου. Δεν μπορώ απλά...»

«Μα είσαι ο Πρόεδρος», είπε η Τζέσι.

«Ναι, μπορείς να κάνεις τα πάντα, έτσι δεν είναι;»

Ο Πρόεδρος έβαλε το πράσινο κουμπί στο γραφείο του δίπλα στο κόκκινο κουμπί. Μαζί έμοιαζαν αρκετά χριστουγεννιάτικα.

Η Τζέσι και ο Άλεξ είπαν: «Έξω. Έξω. Έξω.»

«Εντάξει, παιδιά, εντάξει», είπε ο Πρόεδρος. «Πάμε.»

Μόλις βγήκαν έξω, ο Πρόεδρος δεν μπορούσε να περιμένει να το σπρώξει και το έκανε.

Ο ουρανός έγινε από μπλε σε πράσινο, καθώς μια ακτίνα έλξης κάλυψε τη χώρα από άκρη σε άκρη, ανασύροντας κάθε AR-15.

ΕΠΙΛΟΓΟΣ

Πολύ, πολύ μακριά, στον πλανήτη με τον πράσινο ουρανό και την πράσινη γη αλλά όπου τα δέντρα δεν ήταν παρά κορμοί, οι εξωγήινοι επαναχρησιμοποίησαν τα γήινα υλικά που είχαν συγκεντρώσει.

Τα AR-15 διαμορφώθηκαν σε κλαδιά.

Τα μπουκάλια κρέμονταν από τα κλαδιά και σφύριζαν στον άνεμο.

Οι ομπρέλες παρείχαν προστασία από τη βροχή και τον ήλιο.

Κάθε φορά που οι εξωγήινοι χρειάζονταν περισσότερα AR-15, άναβαν το κουμπί και οι Πρόεδροι το πίεζαν πάντα.

Ο ΝΤΑΡΡΥΛ ΚΑΙ ΕΓΩ

Τ ΗΝ ΙΔΙΑ ΜΕΡΑ ΠΟΥ έμαθα ότι ήμουν έγκυος, πέθανε ο σύζυγός μου.

Βρίσκομαι σε εμπόλεμη ζώνη. Δεν είμαι μόνη μου. Το μωρό μου είναι μαζί μου, μέσα μου.

Σταυρώνω τα χέρια μου πάνω από το μωρό μου, προστατεύοντας το παιδί καθώς περπατάω στο δρόμο, ενώ γύρω μας εκρήγνυνται βόμβες. Προσπαθώ να βρω καταφύγιο για εμάς, αλλά οι βόμβες πλησιάζουν όλο και πιο κοντά.

Έχω χαθεί, αλλά δεν φοβάμαι. Το παιδί μου κλωτσάει το χέρι μου για επιβεβαίωση. Δεόμαστε μαζί, ενώ ο υπόλοιπος κόσμος διαλύεται.

Σταματάω και κοιτάζω τον εαυτό μου σε έναν καθρέφτη στο κέντρο του δρόμου. Φοράω ένα κατακόκκινο φόρεμα με ασορτί κόκκινα παπούτσια και μαύρες κάλτσες. Χτενίζω με τα δάχτυλα τα μαλλιά μου, βάζω το χέρι μου στην τσάντα μου για να βάλω λιππιγιόν. Κάνω ένα αποτύπωμα φιλιού στο τζάμι, μετά ρίχνω το κεφάλι μου πίσω και βγάζω μια selfie. Τη δημοσιεύω στο Instagram. Ή προσπαθώ να το κάνω. Δεν είμαι σίγουρη αν έχω αρκετές μπάρες.

Ακούω μια σειρήνα να ουρλιάζει. Έρχεται προς την κατεύθυνσή μου. Κατευθύνεται προς τον καθρέφτη. Απλώνω το χέρι μου για να το πιάσω, αλλά ένα χέρι πιάνει το δικό μου. Φωνάζω. Η σειρήνα ουρλιάζει.

«Μπες μέσα. Είσαι τρελός; Μπες μέσα!» λέει ο οδηγός του ασθενοφόρου σε μια γλώσσα που δεν ξέρω ούτε καταλαβαίνω. Ευτυχώς, υπάρχουν υπότιτλοι.

Διστάζω πριν μπω μέσα. Πρέπει να βρω τον Darryl. Ο Darryl είναι κάπου εδώ και το μωρό μας χρειάζεται τον πατέρα του. Ο Ντάρυλ με ψάχνει και εμείς τον ψάχνουμε. Το παιδί μας είναι ο μαγνήτης. Το ραντάρ. Το GPS.

Γέρνω το κεφάλι μου προς τα πίσω και φωνάζω δυνατά και καθαρά το όνομά του: «Ντάρυλ!». Ακούω και μετά φωνάζω ξανά. Φωνάζω το όνομά του και ακούω. Ο οδηγός του ασθενοφόρου λέει ότι είμαι τρελός και βάζει όπισθεν.

Το ασθενοφόρο χτυπάει στον καθρέφτη και μια βόμβα εκρήγνυται. Κομμάτια πετάγονται παντού.

Υπάρχει πάρα πολύ αίμα πάνω σε κομμάτια γυαλιού.

Ξυπνάω και ουρλιάζω.

***

Είχα το ίδιο όνειρο κάθε βράδυ μετά το θάνατο του Ντάρυλ. Ξαναζούσα το πώς συνέβη, παρόλο που δεν ήμουν εκεί. Ήταν μια επιχείρηση ρουτίνας ως μέρος της Ειρηνευτικής Δύναμης των Ηνωμένων Εθνών.

Είναι ένας μηχανισμός αντιμετώπισης, αυτό το να το ονειρεύεσαι, να το ζεις. Προσπαθώ να βρω τον άνθρωπο που αγαπώ όταν τον θάψαμε. Η κηδεία ήταν όμορφη. Ήμουν τόσο περήφανη για τον Ντάρυλ. Έδωσε τη ζωή του για τον σκοπό και το καταλαβαίνω. Τον θαυμάζω για την αφοσίωσή του γιατί τον έκανε καλύτερο άνθρωπο.

Έστρωσαν τη σημαία πάνω από το φέρετρό του. Πέταξα δύο χούφτες χώμα στο έδαφος και μετά έπεσα στα γόνατα κλαίγοντας με λυγμούς. Η μητέρα μου και άλλοι, συμπεριλαμβανομένων των φίλων μου, προσπάθησαν να βοηθήσουν, αλλά τους φώναξα μακριά. Ήθελα να μείνω μόνη με τον Darryl. Ήθελα να του πω για το μωρό.

Το μωρό μας.

Δεν θα έφευγα μέχρι να είχα την ευκαιρία να τον αποχαιρετήσω. Ξαπλώνω δίπλα στον ανοιχτό τάφο μπρούμυτα, ακουμπώντας το κεφάλι μου στα χέρια μου. Του είπα πόσο πολύ τον αγαπούσα και τον αποχαιρέτησα πριν του δώσω ένα φιλί και σηκωθώ στα πόδια μου.

Η μαμά ήταν στο πλευρό μου και το ίδιο και η Μόνη τότε. Ο καθένας έπιασε ένα από τα χέρια μου και με τράβηξε ξανά μαζί. Πήραμε το δρόμο για το αυτοκίνητο.

Στο δρόμο για το σπίτι, ένιωσα την παρουσία του Ντάρυλ. Τα χέρια του τυλίχτηκαν γύρω μου. Οι τρίχες σηκώθηκαν στα αντιβράχια μου, μπορούσα να τον μυρίσω. Μπορούσα να τον νιώσω.

Μετά, είχε εξαφανιστεί.

Στο σπίτι, μέσα στην πόρτα, με περίμενε ένα μακρόστενο κουτί με έναν φιόγκο στη μέση. Ήθελα να ρωτήσω τι δουλειά είχε εκεί, αλλά η θλίψη στο δωμάτιο με παρέσυρε. Πήγαινα από άτομο σε άτομο, αναλαμβάνοντας τα «λυπάμαι πολύ» και τα κλισέ του «με τον καιρό θα καλυτερέψει». Οι συνηθισμένες μαλακίες μετά την κηδεία.

Αφού έφυγαν, ένιωσα άδειος.

Η μαμά με έβαλε στο κρεβάτι, όπως συνήθιζε να κάνει όταν ήμουν μικρή.

Αφού έκλεισε την πόρτα πίσω της, ύψωσα τις σφιγμένες γροθιές μου στον ουρανό που πήρε τον Darryl.

Μετά έπεσα στα γόνατα με ευγνωμοσύνη για το μωρό μας που μεγάλωνε μέσα μου.

***

Ξυπνάω κοιτάζοντας τον άδειο χώρο δίπλα μου, σκουπίζοντας τα σάλια από τις γωνίες του στόματός μου. Το κουδούνι της πόρτας χτυπάει. Αναποδογυρίζω τα σκεπάσματα και βγαίνω στο πάτωμα. Πριν καν προλάβω να βγω από το δωμάτιό μας, η μητέρα του δωματίου μου πετάγεται κατά πάνω μου με τα χέρια της ορθάνοιχτα.

Πρέπει να της ζητήσω πίσω το κλειδί.

«Ανησυχούσα τόσο πολύ», λέει, αγκαλιάζει, με σφίγγει και με κάνει να νιώθω ξανά μικρό κορίτσι. Απομακρύνεται και κοιτάζει το πρόσωπό μου.

Σπρώχνω τα μαλλιά μου πίσω από το αριστερό μου αυτί και προσπαθώ να χαμογελάσω. Δείχνω τον εαυτό μου προς την κατεύθυνση της κουζίνας και, όταν φτάνω εκεί, γεμίζω την καφετιέρα με νερό. Ανοίγω το πλυντήριο πιάτων για να απασχοληθώ όσο η καφετιέρα φτύνει πίσω μου. Η μητέρα κλείνει την πόρτα του πλυντηρίου πιάτων, πατάει τα απαραίτητα κουμπιά και με βάζει με την πλάτη σε μια καρέκλα όπου δεν μου δίνει άλλη επιλογή από το να καθίσω.

Εκείνη κάθεται στη θέση του Ντάρυλ και εγώ δεν κάθομαι σε κανενός τη θέση. Όταν το συνειδητοποιεί, μετακινείται στην άλλη καρέκλα του κανενός. Πηδάει πάνω πριν από μένα και βάζει τον καφέ. Προσθέτω κρέμα και ζάχαρη στο δικό μου και πίνω μια γουλιά. Μια γουλιά είναι αρκετή. Τρέχω στο μπάνιο. Ξέχασα ότι ο καφές προκαλεί πρωινή ναυτία σε μερικές φίλες μου.

Όταν επιστρέφω στην κουζίνα, η μητέρα έχει φτιάξει ένα φλιτζάνι τσάι χαμομηλιού χωρίς καφεΐνη. Είναι για να με ηρεμήσει.

Κάθομαι και πίνω το πικρό, ζεστό ρόφημα και παρακολουθώ τη μητέρα να κινείται στην κουζίνα μου σαν άτομο σε αποστολή. «Σου φτιάχνω ένα τοστ», λέει καθώς σκάει σχεδόν με το σύνθημα. Η μητέρα χρησιμοποιεί το μαχαίρι για να πολτοποιήσει τις κρούστες, άλλη μια αναδρομή στην εποχή που ήμουν μικρό κορίτσι. Στη συνέχεια απλώνει το βούτυρο και γυρίζει να με κοιτάξει.

Η μαμά προσθέτει λίγη μαρμελάδα φράουλα και πηγαίνει στο ψυγείο. Βγάζει το μπλοκ τυριού που το κόβει πάνω από το τοστ μου. Το τοποθετεί ξανά πάνω στην τοστιέρα (με την πλευρά της μαρμελάδας και του τυριού στραμμένη προς τα πάνω.) Πατάει το κουμπί προς τα κάτω για να αφήσει το τοστ να ζεσταθεί για μερικά δευτερόλεπτα.

Αυτό είναι άλλο ένα τελετουργικό από την παιδική μου ηλικία και είμαι ευγνώμων που είναι εδώ.

Η μαμά κόβει το τοστ σε τρίγωνα και δεν μπορώ να πιστέψω πόσο υπέροχη είναι η γεύση του όταν το δαγκώνω. Τρώω και τις δύο φέτες, και στη συνέχεια πίνω λίγο ακόμα τσάι, καθώς δεν έχει πικρή γεύση τώρα, αφού έβαλε μέσα μερικές σταγόνες μέλι. Νομίζει ότι δεν το πρόσεξα... Παίρνω το χέρι της μαμάς και της λέω ευχαριστώ για άλλη μια φορά.

Το μωρό δεν πεινάει πια.

Η μητέρα του μωρού δεν είναι πλέον άνετα μουδιασμένη.

Η γιαγιά του μωρού δεν αισθάνεται πια άχρηστη.

Η μητέρα καθαρίζει, φλυαρώντας για το ένα και το άλλο. Ακούω χωρίς να εκτιμώ τις προσπάθειές της να αποσπάσει την προσοχή. Της επιτρέπω να πιστεύει ότι η τακτική της απόσπασης της προσοχής της έχει αποτέλεσμα. Για να είμαι ειλικρινής, δεν μπορώ να ακολουθήσω τη γραμμή των σκέψεών της και το ρυθμό της. Είναι σαν να την ακούω κάτω από το νερό.

Γελάει. Πηδάω. Επιστρέφω από εκεί που ταξίδεψε το μυαλό μου. Πήγα κάπου σε μια στιγμή. Ένιωσα τον εαυτό μου να φεύγει.

Ήμουν ένα μικρό κορίτσι που κρυβόταν κάτω από τις σκάλες. Μετά ανέβηκα τις σκάλες και μπήκα στην ντουλάπα όπου ήταν πολύ σκοτεινά. Τα μανίκια από το πουκάμισο του πατέρα μου κουνήθηκαν. Έτρεξα έξω, προδίδοντας την κρυψώνα μου. Με έπιασαν.

«Θυμάμαι την εποχή», λέει η μητέρα, φέρνοντάς με πίσω στο παρόν. Είναι σαν να λέει την ιστορία για πρώτη φορά. «Όταν ήσουν μικρή έκρυβες τις κρούστες. Πριν αρχίσω να τις συνθλίβω με το μαχαίρι, τις βρίσκαμε σε τσέπες, σε γλάστρες. Αχ, αυτές στις γλάστρες. Αυτές απορροφούσαν το νερό, σκοτώνοντας μερικά από τα φυτά πριν καταλάβουμε τι έκανες».

«Σκοτώνοντας τα φυτά», μιμούμαι.

Έρχεται κοντά μου, γονατίζει και ρωτάει: «Είσαι καλά, αγάπη μου;»

Παραλίγο να γελάσω με τη γελοία ερώτησή της, αλλά πιάνω τον εαυτό μου πριν το κάνω, πριν πω, «ΟΧΙ ΔΕΝ ΕΙΜΑΙ ΟΛΟΚΑΘΑΡΗ». Ντάρυλ. Χριστέ μου, Ντάρυλ. Σπρώχνω την καρέκλα προς τα πίσω, δημιουργώντας χώρο ανάμεσα στη μητέρα και σε μένα και σηκώνομαι. Είμαι σαν ζόμπι. Δεν έχω ανάγκη να τρέφομαι με ανθρώπινη σάρκα όμως. Θέλω τον Ντάρυλ. Χαμογελάω όταν επαναλαμβάνω στο μυαλό μου ότι πρέπει να τραφώ πρέπει να τραφώ πρέπει να τραφώ πρέπει να τραφώ ξανά.

Τώρα που στέκομαι όρθιος, πρέπει να κινηθώ. Τα πόδια μου θέλουν να πάνε κάπου, οπουδήποτε, και όμως πιάνω τον εαυτό μου να κάνει ακριβώς το αντίθετο. Ξανακάθομαι. Η μητέρα κάνει το ίδιο. Ρουφάει το φλιτζάνι του καφέ της, που μάλλον έχει παγώσει μέχρι τώρα.

Σηκώνομαι και λέω: «Είμαι κουρασμένη», παρόλο που μόλις ξύπνησα, το ξέρω αυτό. Το ξέρει κι εκείνη. Ωστόσο, δεν με νοιάζει καθόλου. Επιστρέφω στο δωμάτιό μας, στο δωμάτιό μου, με τη μητέρα να με ακολουθεί. Όταν με προλαβαίνει, βάζει το δεξί της χέρι στο γοφό μου σαν να χρειάζεται να με καθοδηγήσει. Λες και θα μπορούσα να χαθώ στο δρόμο.

Στην πόρτα τώρα, γυρίζω και την κοιτάζω κατάματα. Έχει δάκρυα στα μάτια της, αλλά δεν ξεχειλίζουν. Ξέρει πώς είναι να χάνεις τον άντρα σου, γιατί κι εκείνη έχασε τον μπαμπά της, αλλά δεν είναι το ίδιο πράγμα. Είχαν μια ολόκληρη ζωή μαζί. Είχαν ο ένας τον άλλον για τριάντα επτά χρόνια πριν πεθάνει ο μπαμπάς. Εμείς ήμασταν παντρεμένοι μόνο δυόμισι χρόνια. Ο Darryl δεν θα δει ποτέ τον γιο ή την κόρη του. Θέλω να το πω αυτό, αλλά δεν το κάνω.

Νομίζω ότι ξέρει τι σκέφτομαι, αν και δεν είμαι σίγουρος. Είναι αυτό το πράγμα της ώσμωσης μητέρας-κόρης. Με φιλάει στο μέτωπο καθώς με βάζει στο κρεβάτι. Βγαίνει έξω και κλείνει την πόρτα πίσω της.

Σηκώνομαι ξανά από το κρεβάτι, πηγαίνω στον καθρέφτη και κοιτάζω τον εαυτό μου. Μέσα σε σαράντα οκτώ ώρες, έχω γεράσει δέκα χρόνια. Αν και τα περισσότερα χρόνια κοιμόμουν, οι σακούλες κάτω από τα μάτια μου είναι τεράστιες. Φαίνεται σαν να κλαίω όλη την ώρα, αλλά η αλήθεια είναι ότι έχω ήδη ξεμείνει από δάκρυα. Το πρόσωπό μου δεν μου μοιάζει πλέον. Είμαι μια ξένη, ακόμα και για τον εαυτό μου.

Τρέχω λίγο νερό και το πιτσιλάω στο πρόσωπό μου, προτού μουλιάσω ζεστό νερό σε ένα πανί προσώπου, του Ντάρυλ. Το κρατάω πάνω από τον εαυτό μου για να τον αναπνεύσω.

Βρίσκω την πετσέτα μπάνιου του, γδύνομαι και την τυλίγω γύρω μου. Με τυλίγει και με ζεσταίνει σαν να βρίσκομαι στην αγκαλιά του. Κάθομαι έτσι για μια ώρα που μου φαίνεται σαν να πέρασε μια αιωνιότητα. Σαν να με κρατάει αγκαλιά. Δεν τρέχουν δάκρυα. Δεν υπάρχουν δάκρυα για να κλάψω. Είναι σαν ο Ντάρυλ να μας τυλίγει γύρω του. Μας κρατάει μαζί, τους τρεις μας, τον Ντάριλ, το μωρό και εμένα.

Το χτύπημα της μητέρας στην πόρτα με τραβάει πίσω στο παρόν. Πρέπει να έχω πέσει για ύπνο. Σηκώνομαι πολύ γρήγορα όταν η πόρτα ανοίγει. Η πετσέτα του Ντάρυλ πέφτει στο πάτωμα.

Η μητέρα και η γειτόνισσα μπαίνουν στο δωμάτιο και εγώ αρπάζω εγκαίρως την πετσέτα του Darryl και κρύβω τη γύμνια μου. Αρχίζω να γελάω και δεν μπορώ να σταματήσω.

Η μητέρα και η γειτόνισσα δείχνουν ανήσυχοι. Τα μάτια της γειτόνισσας βγαίνουν από το κεφάλι της. Σύντομα θα καλέσουν τους άνδρες με τα λευκά εφαρμοστά μπουφάν να έρθουν να με μαζέψουν αν δεν συνέλθω.

***

Είναι η μέρα του γάμου μου και περπατάω στο διάδρομο στο χέρι του πατέρα μου σε μια μεγάλη εκκλησία. Ξέρω ότι ονειρεύομαι γιατί ο μπαμπάς δεν με έχει συνοδεύσει ποτέ στα σκαλιά της εκκλησίας. Είχε ήδη πεθάνει όταν παντρευτήκαμε με τον Ντάριλ, και ο Ντάριλ κι εγώ δεν παντρευτήκαμε σε εκκλησία. Το «Your Song» του Έλτον Τζον είναι το τραγούδι μας. Θέλω να πω, ήταν το τραγούδι του Darryl και το δικό μου. Στην πραγματικότητα προτιμήσαμε την εκδοχή του Ewan McGregor, καθώς αγαπούσαμε το Moulin Rouge.

Ο μπαμπάς και εγώ χαιρετάμε όσους βλέπουμε στο δρόμο. Η γιαγιά Eleanor, η οποία έχει πεθάνει από τότε που ήμουν μικρό κορίτσι, μου δίνει ένα φιλί. Παίρνω ένα λουλούδι από την ανθοδέσμη μου. Το αγαπημένο της λουλούδι, η αναπνοή του μωρού. Της το δίνω.

Χαμογελάει και ένα δάκρυ πέφτει στο μάγουλό της.

Στην απέναντι πλευρά του διαδρόμου, είναι η ξαδέλφη μου, η Ρουθ. Ήμασταν πολύ κοντά όταν ήμασταν παιδιά. Τώρα, σπάνια βλεπόμαστε. Υποθέτω ότι σκέφτεται ακριβώς το ίδιο πράγμα που σκέφτομαι κι εγώ καθώς την προσπερνώ. Σημείωση για τον εαυτό μου: να την καλέσω για δείπνο κάποια στιγμή σύντομα.

Εκεί είναι τα δύο μικρότερα αδέρφια του Ντάρυλ, ο Ντέιλ και ο Ντόνι. Οι γονείς τους είχαν κάτι με το γράμμα D. Σημείωση στον εαυτό μου: να μην συνεχίσω την εν λόγω παράδοση.

Βλέπω την άλλη μου γιαγιά, τη μαμά της μαμάς μου. Δεν ήρθε στο γάμο μας. Αυτή και η μητέρα κρατιούνται χέρι-χέρι και ξεκολλάω για λίγα δευτερόλεπτα από τον μπαμπά για να πάω να τους δώσω και στους δύο μια μεγάλη αγκαλιά. Τα γόνατά μου λυγίζουν λίγο όταν η γιαγιά απλώνει το χέρι της, παίρνει το χέρι μου στο δικό της και αφήνει κάτι μέσα του. Ενστικτωδώς κλείνω τα δάχτυλά μου γύρω του- παρόλο που δεν βλέπω τι είναι, νιώθω ότι είναι ένα κλειδί. Ο μπαμπάς τραβάει το χέρι μου στο δικό του και ξαναμπαίνουμε στο δρόμο μας, κάνοντας την πορεία μας προς τον διάδρομο.

Οι παρανύμφες μου, η Τρις και η Μόνη (η συντομογραφία της Μονίκ) είναι τώρα κοντά μου. Φαίνονται εντυπωσιακές με τα λευκά φορέματα αντίκες, αλλά περιμένετε, εγώ ήμουν αυτή που φορούσε λευκά αντίκες.

Ο μπαμπάς με γυρίζει, αφαιρεί το χέρι μου από το μπράτσο του και το τυλίγει γύρω από το χέρι του Darryl. Γυρίζω να κοιτάξω τον μέλλοντα σύζυγό μου, αλλά δεν είναι ο Darryl. Λοιπόν, κάποτε ήταν ο Ντάριλ, αλλά τώρα δεν είναι πια. Είναι νεκρός. Είναι ένα σάπιο πτώμα.

Ουρλιάζω καθώς η πράσινη γλίτσα ξεχειλίζει από τα χείλη του όταν προσπαθεί να χαμογελάσει. Δεν είμαι η μόνη που ουρλιάζει.

Όλοι ουρλιάζουν.

Τα πάντα ουρλιάζουν, ακόμα και τα μηχανήματα.

Ανοίγω το χέρι μου.

Καταπίνω το κλειδί.

Κομμάτια γυαλιού θρυμματίζονται παντού.

****

Ανοίγω τα μάτια μου. Δεν είμαι στο σπίτι, αλλά στο νοσοκομείο. Ακούω χτύπους της καρδιάς. Μπιπ. Ψίθυρους. Κλείνω ξανά τα μάτια μου. Προσποιούμαι ότι κοιμάμαι.

«Καμία αλλαγή.»

«Δεν μπορώ να τα παρατήσω.»

«Τι θα γίνει με το μωρό;»

Το μωρό. Αυτές οι δύο λέξεις με επαναφέρουν στην πραγματικότητα και προσπαθώ να σηκωθώ και ανακαλύπτω ότι δεν μπορώ.

Όταν δεν μπορώ να κουνήσω τα χέρια ή τα πόδια μου, ουρλιάζω. Σφίγγω το στομάχι μου, το μωρό μου, το μικρό μας, και ανακαλύπτω ότι το καρούμπαλο του μωρού είναι μεγαλύτερο τώρα. Πόση ώρα κοιμάμαι;

«Μαμά;»

«Ω, αγάπη μου! Αγάπη μου», λέει. «Θα γίνεις καλά», γουργουρίζει, αλλά εγώ δεν την πιστεύω. Ούτε μια λέξη.

«Πόσο καιρό είμαι εδώ;» Ρωτάω και το κεφάλι μου μοιάζει με θάλαμο ηχούς καθώς οι λέξεις αντηχούν μέσα στο κρανίο μου.

Με αγκαλιάζει και με κρατάει αντί να απαντήσει. Όταν απομακρύνομαι, κρατάει το κεφάλι μου στο χέρι της και με κοιτάζει στα μάτια σαν να προσπαθεί να με βρει.

Προσπαθώ να μην ανοιγοκλείσω τα μάτια μου αλλά δεν μπορώ να σταματήσω. Δεν το μισείς όταν συμβαίνει αυτό; Μόλις προσπαθείς να μην κάνεις κάτι, το σώμα σου σε προδίδει και σε κάνει να το κάνεις ακόμα περισσότερο.

Δεν λέει τίποτα. Νομίζει ότι δεν μπορώ να αντέξω την αλήθεια. Η φωνή στο μυαλό μου είναι του Τζακ Νίκολσον στο «Λίγοι καλοί άντρες». Ο Darryl λάτρευε αυτή την ταινία. Την είδαμε τόσες πολλές φορές που έχασα το μέτρημα.

«Θέλω να ξέρω», ακούω τον εαυτό μου να λέει, αλλά έτσι όπως με κοιτάζει, δεν είμαι σίγουρος αν το είπα δυνατά ή μέσα στο μυαλό μου. Προσπαθώ ξανά, αυτή τη φορά λίγο πιο δυνατά και αντιδρά.

«Αφήστε με», λέει και μετά φεύγει, επιστρέφοντας σε λίγα λεπτά με κάποιον που δεν αναγνωρίζω. Οι δυο τους κινούνται γύρω από το δωμάτιο, σαν να κλείνουν μια σκηνή για ένα έργο στο θέατρο. Ψιθυρίζουν, μετά με κοιτάζουν και ψιθυρίζουν κι άλλο.

Πόσο αγενές.

Περιμένω, σαν να είμαι αόρατη και προσπαθώ να μην εκραγώ.

Ο άγνωστος μου καρφώνει μια βελόνα στο χέρι και φεύγω σκεπτόμενος ότι το προσωπικό του νοσοκομείου με ρούχα του δρόμου θα έπρεπε να είναι παράνομο.

Ονειρεύομαι ξανά ότι περπατάω στο δρόμο, ψάχνοντας για τον Darryl, ενώ οι βόμβες εκρήγνυνται.

***

Το καρούμπαλο πάνω μου είναι ακόμα μεγαλύτερο τώρα. Για την ακρίβεια, αισθητά μεγαλύτερο. Όταν το μωρό κινείται, βλέπω κομμάτια του μέσα από το δέρμα μου. Άκρα που αφήνουν αποτυπώματα σαν να με γυρίζουν ανάποδα, καθώς το παιδί μας πιέζει τα τοιχώματα του στομάχου μου.

Δεν βρίσκομαι πλέον στο νοσοκομείο. Βρίσκομαι στο σπίτι, καθισμένη σε ένα παιδικό δωμάτιο, κουνιστή σε μια καρέκλα θηλασμού που δεν κουνιέται με τη συνηθισμένη έννοια της λέξης. Αντίθετα, γλιστράει.

Κοιμισμένα πρόβατα με ζζζζ γύρω από τα κεφάλια τους παρατάσσονται στους τοίχους περιμένοντας να μετρηθούν. Αρχίζω να μετράω, και μετά χαμογελάω, κοιτάζοντας την κούνια. Ο χρόνος στέκεται ακίνητος, πρέπει να στέκεται, γιατί τίποτα δεν συμβαίνει εδώ, σήμερα, τώρα.

Σηκώνομαι από την καρέκλα, μισοξύπνιος και μισοκοιμισμένος. Αγγίζω το κινητό και αρχίζει να χτυπάει το Frere Jacques. Τραγουδάω μαζί του, καθώς παίρνω μια κουβέρτα με ένα πρόβατο πάνω της.

Διπλώνω την κουβέρτα όλο και μικρότερη, μέχρι να γίνει ένα μικροσκοπικό τετράγωνο. Στη συνέχεια, την τοποθετώ ξανά στην κούνια και ρίχνω μια ματιά στον εαυτό μου στον καθρέφτη στη γωνία.

Ένα μέρος του καθρέφτη είναι ορατό και ένα άλλο όχι, επειδή κάτι τον καλύπτει. Πλησιάζω πιο κοντά, σηκώνοντας την ασπίδα σκόνης για να αποκαλύψω έναν θησαυρό που βρίσκεται στην οικογένειά μου εδώ και δεκαετίες. Ένα οικογενειακό κειμήλιο που κληρονομήθηκε από τη μητέρα της μητέρας της μητέρας της μητέρας της μητέρας της μητέρας μου.

Η κορνίζα είναι δροσερή στην αφή καθώς περνάω τα δάχτυλά μου κατά μήκος της. Είναι ξύλινη και χαραγμένη με ζεύγη πλεγμένων χεριών. Τα αποτυπώματα των δακτύλων με τα κορδόνια είναι ακόμα πιο δροσερά στο άγγιγμα. Πλησιάζω με το σώμα μου μέχρι το καρούμπαλο του μωρού μου να ακουμπήσει στο τζάμι. Δεν το αγγίζει. Περνάει μέσα από αυτό. Καθώς πλησιάζω όλο και πιο κοντά, η κοιλιά μου εξαφανίζεται μέσα του.

Κάνω ένα βήμα πίσω και η κοιλιά μου αποσυνδέεται με έναν ρουφηχτό ήχο. Το μωρό μου κλωτσάει και κλωτσάει ξανά καθώς απομακρύνομαι από τον καθρέφτη και επιστρέφω στην καρέκλα στην οποία είχα ξεκινήσει. Καθώς κάθομαι, το κινητό ξαναρχίζει και αρχίζουμε να γλιστράμε σε αρμονία με αυτό.

Το μωρό μου ηρεμεί και κοιμόμαστε.

***

«Ξύπνα Καθ», λέει ο Ντάρυλ.

Γυρίζω προς το μέρος του και αγκαλιάζομαι μαζί του. Το μωρό χτυπάει ανάμεσά μας. Δεν μπορούμε να έρθουμε τόσο κοντά ο ένας στον άλλον όσο παλιά, αλλά είμαστε πιο κοντά σε πολλά άλλα επίπεδα.

Το ξυπνητήρι χτυπάει και εγώ αγκαλιάζω το μαξιλάρι του Darryl, όχι εκείνον. Το μωρό μου κλωτσάει και σηκώνομαι από το κρεβάτι για να περιπλανηθώ κατά μήκος του διαδρόμου, μισοξύπνιος μέχρι το μπάνιο όπου πηγαίνω στην τουαλέτα. Ανοίγω το νερό, στέκομαι στο ντους και αφήνω το νερό να τρέξει πάνω μου.

Το μωρό μου λατρεύει το νερό και παραμένουμε εκεί μέχρι να τελειώσει το ζεστό νερό και να γίνει κρύο. Πεινασμένη τώρα, ρίχνω το μπουφάν μου και κατεβαίνω κάτω, καθώς η μαμά μπαίνει από την μπροστινή πόρτα. Πρέπει να χτύπησε το κουδούνι όταν ήμουν στο ντους. Σημείωση για τον εαυτό μου: να ζητήσω από τη μαμά να μου δώσει πίσω το κλειδί.

«Έφερα δώρα», λέει. Πετάει ένα ολόκληρο κουτί με παγωμένα ντόνατς στο τραπέζι- τα ντόνατς είναι ακόμα ζεστά και μυρίζουν παραδεισένια. Βάζω ένα στο στόμα μου και εκείνη ένα στο δικό της. Αγκαλιαζόμαστε και τρώμε ένα δεύτερο ντόνατ πριν αποφασίσουμε να φτιάξουμε μια κατσαρόλα τσάι.

Το μωρό μου κλωτσάει ένα ευχαριστώ και η μαμά το νιώθει η ίδια. «Ω», λέω, καθώς το μωρό κάνει ακόμη περισσότερο γνωστή την παρουσία του κάνοντας κάτι που μοιάζει με τούμπα μέσα μου.

«Είσαι καλά;» Ρωτάει η μαμά.

«Είναι ευτυχισμένος», λέω.

Η μαμά πιάνει το γεγονός ότι είπα «αυτός». Δεν το αναφέρει. Αντ' αυτού, μου λέει τα τελευταία κουτσομπολιά.

Την ακούω από ευγένεια, όχι επειδή με ενδιαφέρουν τα τοπικά τεκταινόμενα. Πριν, εννοώ πριν γνωρίσω τον Darryl, συνέβαλα με το να πηδήξω στο τρένο των κουτσομπολιών. Μερικές φορές, ήμουν ακόμα και ο εισπράκτορας χωρίς το καπέλο. Μερικές φορές, ήμουν το βαγόνι. Με τον ένα ή τον άλλο τρόπο, ήμουν πάντα στο τρένο. Άφησα τους κουτσομπόληδες να με κουβαλήσουν μαζί τους.

«Έχεις δει το παιδικό δωμάτιο;» Ρωτάω από το πουθενά, ενώ εκείνη είναι στη μέση της κουτσομπολίστικης φράσης.

Με κοιτάζει σαν να είμαι ξένος. «Είσαι σίγουρη ότι είσαι καλά;» ρωτάει, με ένα μεγάλο συνοφρύωμα να σχηματίζει στο μέτωπό της ένα οριζόντιο ερωτηματικό.

Συνειδητοποιώ ότι είπα κάτι περίεργο, ίσως και ανόητο. Δεν ξέρω τι είναι. «Είμαι καλά», λέω, προσπαθώντας να τη διαβεβαιώσω ότι είμαι.

Σηκώνομαι όρθιος, ελπίζοντας ότι θα κάνει το ίδιο, αλλά δεν το κάνει. Αντ' αυτού, παίρνει άλλο ένα ντόνατ από το κουτί και δαγκώνει μια μπουκιά.

Το μωρό μου με κλωτσάει δυνατά. Σαν να θέλει κι άλλο ντόνατ. Πρέπει να κατουρήσω και να το πω. Η μαμά με ακολουθεί στον διάδρομο.

«Θα σε συναντήσω στο παιδικό δωμάτιο», λέω.

«Εντάξει», απαντά η μαμά.

Όταν την συναντώ στο παιδικό δωμάτιο, η μαμά στέκεται μπροστά στον καθρέφτη. Την ακολουθώ, στέκομαι στο πλάι της και πλησιάζω όλο και πιο κοντά στο τζάμι. Δοκιμάζω για να δω αν το μωρό θα περάσει, όπως χθες, αλλά δεν περνάει. Κανένας κυματισμός. Καμία σύνδεση. Μήπως ονειρευόμουν;

Καθώς απομακρύνομαι, το κινητό αρχίζει να παίζει μόνο του το Frere Jacques.

«Το γύρισα πίσω, Καθ», λέει, »κάναμε υπέροχη δουλειά στη διακόσμηση, έτσι δεν είναι; Είμαι τόσο ευχαριστημένη.»

Δεν θυμάμαι να έχω διακοσμήσει και δεν θέλω να το παραδεχτώ. Πώς είναι δυνατόν να έχω ξεχάσει κάτι τέτοιο;

«Η προ-προ-προ-προ-προγιαγιά σου θα ήταν πολύ ευχαριστημένη. Χαίρομαι που ο καθρέφτης ανήκει τώρα σε σένα».

Ο κόσμος αρχίζει να περιστρέφεται και να ξεθωριάζει. Προχωράω μπροστά και παραλίγο να πέσω κάτω. Η μαμά με πιάνει και με διπλώνει στην καρέκλα, όπου γλιστράω μπρος-πίσω μπρος-πίσω.

«Ο καθρέφτης δεν είναι δικαιωματικά δικός σου;» ρωτάω.

«Ναι, αλλά δεν με πειράζει. Είναι τέλειος σε αυτό το δωμάτιο».

Σκεπτόμενος τον καθρέφτη, πέφτω για ύπνο. Η μητέρα έχει φύγει. Είναι σκοτεινά εδώ μέσα, εκτός από ένα φως που τρεμοπαίζει στη γωνία σε μικρή απόσταση από τον καθρέφτη.

Το μωρό κλωτσάει. Είναι ανήσυχο. Σηκώνομαι και περπατάω προς τον καθρέφτη. Καθώς πλησιάζουμε, το φως φωτίζεται. Το μωρό μου κλωτσάει και μετακινείται. Τραβάω την κουβέρτα και κοιτάζω την αντανάκλαση της κοιλιάς του μωρού μου, πλησιάζοντας όλο και πιο κοντά. Το μωρό κλωτσάει ένα γκολ.

Η κοιλιά του μωρού μου προσκρούει στον καθρέφτη. Το μωρό κλωτσάει ξανά, κλείνοντας το κενό ανάμεσα στο καρούμπαλο και το γυαλί. Όταν τα δύο ενωθούν, το καρούμπαλο του μωρού μου εξαφανίζεται μέσα σε αυτό. Υπάρχει μια έλξη, που μας τραβάει μέσα.

Τώρα στέκομαι με τη μύτη στο γυαλί. Πιέζω τον εαυτό μου περισσότερο μέσα, μέχρι που όλο μου το πρόσωπο είναι μέσα. Το κεφάλι μου ακολουθεί. Το μωρό μου απομακρύνεται μέσα στην αντανάκλαση.

Μια δυνατή ριπή ανέμου σηκώνεται κάπου πίσω μας και μας σπρώχνει ακόμα πιο μέσα. Τώρα είμαι αρκετά μέσα για να παρατηρήσω τη διαφορά στον αέρα. Φθινόπωρο. Φύλλα. Ήταν άνοιξη εκεί που ήμασταν και φθινόπωρο εδώ. Πώς γίνεται αυτό;

Μπορούσα να μυρίσω και να αισθανθώ τον δροσερό αέρα, να μας περιτριγυρίζει, να μας καλωσορίζει. Ένα αεράκι ψιθυρίζει στο δέρμα μου σαν άγγιγμα.

Το μωρό μου σπρώχνει μπροστά και πίσω, αναζητώντας παρηγοριά στην άλλη πλευρά. Άνεση μέσα στον γυάλινο κόσμο. Χαϊδεύω το καρούμπαλο του μωρού μου για επιβεβαίωση και το μωρό μου σπρώχνει προς τα πίσω για να κάνει το ίδιο για μένα.

Είναι υπέροχα εκεί. Βρίσκομαι στη μέση ενός δάσους. Όχι, βρίσκομαι σε μια παραλία με άμμο, καθαρή λευκή άμμο και κύματα που σκάνε και σκάνε στην ακτή.

Όχι, είμαι κοντά σε βουνά, ψηλά βουνά με μονοπάτια που ελίσσονται γύρω τους. Είναι πολλοί κόσμοι όλοι μαζί. Ακούω πουλιά να κελαηδούν. Υπάρχουν κοράκια, κοράκια, blue jays, φλαμίνγκο, kookaburras, whinchats, σπουργίτια, κοτσύφια και γλάροι. Μπορώ να γευτώ το αλάτι του ωκεανού στη γλώσσα μου.

Φωνάζω, «Γεια σας», και η φωνή μου αντηχεί γύρω-γύρω και γύρω-γύρω. Το μωρό μου χορεύει στον αντίλαλο, γαργαλάει, με κάνει να γελάω. Νιώθω γαλήνη, αγνή και γλυκιά. Χαρούμενη. Σπίτι μου.

Από την άλλη πλευρά, πίσω μου, κάτι με τραβάει πίσω. Δεν θέλω να φύγω. Το μωρό μου δεν θέλει να φύγει, αλλά κάτι με αρπάζει. Μας τραβάει έξω από εκεί. Πίσω.

«Τι στο διάολο κάνεις;» φωνάζει κάποιος. Η φωνή του είναι ασταθής, τρανταχτή.

Ακούω τις λέξεις, αλλά η φωνή ακούγεται σαν να βρίσκεται μέσα σε ένα σύννεφο.

***

Με το που επιστρέφουμε, θέλουμε να φύγουμε ξανά. Θέλουμε να είμαστε εκεί, να υπάρχουμε εκεί. Μόνο εκεί και πουθενά αλλού.

Είναι η Moni και είναι πολύ θυμωμένη μαζί μου. «Τι σκεφτόσουν;»

Δεν λέω τίποτα καθώς κοιτάζω πίσω στον καθρέφτη.

«Μη μου το παίζεις αθώα», λέει η Moni. «Ταξίδευες. Εννοώ σε μια άλλη διάσταση, έτσι δεν είναι;»

«Ταξίδευα;» Μιμούμαι. Το σκέφτομαι για ένα δευτερόλεπτο, πόσο τρελή πρέπει να φαινόμουν και λέω: «Κοιτούσα την αντανάκλασή μου, την αντανάκλασή μας. Το μωρό κι εμένα».

«Το μεγαλύτερο μέρος σου είχε φύγει!» Ουρλιάζει η Μόνη. «ΕΦΥΓΕ!»

Γελάω, προσπαθώντας να προσποιηθώ ότι δεν είχε δει αυτό που είχε δει. Προσπαθώντας να την κάνω να νιώσει ότι είναι τρελή. Αντί για μένα. Εγώ ήμουν εκεί. Είχα δει έναν άλλο κόσμο. Διασχίζω το δωμάτιο, μακριά από τον καθρέφτη, γυρίζω πίσω και περπατάω προς τον καθρέφτη. Κάνω μια γροθιά και την ακουμπάω ακριβώς πάνω στο τζάμι, ελπίζοντας ότι δεν θα συμβεί τίποτα και δεν συνέβη.

Η Moni με ακολουθεί και κάνει το ίδιο πράγμα. Τότε, στεκόμαστε πρόσωπο με πρόσωπο και ξεσπάμε σε γέλια. Πρέπει να φαινόμασταν τρελοί. Τρελοί. Γελοίοι.

Το μωρό κλωτσάει.

Πριν περάσει πολύς καιρός, είμαστε κάτω. Η Moni λέει ότι η μαμά μου έπρεπε να φύγει και γι' αυτό ήρθε.

«Δεν χρειάζομαι μπέιμπι σίτινγκ.»

«Έχουν περάσει έξι μήνες», λέει η Moni, "από τότε που πέθανε ο Darryl, και όλοι ανησυχούμε για σένα και το μωρό".

«Το μωρό και εγώ είμαστε μια χαρά», λέω. «Ακόμα μας λείπει κάθε μέρα, αλλά γίνεται όλο και πιο εύκολο». Ήταν ψέμα.

«Ξέρω τι πρέπει να κάνουμε αύριο», λέει η Moni. «Ας πάμε στην παραλία.»

Ακούγεται διασκεδαστικό και συμφωνώ. Δεν σκοπεύω να φορέσω μαγιό όμως.

***

Φτάνουμε στην παραλία με ένα καλάθι για πικνίκ γεμάτο με γεύμα και κάθε είδους καλούδια. Βγάζουμε τα παπούτσια μας και αφήνουμε την άμμο να στριφογυρίσει ανάμεσα στα δάχτυλα των ποδιών μας, παρόλο που δεν είναι καθόλου ζεστά έξω.

«Ο Ντάριλ και εγώ συνηθίζαμε να ερχόμαστε εδώ τα καλοκαίρια».

«Είναι μαζί μας εδώ τώρα και για πάντα», λέει η Moni.

Η Moni έχει δίκιο, αλλά αυτό δεν με εμποδίζει να μου λείπει. Θέλω περισσότερα από τις αναμνήσεις του. Τον θέλω εδώ με την αγκαλιά του γύρω μου.

«Μου λείπουν τα χέρια του, το ότι με κρατάει, η ανάσα του. Μου λείπουν τα πάντα γι' αυτόν κάθε μέρα».

Η Moni βάζει το χέρι της γύρω από τον ώμο μου.

«Το πιο δύσκολο είναι», συνεχίζω, "ότι ο Ντάρυλ δεν θα γνωρίσει ποτέ το μωρό μας και το μωρό μας δεν θα γνωρίσει ποτέ τον Ντάρυλ".

«Δεν ξέρεις τι σου επιφυλάσσει το μέλλον», λέει η Moni.

Ξέρω πού το πάει με αυτό. Μου προτείνει να γνωρίσω κάποιον άλλον. Η σκέψη αυτή δεν αξίζει να τη σκεφτώ. Για όνομα του Θεού, κυοφορούσα το μωρό του Ντάρυλ.

«Δεν θέλω κανέναν άλλον. Κανείς δεν θα μπορούσε ποτέ να αντικαταστήσει τον Ντάρυλ ή αυτό που είχαμε μαζί. Εξάλλου, η καρδιά μου είναι πολύ πληγωμένη. Δεν θα αγαπήσω ποτέ κανέναν άλλο. Η καρδιά μου ανήκει στον Ντάριλ και μόνο στον Ντάριλ».

«Μην το λες αυτό. Δεν ξέρεις τι μπορεί να σου επιφυλάσσει το μέλλον. Ο έρωτας μπορεί να συμβεί περισσότερες από μία φορές. Κοίτα τη μαμά μου. Θέλω να πω, ο μπαμπάς πέθανε, παντρεύτηκε τον πατριό μου και βρήκε τον έρωτα τη δεύτερη φορά. Δεν είναι το ίδιο. Ποτέ δεν μπορεί να είναι το ίδιο με την πρώτη σας αγάπη, αλλά μπορεί να είναι ακόμα αγάπη. Μπορεί να είναι αρκετή. Πρέπει να είσαι ανοιχτός σε αυτό. Είναι ευτυχισμένοι και το ίδιο θα μπορούσες να είσαι κι εσύ με τον καιρό», λέει η Moni.

Τότε κάνω σπριντ, όσο μπορεί να κάνει σπριντ μια έγκυος οκτώ μηνών, και μπαίνω στο νερό. Η θερμοκρασία είναι κρύα αλλά αναζωογονητική και μου αρέσει η αίσθηση της δροσιάς στο δέρμα μου.

Η Moni μπαίνει δίπλα μου.

«Αυτό το μωρό λατρεύει το νερό».

Η Moni βάζει το χέρι της στην κοιλιά μου και το μωρό κλωτσάει. «Σίγουρα του αρέσει», λέει.

Στεκόμαστε μέσα στο νερό μέχρι τα γόνατα και αφήνουμε τα κύματα να μας παρασύρουν. Το μωρό το λατρεύει και κάνει μερικές τούμπες.

«Θα μου πεις γι' αυτό;» Ρωτάει η Moni.

«Δεν είμαι σίγουρη τι εννοείς», λέω.

«Εννοώ για το θέμα με τον καθρέφτη, για το τι έκανες; Ταξιδεύατε; Ταξίδευες σε όλο τον κόσμο;»

Το σκέφτομαι και αποφασίζω ότι έχει δίκιο. Θέλω να πω, μέσα από τον καθρέφτη, το μωρό μου και εγώ είχαμε ταξιδέψει σε ένα άλλο μέρος. Σε μια άλλη διάσταση. Η μουσική από τη Ζώνη του Λυκόφωτος αντηχεί στο κεφάλι μου.

«Και τι ξέρεις εσύ γι' αυτό;» Ρωτάω.

«Βλέπω ταινίες, διαβάζω βιβλία. Υπάρχει ακόμα και ταξίδι στην Αλίκη στη Χώρα των Θαυμάτων Όταν μπήκα μέσα, το μεγαλύτερο μέρος σου είχε φύγει και ήταν φανερό ότι ήταν στον καθρέφτη. Ήσουν στον καθρέφτη. Και τι είδες; Ή μήπως είδες τίποτα;»

«Δεν είμαι σίγουρη ότι θέλω να μιλήσω γι' αυτό», λέω γιατί είναι ένα μυστικό. Θέλω να το κρατήσω κοντά στο στήθος μου προς το παρόν. Νιώθω ότι αν το παραδεχτώ δυνατά, μπορεί να φύγει. Ήξερα ότι αυτό ακούγεται ανόητο, αλλά όλα αυτά ήταν τόσο παράξενα και μου είχε συμβεί μόνο μια φορά. Δύο φορές για το μωρό, αλλά μία φορά για μένα. Θέλω να είμαι εκεί και να το ξανακάνω πριν μιλήσω γι' αυτό σε κανέναν άλλο.

«Υποσχέσου μου ένα πράγμα», λέει η Moni καθώς βλέπουμε τον ήλιο να δύει στο δρόμο για το σπίτι. «Υποσχέσου μου ότι δεν θα πας μόνος σου. Εννοώ, χωρίς κάποιον από αυτή την πλευρά να σε τραβήξει πίσω».

Γνέφω κάπως σαν υπόσχεση, αλλά δεν είμαι σίγουρη ότι σκοπεύω να την τηρήσω.

«Θα ήθελα να μείνω στο σπίτι σου απόψε, για να σου κάνω παρέα», λέει η Moni.

Λέω ότι είναι εντάξει, γιατί είμαι πολύ κουρασμένη για να κάνω κάτι περισσότερο από το να κοιμηθώ, εξαντλημένη από τον καθαρό αέρα της θάλασσας. Το μωρό μου δεν κινείται καν μέσα μου.

Φοράω τις πιτζάμες μου και αποκοιμιέμαι αμέσως. Ονειρεύομαι τον Ντάρυλ, τον ψάχνω, ψάχνω ψηλά και χαμηλά και παντού. Περπατάω και περπατάω και τα πόδια μου βγάζουν φουσκάλες και αιμορραγούν, αλλά ακόμα δεν υπάρχει ο Darryl. Κατά καιρούς, πέφτω πάνω σε κάποιον ή κάτι σαν σκιάχτρο σε ένα χωράφι. Τον ρωτάω αν έχει δει τον Ντάρυλ και όπως στον Μάγο του Οζ, δείχνει προς όλες τις κατευθύνσεις. Είναι μεγάλη βοήθεια.

Ρωτάω επίσης μια παράξενη, γενειοφόρα γυναίκα που δουλεύει σε τσίρκο αν έχει δει τον Ντάρυλ. Γελάει και γελάει και γελάει και γελάει.

Δεν είναι πουθενά, οπότε ξυπνάω και ενεργοποιώ το λάπτοπ μου. Περνάω το βράδυ κοιτάζοντας φωτογραφίες μας. Της ζωής μας.

Όταν ήμασταν μαζί, μπορούσες να δεις την αγάπη παντού γύρω μας. Ξέρω ότι ακούγεται σαν ηλίθιο κλισέ, αλλά ήταν εκεί, ειδικά όταν ο Darryl με κοίταζε ή όταν τον κοίταζα εγώ. Αγαπούσαμε ο ένας τον άλλον με μια αγάπη που δεν θα υπήρχε ποτέ ξανά σε έναν κόσμο όπου θα ήμασταν χώρια.

Καθώς ψάχνω μόνη μου στο παρελθόν, νιώθω ότι αυτός, το μωρό και εγώ είμαστε μαζί κοιτάζοντας τις φωτογραφίες. Το μωρό είναι στην αγκαλιά μου. Ο Darryl είναι πίσω μου, κοιτάζοντας πάνω από τον ώμο μου καθώς γυρίζω από σελίδα σε σελίδα.

Ο ήλιος ανατέλλει και φέρνει μια νέα μέρα όταν τελειώνω. Εξαντλημένη επιστρέφω στο κρεβάτι.

****

«Cath. Cath! CATH!»

Τι στο... Σταμάτα το. Θέλω να συνεχίσω να ονειρεύομαι.

«CATH!!»

Συνειδητοποιώ ότι ακούω τη φωνή του Ντάρυλ. Τι; Ξύπνησα και ξύπνησα. Την ακούω και την ξανακούω.

«Cath.»

«Ντάρυλ;»

Ρίχνω πίσω τα σκεπάσματα και ανοίγω την πόρτα της κρεβατοκάμαρας. Τώρα που έχω απαντήσει, ψιθυρίζει το όνομά μου ξανά και ξανά.

Βρίσκομαι στο δωμάτιο του μωρού όπου στέκομαι ακίνητη και ακούω. Ανατριχιάζω σαν να με έχει διαπεράσει ένα αεράκι. Τότε αρπάζω την κουβέρτα από την κούνια και την τυλίγω γύρω από τους ώμους μου. Το μωρό είναι ήσυχο, σαν να μην έχει ξυπνήσει ακόμα.

«Cath.»

Κοιτάζω το παράθυρο. Ο άνεμος το κάνει να κάνει κλικ και κρότο, και μετά το σπρώχνει κατευθείαν ανοιχτό. Το δροσερό φθινόπωρο βάζει τα χέρια του γύρω μου, με κρατάει, ενώ ταυτόχρονα με σπρώχνει.

«Cath.»

Γυρίζω προς το μέρος από όπου έρχεται η φωνή. Στον καθρέφτη. Το μωρό μου ξυπνάει και με κλωτσάει δυνατά. Στέκομαι προσοχή και προχωρώ προς τον καθρέφτη. Το ξύλινο πλαίσιο των χεριών κινείται, συστρέφεται, μετατοπίζεται. Το γυαλί μέσα στο πλαίσιο τρεμοπαίζει και τρέμει. Είναι σαν ένα σύννεφο να έχει μπει μέσα στο παιδικό δωμάτιο και να περνάει μέσα και μέσα από το γυαλί. Κάνω ένα βήμα πιο κοντά. Σηκώνω το χέρι μου και ακουμπάω την παλάμη μου στην επιφάνεια.

*ΚΑΘΡΈΦΤΗΣ ΠΟΥ ΜΕ ΑΝΤΑΝΑΚΛΆ

ΜΕ ΠΛΕΟΝΑΣΜΌ.

Ένα ποίημα που διάβασα στο λύκειο εισβάλλει στις σκέψεις μου. Πετάγεται στο μυαλό μου καθώς το χέρι μου διαπερνά την επιφάνεια και εξαφανίζεται μέσα στο γυαλί.

Πιο πέρα, γεφυρώνοντας ακόμα το κενό. Εκεί είναι. Ένα άλλο χέρι που πιέζει το δικό μου. Το χέρι του Ντάρυλ. Το χέρι του Ντάρυλ;

Ναι. Επιβεβαιώνεται όταν το σύννεφο στον καθρέφτη καθαρίσει. Αγγίζουμε ο ένας τον άλλο παλάμη με παλάμη.

Φοβισμένη, κάνω ένα βήμα πίσω και τραβάω και εγώ το χέρι μου πίσω. Το μωρό κλωτσάει και ακουμπάω την παλάμη μου πάνω του. Το σύννεφο επιστρέφει, ενώ εγώ παρηγορώ το μωρό και ο Ντάρυλ εξαφανίζεται.

Θέλω να το σπάσω.

Θέλω να είμαι μέσα του.

Το φαντάστηκα όλο αυτό; Ήμουν τρελή;

Είμαι τρελή.

«Cath. Γύρνα πίσω. Σε παρακαλώ.»

Χαϊδεύω το μωρό μας με το ένα χέρι και τότε ένα χέρι περνάει από πάνω μας, στο πλάι μας και κρατάει το χέρι μου. Είναι το χέρι του Ντάρυλ. Είναι εδώ, παρηγορώντας το μωρό μας. Με κάποιο τρόπο. Με κάποιο τρόπο. Η αγάπη μου.

«Darryl.»

Το άλλο του χέρι, αυτό με τη βέρα, περνάει μέσα από τον καθρέφτη στη δική μας πλευρά. Πέφτουμε μέσα του, στην αγκαλιά του, στον καθρέφτη.

«Ω, Καθ.»

Τα χέρια του με κάνουν να ανατριχιάζω καθώς τα περνάει πάνω από το μωρό. Το μωρό στρέφεται προς το μέρος του και εμείς είμαστε μισό μέσα και μισό έξω.

«Είναι πανέμορφο», λέει ο Ντάριλ. «Σαν τη μαμά του.»

«Δεν ξέρουμε αν είναι άντρας ή γυναίκα», λέω κοιτάζοντας τα γαλάζια μάτια του.

«Σίγουρα είναι άντρας», λέει ο Ντάρυλ. «Είναι δυνατός και υγιής.»

Ως απάντηση στη φωνή του πατέρα του, το μωρό κλωτσάει και κυλιέται.

«Μείνε ακίνητος», λέω καθώς σφηνώνω τον εαυτό μου πιο μέσα στον καθρέφτη. Το μωρό έχει περάσει το μεγαλύτερο μέρος της διαδρομής, αλλά εγώ δεν είμαι μέσα από το τζάμι. Μπορώ πάντα να τραβηχτώ πίσω αν χρειαστεί. Δεν είμαι σίγουρη γιατί νιώθω ανησυχία. Εξάλλου, είναι ο Ντάρυλ. Πόσο μου έχει λείψει. Παρόλα αυτά, ένα μέρος μου παραμένει αγκυροβολημένο στην άλλη πλευρά.

«Ντάρυλ, αυτός είναι ο γιος σου. Γιε μου, αυτός είναι ο μπαμπάς σου», λέω καθώς τα δάκρυα τρέχουν στα μάγουλά μου σαν καταρράκτες. Όχι μικρά, μικροσκοπικά γυναικεία δάκρυα, αλλά μεγάλα, χοντρά, πλούσια δάκρυα βροχερής βροχής. Λυγίζω.

Ο Ντάρυλ με φιλάει στα χείλη. Έχει γεύση φθινοπώρου, αλλά ζεστή και δροσερή ταυτόχρονα. Μετά σκύβει και φιλάει το μωρό μας.

«Γιε μου, πρέπει να προσέχεις τη μαμά σου για μένα εντάξει είμαι τόσο περήφανος για σένα και για αυτό που θα γίνεις μια μέρα. Σ' αγαπώ. Σας αγαπώ και τους δύο».

Μας σπρώχνω, μας σπρώχνω λίγο πιο μπροστά. Σκέφτομαι να φτάσω μέχρι τέλους, αλλά κάτι, ένα συναίσθημα με κρατάει πίσω.

Θέλω να είμαι εκεί. Θέλω να περάσω και να είμαι με τον Ντάρυλ, όπου κι αν βρίσκεται. Θέλω οι τρεις μας να είμαστε μαζί, για πάντα. Αποφασισμένη, προσπαθώ να σπρώχνω και να σπρώχνω. Θέλω να φτάσουμε μέχρι τέλους.

«Μη», παρακαλεί ο Ντάρυλ. «Μην προσπαθήσεις καν. Έχουμε τώρα. Ας το απολαύσουμε όσο μπορούμε. Είναι αδυσώπητο».

«Σε θέλω. Θέλω εμείς οι τρεις να είμαστε μαζί. Πάντα.»

«Έχουμε μόνο αυτό που θα μας δώσει», λέει ο Ντάρυλ. «Ο χρόνος είναι ένας άστατος φίλος ή εχθρός. Ποτέ δεν ξέρουμε τι θα έρθει και τι θα φύγει».

«Είσαι ποιητής και δεν το ήξερα καν», λέω χαχανίζοντας.

Ένα δυνατό αεράκι φυσάει και ο Ντάρυλ κάνει ένα βήμα πίσω. Μακριά.

«Πήγαινε τώρα», προτρέπει.

«Όχι! Πού πας, Ντάρυλ;» Φωνάζω. «Γύρνα πίσω. Σε παρακαλώ, μη με αφήνεις. Μην μας αφήσεις ξανά».

«Θα προσπαθήσω να επιστρέψω, να σε ξαναδώ το συντομότερο δυνατό. Αν μπορώ. Πήγαινε τώρα. Με κάποιο τρόπο. Να με θυμάσαι πάντα. Θα σε θυμάμαι πάντα. Πίστεψε σε μένα και τότε ίσως μας αφήσει να προσπαθήσουμε να συναντηθούμε ξανά».

Ο άνεμος φυσάει σε ένα τεράστιο σύννεφο. Μας εμποδίζει να δούμε τον Ντάρυλ. Το σύννεφο ήταν λευκό και φουσκωμένο πριν, αλλά τώρα είναι μαύρο και γεμάτο θυμό.

Μας τραβάω πίσω.

Καθώς το κάνω, τα γόνατά μου λυγίζουν.

Πέφτω στο πάτωμα και κλαίω με λυγμούς.

Νιώθω σαν να έχασα τον Ντάρυλ ξανά από την αρχή.

Αυτή τη φορά, όμως, κλαίω για δύο. Θρηνώ για δύο.

***

«Cath, είσαι καλά;»

Ξυπνάω και θυμάμαι, αλλά είναι μόνο η μαμά μου. Προσπαθεί να με σηκώσει από το πάτωμα, αλλά είμαι πολύ βαριά.

«Κάλεσα ασθενοφόρο», λέει καθώς προσπαθώ να σηκωθώ και δεν μπορώ.

«Θέλω να πάω για ύπνο», λέω παλεύοντας να συγκρατήσω άλλο ένα ξέσπασμα κλάματος.

Το ασθενοφόρο φτάνει και έρχονται τρέχοντας από τις σκάλες. Ελέγχουν τις ζωτικές μου ενδείξεις και τις ζωτικές ενδείξεις του μωρού, και μόλις επιβεβαιώνουν ότι είμαστε καλά, με βοηθούν να ξαπλώσω στο κρεβάτι.

Η μαμά περιστρέφεται γύρω μου και για να την κάνω να νιώσει καλύτερα λέω: «Είναι μια χαρά και εγώ είμαι μια χαρά».

Αυτή σταματάει στα πόδια της. «Δεν είχα συνειδητοποιήσει ότι ζήτησες να μάθεις το φύλο του μωρού ακόμα».

«Ε, δεν το ρώτησα«, λέω, "Είναι μια αίσθηση που έχω, ότι είναι ''αυτός»».

Το ψέμα φαίνεται να κάνει το κόλπο. Προσποιούμαι ότι είμαι πιο κουρασμένη από ό,τι είμαι στην πραγματικότητα. Το μωρό φαίνεται να κοιμάται επίσης. Αφού με φιλήσει στο μέτωπο, η μαμά βγαίνει έξω και κλείνει την πόρτα πίσω της.

Ξαγρυπνώ για ώρες, σκέφτομαι τον Ντάρυλ και αναρωτιέμαι πότε θα μπορέσουμε να ξαναβρεθούμε, να αγγίξουμε ο ένας τον άλλον.

***

Κάθε μέρα μετά την επίσκεψή μας με τον Ντάρυλ, θέλω να γυρίσω πίσω.

Γράφω ακριβώς τι συμβαίνει. Το να κρατάω ένα αρχείο έχει νόημα. Είναι ο μόνος τρόπος για να διασφαλίσω ότι ο εγκέφαλός μου στην εγκυμοσύνη θα διατηρήσει τις αναμνήσεις μου ανέπαφες. Η καταγραφή όλων αυτών, η εμμονή με αυτά, μας επέτρεψε να ζήσουμε την ίδια μέρα ξανά και ξανά. Είναι σαν τη δική μας εκδοχή της ταινίας Groundhog Day, μόνο που αυτή τη φορά είμαι ο Bill Murray.

Ο Darryl είχε πει ότι ήταν «ασυγχώρητη». Εννοούσε τον χρόνο;

Ρωτάω τη Moni τι σκέφτεται. Και αυτή το βρίσκει μάλλον παράξενο.

Αρχίζουμε να δουλεύουμε μαζί, να ερευνούμε υπερφυσικά φαινόμενα. Ο στόχος μας είναι τα γεγονότα που σχετίζονται με το ταξίδι μέσα σε καθρέφτες on-line.

Βρίσκουμε ενδιαφέροντα άρθρα για παράλληλα σύμπαντα. Μερικά αναφέρονται σε καθρέφτες ως σημεία εισόδου. Η έρευνα μιλάει για πράγματα όπως εικονικές πραγματικότητες και διαστατικές διασπάσεις. Συζητά επίσης για διαστατικές πόρτες και τον αποκρυφισμό. Εκτός από μυθιστορήματα φαντασίας όμως, δεν μπορούμε να βρούμε καμία πραγματική απόδειξη, αν και βρίσκουμε μερικούς ισχυρισμούς.

Βρίσκουμε μερικές λίστες με πράγματα που δεν πρέπει ποτέ να κάνετε με καθρέφτες όπως:

Ποτέ μην κοιτάζετε έναν καθρέφτη υπό το φως των κεριών, μπορεί να σας δείξει μια πολύ στοιχειωμένη εκδοχή του σπιτιού σας.

Αν κοιτάξετε σε έναν καθρέφτη ανάμεσα σε δύο ψηλά, λευκά κεριά, μπορεί να δείτε το πνεύμα ενός αγαπημένου σας προσώπου που έχει φύγει από τη ζωή. Η ψυχή τους μπορεί να είναι κολλημένη στον καθρέφτη σας.

Αυτό με έκανε να πηδήξει η καρδιά μου από το στόμα μου.

Ήταν η ψυχή του Ντάρυλ κολλημένη εκεί; Δεν έμοιαζε με κακό ή τρομακτικό μέρος, αλλά είχε αναφέρει το ασυγχώρητο πράγμα.

Ανατριχιάζω και προχωρώ στο επόμενο σημείο.

Να καλύπτετε πάντα έναν στοιχειωμένο καθρέφτη κατά τη διάρκεια μιας καταιγίδας. Η αστραπή θα απελευθερώσει τα φαντάσματα.

Λέω στη Moni ότι όταν πρωτομπήκα στο δωμάτιο, ο καθρέφτης ήταν εν μέρει καλυμμένος. Αγκαλιάζω τον εαυτό μου και ανατριχιάζω ξανά.

«Πρώτα απ' όλα», λέει η Moni, »η μαμά σου πιθανότατα τον έβαλε εκεί για να τον κρατήσει μακριά από το πάτωμα. Δεν είναι τίποτα. Μια σύμπτωση». Με κοιτάζει. «Είσαι σίγουρη ότι θέλεις να συνεχίσεις;»

Γνέφω και διαβάζω το επόμενο.

Είναι κακός οιωνός να παίρνεις ως δώρο έναν καθρέφτη από το σπίτι ενός νεκρού.

«Θεέ μου!» Ουρλιάζω και σπρώχνω τη γροθιά μου στο στόμα μου. Δεν θέλω να τρομάξω το μωρό, αλλά ο καθρέφτης βρίσκεται στην οικογένειά μας μετά από έναν θάνατο εδώ και αιώνες. Όχι ως δώρο με φιόγκο, αλλά ως δώρο και οικογενειακό κειμήλιο.

Δεν είμαι σίγουρη ποιος είχε τον καθρέφτη πριν έρθει στην οικογένειά μας. Πρέπει να μάθω περισσότερα γι' αυτόν.

Το εξηγώ αυτό στη Μόνη, η οποία ανατριχιάζει λίγο και η ίδια πριν διαβάσει το επόμενο.

Αν κάποιος δει την αντανάκλασή του σε έναν καθρέφτη σε ένα δωμάτιο όπου κάποιος έχει πεθάνει πρόσφατα, θα πεθάνει σύντομα.

«Ουφ, είμαστε εντάξει στο ένα», λέει και μετά με κοιτάζει να το επιβεβαιώσω, πράγμα που κάνω με ένα νεύμα.

Διαβάζω το επόμενο.

Αν ένα φάντασμα περιπλανιέται στο σπίτι σας κατά τη διάρκεια της νύχτας, ένας καθρέφτης μπορεί να το συλλάβει.

Αυτό είναι ανατριχιαστικό. Κανείς από τους δυο μας δεν λέει τίποτα γι' αυτό.

Το μωρό κινείται.

Συνεχίζω να διαβάζω το άρθρο. Υπάρχουν επιστημονικές αποδείξεις. Αναφέρει κβαντικούς καθρέφτες και καθρέφτες πολυσύμπαντος ως πύλες σε άλλους κόσμους.

«Πρέπει να μάθουμε περισσότερα. Πρέπει να μάθω περισσότερα για αυτόν τον καθρέφτη και για το πώς ήρθε στην οικογένειά μου. Από πού ξεκίνησε; Ποιος μας τον έδωσε και πότε;» Λέω με τρόμο.

«Πώς θα το κάνουμε αυτό;» ρωτάει η Moni, και καθόμαστε και οι δύο να το σκεφτόμαστε, μόνοι αλλά και μαζί, για αρκετή ώρα.

Οι μέρες και οι εβδομάδες κυλούν μπροστά. Η Moni και εγώ συνεχίζουμε να ψάχνουμε όποτε έχουμε χρόνο.

Παρακολουθούμε την έννοια του ταξιδιού μέσω καθρεφτών. Πηγαίνει πίσω στους αρχαίους πολιτισμούς.

Εξετάζουμε τον καθρέφτη μας από την κορυφή ως τα νύχια, ελπίζοντας να βρούμε το σημάδι του κατασκευαστή. Δεν έχουμε τέτοια τύχη.

Με το μωρό να αναμένεται σε μια εβδομάδα -πάνω-κάτω λίγες μέρες, όπως και να 'χει-, η Μόνι κι εγώ καθόμαστε μαζί στην κουζίνα μου. Μπορώ να καταλάβω από τον τρόπο που αρχίζει και σταματάει συνέχεια ότι έχει κάτι σημαντικό στο μυαλό της.

«Μπορεί να νομίζεις ότι είναι λίγο τρελό».

«Πες μου», λέω.

Το μωρό κλωτσάει. Χαϊδεύω το πόδι του.

«Σε προειδοποιώ», λέει η Moni. «Είναι εκεί έξω.»

«Συνέχισε.»

«Εντάξει, πάμε. Στο διαδίκτυο βρήκα μια γυναίκα που είναι μέντιουμ και μέντιουμ. Έχει εξαιρετικά καλή, ακόμη και εξαιρετική φήμη. Φέρνει αποτελέσματα για τις υποθέσεις στις οποίες επιλέγει να εμπλακεί».

Σκύβω πιο κοντά.

«Η θεία Μαρία κάνει αναγνώσεις καρτών ως χόμπι. Διάβασε για τη γυναίκα για την οποία μιλάω. Βρήκε μόνο καλά πράγματα γι' αυτήν».

«Ένα μέντιουμ ε;» Λέω. Δεν καταλαβαίνω τις μέντιουμ ασυναρτησίες. Αν και ξέρω για εκείνον τον τύπο που ήταν στην τηλεόραση, τον Τζον Κάποιος. Έντουαρντς. Λέω το όνομά του δυνατά.

«Ναι», λέει η Moni.

«Εννοείς ότι η κυρία με το μέντιουμ θα επικοινωνήσει με τον Ντάριλ;»

Η Moni γνέφει.

«Αλλά μπόρεσα να επικοινωνήσω μαζί του μόνη μου. Δεν ξέρω τι θα μπορούσε να κάνει για να βοηθήσει, αφού έχουμε ήδη βρεθεί εκεί μόνοι μας».

«Πρέπει να το δοκιμάσουμε. Τη χρειαζόμαστε. Όχι για τον Ντάρυλ, αλλά για τον καθρέφτη», λέει η Μόνη. «Αν είναι ένας ταξιδιωτικός καθρέφτης. Λες ότι είναι, επειδή έχεις ταξιδέψει μέσα σε αυτόν. Πρέπει να μάθουμε περισσότερα γι' αυτόν. Αυτή θα μπορούσε να τον ελέγξει. Τα μέντιουμ κάνουν τεστ, εννοώ».

«Ω», λέω και τώρα ενδιαφέρομαι περισσότερο απ' ό,τι πριν. Σκύβω λίγο πιο κοντά.

«Της εξήγησα λίγα πράγματα για το τι συνέβη, χωρίς να μπω σε πολλές λεπτομέρειες. Τη λένε Άννα Όγκουστ και θέλει οπωσδήποτε να σε γνωρίσει και να δει το δωμάτιο και τον καθρέφτη. Θα ήθελα να είμαι κι εγώ εδώ, για ηθική υποστήριξη. Δηλαδή, αν θέλετε να είμαι».

«Πρέπει να είσαι εδώ μαζί μου», λέω και το μωρό κλωτσάει για να δηλώσει την ψήφο του. Πηγαίνω στον ψύκτη νερού και βάζω στον εαυτό μου ένα ποτήρι δροσερό υγρό. «Πόσα ζητάει για μια επίσκεψη;» Λέω μετά από μερικές γουλιές.

«Πεντακόσια.»

Κάθομαι και πιέζω το δροσερό ποτήρι στο μέτωπό μου.

«Ξέρω ότι είναι πολλά αυτά που ζητάω», συνεχίζει η Moni, "και θα ήθελα να τα προσφέρω ως δώρο".

«Αυτό είναι πολύ γλυκό εκ μέρους σου», λέω. «Αλλά αν εσύ κι εγώ κάναμε τα μισά-μισά, με τα μισά να είναι δώρο από σένα, τότε αυτό θα ήταν υπέροχο. Πώς το συλλέγει; Εννοώ, προκαταβολικά;»

Η Moni εξηγεί πώς θα μπορούσε να λειτουργήσει. Πρέπει να στείλουμε αμέσως μια προκαταβολή δέκα τοις εκατό ως ένδειξη καλής πίστης. Η Άννα θα μας έστελνε μια απόδειξη, θα κανόνιζε μια ημερομηνία και ώρα για να κάνουμε μια προσωπική επίσκεψη. Σε μια ημερομηνία που θα συμφωνηθεί, το υπόλοιπο ποσό θα έπρεπε να καταβληθεί κατά την άφιξη.

«Κατά την άφιξη;» Λέω. Μου φαίνεται λίγο θρασύ να ζητάει κανείς χρήματα προκαταβολικά με αυτόν τον τρόπο, αλλά από την άλλη, ποιος ήξερε το πρωτόκολλο για τα μέντιουμ;

Η Moni παίρνει ένα ποτήρι χυμό πορτοκάλι από το ψυγείο και πίνει μια μεγάλη γουλιά. «Σύμφωνα με την ιστοσελίδα τους, η παράδοση γίνεται με την είσοδο στο σπίτι του πελάτη τους, που θα είσαι εσύ».

«Α, άρα δεν υπόσχεται τίποτα σε αντάλλαγμα τότε;»

«Ε, όχι», επιβεβαιώνει η Μόνη. «Αλλά έχω την αίσθηση ότι αυτός είναι ο κανόνας στον ψυχικό κόσμο. Όταν συμφωνεί να αναλάβει την υπόθεσή σου, δεσμεύεται πλήρως. Θέλει να διασφαλίσει ότι και οι πελάτες της είναι το ίδιο. Έχει τη δυνατότητα να επιλέξει ποιον θέλει να βοηθήσει. Λέγοντας στους νέους πελάτες της ότι θέλει προκαταβολή με το υπόλοιπο ποσό μπροστά, θα μπορέσει να ξεχωρίσει τους παλαβούς».

Γελάω, αναρωτιέμαι αν θα με θεωρούσε τρελό ακόμα και αν πλήρωνα προκαταβολικά. «Είναι, είναι η Άννα ντόπια;»

«Όχι, είναι εκτός πόλης, αλλά ήξερε πού μένεις. Εννοώ πριν της πω τη διεύθυνσή σου. Είπε ότι αισθανόταν μια παράξενη διαταραχή σε αυτή την περιοχή τους τελευταίους μήνες. Στην πραγματικότητα, ήταν τόσο έντονη που σκέφτηκε να το ερευνήσει η ίδια».

Αυτό ακούγεται ενδιαφέρον και παρατραβηγμένο ταυτόχρονα. «Εννοείς ότι είχε κάποιο προαίσθημα;»

«Αυτό αναρωτήθηκα κι εγώ, αλλά είπε όχι. Αν και συχνά τα έχει. Σε αυτή την περίπτωση, ένιωσε μια ψυχική διαταραχή. Κάτι έτρεξε πάνω της. Της σηκώθηκε η τρίχα. Κάτι τέτοιο».

Βλέποντας μια ταινία τρόμου μου συμβαίνει αυτό, αλλά δεν το λέω. Αντ' αυτού, συμφωνώ να στείλω την προκαταβολή και να της πληρώσω ολόκληρο το ποσό κατά την άφιξη. «Πρέπει να μάθουμε περισσότερα, και δεν έχουμε πολλές επιλογές».

«Υπάρχουν πολλές άλλες επιλογές», λέει η Moni, »αλλά η Άννα έχει αξιοπιστία στο δρόμο. Θα το κάνω να συμβεί το συντομότερο δυνατό».

***

Στις τρεις Μαΐου, στις τρεις το απόγευμα, η γνωστή μέντιουμ και μέντιουμ Άννα Όγκουστ φτάνει στο σπίτι μου. Η Moni και εγώ κρυβόμαστε πίσω από τις κουρτίνες. Παρακολουθούμε καθώς βγαίνει στο δρόμο μου από το όχημά της. Είμαστε και οι δύο πολύ περίεργοι και θέλουμε να την ελέγξουμε πριν τη συναντήσουμε με σάρκα και οστά.

Τις τελευταίες δύο εβδομάδες, έχουμε αποκτήσει μια εμμονή με την Άννα. Ταυτόχρονα, έχω αποκτήσει εμμονή με τον καθρέφτη από τότε που η Άννα μου είπε να μείνω μακριά του. Δεν της είχα μιλήσει, αλλά επέμενε να μου μεταφέρει η Moni το επείγον μήνυμα.

Το μήνυμα ήταν ότι αν ξαναπήγαινα μέσα, θα το μάθαινε. Η συμφωνία μας θα ακυρωνόταν. Επίσης, ότι η πλήρης πληρωμή θα εξακολουθούσε να απαιτείται ανεξαρτήτως.

Θα ήταν εύκολο χρήμα για εκείνη αν αγνοούσα την προειδοποίηση. Θα πληρωνόταν χωρίς καν να έχει περάσει το κατώφλι μου. Τα λόγια της με τρόμαξαν αρκετά ώστε να κλειδώσω την πόρτα του παιδικού δωματίου. Για παν ενδεχόμενο.

Η Άννα είναι περίπου εξήντα ετών και μια όμορφη γυναίκα. Δεν είναι όμορφη- είναι όμορφη. Αυτό δεν εννοείται ως προσβολή. Είναι ο τρόπος με τον οποίο εμφανίζεται και στους δυο μας. Είναι πολύ ψηλή, κοντά στα δύο μέτρα, και όπως φοράει τα μαλλιά της σε κότσο στην κορυφή. Αυτό προσθέτει στο ύψος της ακόμα περισσότερο.

Φοράει ένα ψηλοκάβαλο, κατακόκκινο πανωφόρι με μαύρα κουμπιά σε σχήμα καρδιάς. Στα πόδια της, χοντρές μαύρες πλατφόρμες. Στο πρόσωπό της, η παραμικρή πινελιά μάσκαρα, κόκκινα χείλη και τίποτα περισσότερο. Τα σκούρα μαύρα μαλλιά πίσω από το αριστερό της αυτί αποκάλυπταν ένα μαύρο σκουλαρίκι σε σχήμα καρδιάς. Ταιριάζει απόλυτα με τα κουμπιά του παλτού της.

Η Άννα βαδίζει προς την εξώπορτα με μια ισχυρή αίσθηση αποφασιστικότητας και σκοπού. Ταλαντεύεται λίγο στις πλατφόρμες της και εμείς χαχανίζουμε. Όταν η Άννα μας εντοπίζει, κλείνει το μάτι και κάνει έναν σταυρό πάνω της. Διστάζει και μετά κάνει το σταυρό της πάνω από το σπίτι μου.

Είμαστε τόσο απορροφημένοι και συνεπαρμένοι από όλα όσα έχει κάνει η Άννα που δεν παρατηρούμε έναν άντρα που την ακολουθεί.

Στέκεται κοντά στο ένα μέτρο ύψος και έχει μαύρα μαλλιά και μαύρη γενειάδα. Φοράει μαύρο παλτό, ένα μαύρο καπέλο που προστατεύει τα μάτια του, μαύρο παντελόνι και παπούτσια. Σαρώνει σαν ένα σκοτεινό μοναχικό σύννεφο. Αντιλαμβανόμαστε ότι το σκύψιμο οφείλεται σε αυτό που κουβαλάει στην πλάτη του: ένα μικρό μαύρο μπαούλο. Παρόλο που είναι μικρόσωμος, το βάρος του είναι αρκετό για να τον κάνει να καμπουριάζει.

Η Άννα χτυπάει το κουδούνι της πόρτας και εμείς σπεύδουμε μπροστά για να τους συναντήσουμε.

***

Η Άννα σαρώνει σαν άνεμος και το σκοτεινό σύννεφο φυσάει όχι πολύ πίσω της. Μου απλώνει πρώτα το χέρι της, παίρνοντας το άλλο μου χέρι. Κοιτάζει στα μάτια μου κι εγώ στα δικά της -που ήταν μια περίεργη πράσινη απόχρωση με μικροσκοπικές κόκκινες κηλίδες κατά μήκος της κόρης.

«Χαίρομαι πολύ που επιτέλους σε γνωρίζω», λέει, απλώνει το χέρι της και μετά σταματάει πριν αγγίξει το μωρό. Κουνάω το κεφάλι μου ότι είναι εντάξει να το κάνει και τοποθετεί το ανοιχτό της χέρι πάνω στο μωρό. Περιμένω να κλωτσήσει για να αναγνωρίσει την παρουσία της, αλλά δεν το κάνει.

«Πρέπει να κοιμάται», λέω. Για κάποιο περίεργο λόγο, το ότι δεν συστήνεται με κλωτσιά με κάνει να νιώθω ότι είμαστε αγενείς.

Η Άννα πετάει πίσω το παλτό της. Στρέφεται προς τη Moni και λέει ένα γεια. Μας συστήνει στον σύζυγό της που στέκεται στο βάθος τεντώνοντας την πλάτη του. Το όνομά του είναι Ballard.

Τον πλησιάζω και του δίνουμε το χέρι. Χρειάζεται βοήθεια για να βγάλει το στήθος από την πλάτη του, οπότε τον βοηθάω. Στη συνέχεια, στέκεται όρθιος και ψηλός. Δεν είναι και τόσο κοντός τελικά. Είναι κοντός για άντρας και η Άννα με τις πλατφόρμες της τον ξεπερνάει.

«Ας ασχοληθούμε με τις βαρετές λεπτομέρειες», προτείνει ο Μπάλαρντ.

«Ναι», λέει η Άννα.

«Εννοεί τα χρήματα», ψιθυρίζει η Moni.

Παίρνω την τσάντα μου από το πλαϊνό τραπεζάκι. Περιέχει όλο το ποσό, το οποίο δίνω στην Άννα, η οποία το δίνει στον Μπάλαρντ.

«Ευχαριστώ», λέει η Άννα.

Ο Μπάλαρντ βγάζει τα χρήματα και ξεφυλλίζει την παρτίδα. Βεβαιωμένος ότι υπάρχει όλο το ποσό, το βάζει στην τσέπη του παλτού του.

Η Άννα λέει: «Θα ήθελα να δω το δωμάτιο τώρα».

Οι τρεις μας, η Μόνη, η Άννα και εγώ (ή τέσσερις αν συμπεριλάβω και το μωρό) κατευθυνόμαστε προς το παιδικό δωμάτιο. Κοιτάζω πίσω και βλέπω τον Μπάλαρντ να ψαρεύει στην τσέπη του ένα κλειδί, το οποίο βάζει στην κλειδαριά και ανοίγει το μπαούλο.

Είμαι περίεργη για το κλειδί, αλλά πιο περίεργη για το περιεχόμενό του. Ο Μπάλαρντ συνεχίζει. Γυρίζω την προσοχή μου πίσω σε αυτή τη δουλειά.

«Εν ευθέτω χρόνω», λέει η Άννα καθώς μας μετακινεί. Με βλέπει να κοιτάζω τον Μπάλαρντ με περιέργεια. Φαίνεται ότι δεν της διαφεύγει τίποτα.

Πριν φτάσουμε στο φυτώριο, η Άννα κάνει μια ξαφνική στάση. Παραλίγο να πέσω πάνω της, αφού τώρα βρίσκομαι στο πίσω μέρος της αγέλης με τη Μόνη επικεφαλής.

Η αναπνοή της Άννας αλλάζει. Λαχανιάζει και τα μάγουλά της κοκκινίζουν πολύ. Πιάνει τον τοίχο στα δεξιά της και τον άλλο τοίχο στα αριστερά της με σφιγμένες γροθιές και στέκεται εκεί ακίνητη. Οι γροθιές της ανοίγουν σαν τριαντάφυλλα που ανθίζουν. Αφήνει τα χέρια της επίπεδα και ανοιχτά πάνω στην επιφάνεια των τοίχων εκατέρωθεν της.

Το κεφάλι της πετάγεται προς τα πίσω και τα μάτια της ανοίγουν διάπλατα, κοιτάζοντας το ταβάνι. Ολόκληρο το σώμα της αρχίζει να τρέμει και να συσπάται σαν να παθαίνει επιληπτική κρίση.

***

Τότε κάτι διαπερνά το σώμα της. Ό,τι κι αν είναι, το βλέπω να περνάει μέσα της. Κοιτάζω τη Moni, τα μάτια της οποίας σχεδόν ξεπηδούν από το κρανίο της. Περνάω τον ώμο της Άννας και παίρνω το χέρι της Μόνης στο δικό μου. Στεκόμαστε ακίνητοι, χωρίς να ξέρουμε τι να κάνουμε. Η Άννα συνεχίζει να δονείται και να συστρέφεται.

Τότε ο Μπάλαρντ είναι εκεί, τοποθετώντας κάτι στο αναποδογυρισμένο μέτωπο της Άννας. Είναι ασημένιο.

Το βλέπω να αναβοσβήνει στο φως, αλλά δεν μπορώ να καταλάβω τι είναι. Πρώτα μια θολούρα, μετά μια λάμψη. Σύντομα τα χέρια και το κεφάλι της Άννας πέφτουν. Μετά, επιστρέφει ανάμεσά μας.

«Λυπάμαι, αγάπη μου», λέει ο Μπάλαρντ. «Δεν περίμενα...» Σταματάει και κοιτάζει τη Moni και εμένα που στεκόμαστε ακόμα μαζί, πιασμένοι χέρι-χέρι.

«Ούτε κι εγώ», λέει η Άννα καθώς παίρνει μια βαθιά ανάσα και την αφήνει αρκετές φορές για να ηρεμήσει. «Αυτό ήταν ένα ισχυρό κάτι ή κάποιος. Μπορώ να έχω ένα ποτήρι πόρτο πριν συνεχίσουμε;»

Αρχίζω να λέω ότι δεν έχω καθόλου πορτό στο σπίτι. Ο Μπάλαρντ, που ήρθε προετοιμασμένος, βγάζει ένα φλασκί από το εσωτερικό του σακακιού του. Ανοίγει το καπάκι και το δίνει στην Άννα.

Τα χέρια της τρέμουν καθώς προσπαθεί να πιει μια γουλιά. Ο Μπάλαρντ βοηθάει.

Η Άννα σκουπίζει το στόμα της με το χέρι της. Μπορώ ακόμα να δω τα δάχτυλά της να τρέμουν καθώς επιστρέφει το φλασκί. Ο Μπάλαρντ μου προσφέρει μια γουλιά. Αρνούμαι λόγω του μωρού. Η Moni αρνείται επίσης, αλλά ευχαριστεί τον Ballard για την προσφορά.

Η Άννα σπάει τη σιωπή. «Και τώρα, ας συνεχίσουμε».

***

Πριν φτάσουμε στην πόρτα του παιδικού δωματίου, αυτή κλείνει. Η δύναμη είναι τόσο μεγάλη που νομίζω ότι μπορεί να σπάσει τους μεντεσέδες. Σπρώχνω να περάσω τη συνοδεία, χρησιμοποιώντας την περιφέρεια του παιδιού μου για να ανοίξω δρόμο.

Όταν φτάνω στην πόρτα, βάζω το κλειδί στην τσέπη μου. Μόλις ξεκλειδώσω, προσπαθώ να γυρίσω το χερούλι. Λέω προσπάθεια για δύο λόγους.

Πρώτον, δεν κουνιέται, και δεύτερον, είναι πυρακτωμένο, τόσο πολύ που ουρλιάζω όταν το δέρμα μου λιώνει πάνω του. Είναι σαν η μεταλλική λαβή να συγκολλάται πάνω μου και το δέρμα μου να τσιρίζει και να μυρίζει σαν να ψήνομαι στα κάρβουνα.

Η καυτή σάρκα μου μυρίζει σχεδόν μπακονάκι καθώς συνεχίζω να προσπαθώ να ξεκολλήσω από τη λαβή. Τα επόμενα δευτερόλεπτα μοιάζουν σαν να έχει σταματήσει ο χρόνος και εστιάζω το μυαλό μου στην ίδια τη λαβή αντί στον πόνο. Με μια κίνηση, αποκολλάμαι. Η λαβή κινείται. Για ένα δευτερόλεπτο, νομίζω ότι θα γυρίσει και θα ανοίξει, αλλά δεν το κάνει.

Κοιτάζω προς τα αριστερά όπου στέκεται η Moni, κοιτάζοντας, αναρωτιέται τι να κάνει, αλλά δεν κάνει τίποτα. Κοιτάζω προς τον Μπάλαρντ που κοιτάζει την Άννα, η οποία έχει κλειστά τα μάτια της και βγάζει λέξεις από το στόμα της.

Παρακολουθώ και ακούω τα μουρμουρητά της, καταλαβαίνοντας ότι κάνει μια επίκληση ή ένα ξόρκι. Τουλάχιστον έτσι έμοιαζε με βάση τις φανταστικές τηλεοπτικές εκπομπές που είχα δει με μάγισσες.

Τα μέντιουμ κάνουν ξόρκια ή ξόρκια; Δεν ήμουν σίγουρη, αλλά ό,τι κι αν σχεδίαζε, ήλπιζα ότι θα πετύχαινε.

Καθώς αυτή η σκέψη περνάει από το μυαλό μου, η θερμότητα του χερουλιού της πόρτας αυξάνεται από το εννιά στο δέκα και φωνάζω από πόνο. Ο Μπάλαρντ ορμάει προς το μέρος μου με το φιαλίδιο με το μπράντι στο χέρι του και πιτσιλάει το περιεχόμενό του στο χέρι μου. Καπνίζει και φτύνει και μυρίζει σαν χαλασμένη χριστουγεννιάτικη πουτίγκα.

Δουλεύει και το χέρι μου ξεκολλάει από τη λαβή. Ο Μπάλαρντ με οδηγεί μακριά από την πόρτα. Στέκομαι ακίνητος ενώ η Moni δίνει στον Ballard το κουτί πρώτων βοηθειών που έχει πάρει από το μπάνιο. Τυλίγει το χέρι μου με γάζα αφού το ψεκάσει με κάποιο υγρό ανακούφισης από το έγκαυμα. Αυτό ψύχει τη θερμοκρασία του δέρματός μου. Όταν τυλίγει τη γάζα γύρω μου, ο πόνος είναι ελάχιστος.

Όταν επιστρέφουμε στο διάδρομο, η Άννα δεν είναι πουθενά, όμως η πόρτα του παιδικού δωματίου στέκεται ορθάνοιχτη.

Αυτή τη φορά, ο Μπάλαρντ προηγείται με τη Μόνη και εμένα να ακολουθούμε όχι πολύ μακριά. Ο Μπάλαρντ κρατάει το δεξί του χέρι απλωμένο μπροστά του, σαν να περιμένει την άφιξη του αόρατου και άγνωστου. Αν είχε έναν σταυρό στο χέρι του, δεν θα ήταν παράταιρο. Έχω δει πάρα πολύ τηλεόραση για το καλό μου.

Μόλις μπει στο παιδικό δωμάτιο, ο Μπάλαρντ ψιθυρίζει: «Άννα». Στέκεται στο άνοιγμα της πόρτας, εμποδίζοντας τη Moni και εμένα να μπούμε στο δωμάτιο.

Καμία απάντηση.

Ο Μπάλαρντ μπαίνει μέσα, φωνάζοντας ακόμα την Άννα, και εμείς μπαίνουμε από πίσω του.

Το παράθυρο είναι ορθάνοιχτο, όπως ήταν και την ημέρα που μπήκα στον καθρέφτη. Αυτό το αεράκι όμως είναι βίαιο. Φέρνει τις κουρτίνες μπροστά. Κυματίζουν και αιωρούνται πάνω από το πάτωμα με τρόπο που μοιάζει με φάντασμα.

Οι ιπτάμενες κουρτίνες οδηγούν τα μάτια μου προς την κατεύθυνση του καθρέφτη. Η Moni και ο Ballard κάνουν το ίδιο, αλλά αυτή τη φορά βρίσκονται πίσω μου καθώς περπατάω προς τον καθρέφτη. Η κουβέρτα, που κάποτε ήταν τυλιγμένη πάνω από τον καθρέφτη, είναι τώρα τσαλακωμένη σε μια μάζα στο πάτωμα.

«Άννα!» φωνάζω.

Ο Μπάλαρντ φωνάζει το όνομα της γυναίκας του.

Παρόλο που δεν τον γνωρίζω, το ύψος και ο τόνος της φωνής του προκαλούν ανατριχίλα σε όλα τα αντιβράχια μου. Γυρίζω και τον κοιτάζω, βλέποντας αγνό φόβο. Μου φαινόταν παράλογο ότι έχει φρικάρει τόσο πολύ. Ο Μπάλαρντ είναι ο συνεργάτης της με κάθε τρόπο. Μαζί, η ζωή τους επικεντρώνεται στο να βοηθούν τους ανθρώπους να συνδεθούν με τους αγαπημένους τους στην άλλη πλευρά. Είναι επαγγελματίες.

Πηγαίνω στον καθρέφτη. Με ένα τεράστιο βήμα, περπατάω ολόκληρο το σώμα μου μέσα σε αυτόν.

Το τελευταίο πράγμα που ακούω είναι η Moni να φωνάζει το όνομά μου.

***

Από την άλλη πλευρά υπάρχει απόλυτο σκοτάδι.

Αυτό είναι διαφορετικό από πριν. Τρομακτικό.

Κάνω δύο βήματα μπροστά. Κάτι τρίζει κάτω από τα πόδια μου. Μετακινούμαι λίγο στο πλάι, ελπίζοντας ότι δεν θα είναι εκεί, αλλά είναι. Προχωράω μπροστά, πατάω πάνω σε κάτι μεγαλύτερο πριν σκοντάψω λίγο και μετά σταματώ ακίνητος.

Πολύ φοβισμένη για να κουνηθώ, συνειδητοποιώ ότι αυτό το μέρος ήταν ακριβώς όπως περίμενα να μοιάζει το εσωτερικό ενός καθρέφτη. Αυτό που δεν περίμενα είναι η μυρωδιά. Είναι υγρή σαν σάπια φθινοπωρινά φύλλα και κρύα. Τυλίγω τα χέρια μου γύρω από τον εαυτό μου.

Δεν κουνιέμαι, ελπίζοντας ότι τα μάτια μου θα προσαρμοστούν και θα συνηθίσουν το σκοτάδι.

Τα δευτερόλεπτα περνούν. Παρόλα αυτά, δεν κάνω ούτε ένα βήμα προς καμία κατεύθυνση. Νιώθω τον εαυτό μου να κουνιέται κατά διαστήματα. Το να στέκομαι ακίνητος με τόσο μεγάλη κοιλιά δεν είναι εύκολη υπόθεση. Νιώθω ότι μπορεί να πέσω κάτω. Χαϊδεύω την κοιλιά μου και προσπαθώ να παραμείνω ήρεμη.

Πού είναι τα δάση, η παραλία και τα βουνά; Πού είναι ο ήλιος και η φθινοπωρινή αύρα; Εδώ, ο παγωμένος αέρας είναι ακίνητος.

Αναρωτιέμαι αν αυτή είναι μια διαφορετική διάσταση.

Γιατί αυτό το μέρος μοιάζει τόσο άγνωστο, ενώ το άλλο έμοιαζε οικείο; Ήμουν ανόητος που μπήκα χωρίς να ξέρω ότι η Άννα είναι εδώ.

Ακούω ένα τρίξιμο και μετά τη φωνή της Άννας. «Cath;»

Το σώμα μου τρέμει καθώς απαντώ.

«Καθ», λέει, "πρέπει να φύγεις από εδώ".

Χαϊδεύω την κοιλιά μου σε μια προσπάθεια να γίνω φυσιολογική.

«Ξέρεις πόσα βήματα έκανες αφού μπήκες μέσα;» Ρωτάει η Άννα.

Της λέω ότι δεν έκανα πολλά βήματα, κι όμως ούτε τα είχα μετρήσει.

Με ρωτάει αν θα μπορούσα να γυρίσω, αν ήξερα προς ποια κατεύθυνση είχα έρθει, και λέω ότι νομίζω πως ξέρω.

«Γύρνα και πήγαινε προς την εξωτερική κατεύθυνση», συμβουλεύει η Άννα. «Θα ακολουθήσω τους ήχους των βημάτων σου. Ο ήχος θα με καθοδηγήσει και θα βγούμε έξω μαζί».

Σκέφτομαι τον Ντάρυλ όταν πρωτογνωριστήκαμε. Με αυτές τις ευτυχισμένες σκέψεις στο προσκήνιο του μυαλού μου, μια ανάμνηση εισβάλλει στο μυαλό μου. Πρόκειται για κάτι που είχα διαβάσει ή παρακολουθήσει. Για τους δαίμονες στο σκοτάδι που παίρνουν τις φωνές αυτών που γνωρίζουμε, μερικές φορές ακόμη και αυτών που αγαπάμε. Σε αυτό, οι δαίμονες προσποιούνται ότι είναι αυτοί που δεν είναι.

Ηρεμώ το μυαλό μου και διώχνω αυτές τις σκέψεις, παίρνοντας δύναμη σκεπτόμενη τον Ντάρυλ και το μωρό. Γυρίζω και απλώνω τα χέρια μου για να ψηλαφίσω τον δρόμο μου. Το τρίξιμο με κάνει να αισθάνομαι πανικόβλητη, αλλά ήξερα ότι δεν είχα πάει πολύ μακριά. Περπατάω μπροστά σαν τυφλό ζόμπι και δεν αισθάνομαι τίποτα.

Κάνω άλλα δύο βήματα προς τα αριστερά, εξακολουθώντας να κινούμαι προς την ίδια κατεύθυνση με πριν, και απλώνω πάλι τα χέρια μπροστά μου. Ακόμα καμία επαφή με τίποτα. Δύο ακόμη βήματα.

Εκεί είναι. Το αισθάνομαι και κάνω ένα βήμα μπροστά. Ο Μπάλαρντ και η Μόνη με τραβούν για το υπόλοιπο της διαδρομής.

Η Άννα αρπάζει την ουρά του πουκαμίσου μου και περνάει κι αυτή. Είμαστε ασφαλείς.

Γυρίσαμε πίσω.

***

Κλαίω καθώς η Moni με βοηθάει να διασχίσω το δωμάτιο. Κάθομαι στην πολυθρόνα σαν να κουβαλάω το βάρος του κόσμου στους ώμους μου. Χαϊδεύω την κοιλιά μου και σιγοτραγουδάω Frere Jacques για να ηρεμήσει η καρδιά και το μυαλό μου. Το αγοράκι μου δεν ανταποκρίνεται με μια κλωτσιά, αλλά δεν είναι χειρότερα από τη φθορά.

Η Moni φέρνει ένα φλιτζάνι ζεστό τσάι. Τα χέρια μου τρέμουν πολύ για να το κρατήσω. Το σηκώνει στα χείλη μου και πίνω μια γουλιά.

Στη γωνία, εκτός ακρόασης, η Άννα ψιθυρίζει στον Μπάλαρντ καθώς τραβάει μια γουλιά από το φλασκί. Τρέμει και ο Μπάλαρντ κοιτάζει κατά διαστήματα προς το μέρος μου και μετά πάλι προς τη γυναίκα του. Την είχα σώσει, την είχα φέρει πίσω. Αναρωτιέμαι τι να συζητούν, αλλά είμαι πολύ κουρασμένος για να παρακολουθήσω τη συζήτησή τους.

«Πόσο καιρό;» Ρωτάω τη Moni.

«Οκτώ ώρες».

«Δεν μπορεί να ήταν οκτώ ώρες!»

«Είναι σκοτεινά έξω. Βλέπεις;» Τραβάει πίσω τις κουρτίνες, δείχνοντας το σκοτάδι έξω στη θέση του φωτός της ημέρας. Σκύβει και ρωτάει: «Πώς ήταν ο Ντάρυλ;»

Ο γιος μου με κλωτσάει τόσο δυνατά που μου κόβεται η ανάσα. Χαϊδεύω το πόδι του μέσα από το δέρμα μου. «Ηρέμησε, γιε μου».

Η Moni περιμένει να ηρεμήσει το μωρό πριν ρωτήσει: «Αν ο Darryl δεν ήταν εκεί, γιατί έλειπες τόσο πολύ;».

«Δεν ξέρω», λέω, κοιτάζοντας προς την κατεύθυνση της Άννας και ελπίζοντας ότι μπορεί να δώσει κάποιες απαντήσεις. Εξάλλου, είναι η μόνη ειδικός στο δωμάτιο.

Η Άννα τραβάει άλλη μια γουλιά από το φλασκί. Μόλις με βλέπει να την κοιτάζω επίμονα, περνάει παραπατώντας από το δωμάτιο. «Είσαι καλά;»

Η Άννα στέκεται στα αριστερά μου, η Moni μπροστά μου και ο Ballard στα δεξιά μου, σαν να είμαι το κέντρο ενός ημικυκλίου. Ανατριχιάζω. Η Moni ρίχνει μια κουβέρτα στους ώμους μου.

Η Άννα λέει: «Ο καθρέφτης έχει πολλά πρόσωπα. Αυτό», δείχνει προς το μέρος του, "θα έπρεπε να καταστραφεί".

«Μα γιατί;» Ρωτάω με δόντια που τρίζουν. «Είναι στην οικογένειά μου εδώ και δεκαετίες και μου έφερε τον Ντάριλ».

«Σας προτείνω να το στείλετε μακριά, αν δεν μπορείτε να το καταστρέψετε. Θα σας ξανακαλέσει και θα σας βάλει σε πειρασμό να μπείτε αν βρίσκεται στο σπίτι σας. Την επόμενη φορά ίσως να μην είσαι τόσο τυχερός. Την επόμενη φορά, μπορεί να κολλήσεις εκεί για πάντα».

«Ακούστε τη γυναίκα μου», λέει ο Μπάλαρντ. «Ξέρει για τι πράγμα μιλάει και το μόνο που θέλει να κάνει είναι να αποτρέψει εσάς και το παιδί σας από το κακό».

«Θα μπορούσε να μας είχε βλάψει, αλλά δεν το έκανε», λέω. «Ήταν σκοτεινά και υγρά, αλλά έχω βρεθεί σε χειρότερα μέρη, πολύ χειρότερα μέρη».

Η Άννα διστάζει, περπατάει λίγο, και μετά λέει: «Ο ήχος του τσακίσματος. Τι νόμιζες ότι ήταν;»

Ο Μπάλαρντ πλησιάζει τη γυναίκα του, ψιθυρίζοντας στο αυτί της. Στρέφονται και πάλι προς το μέρος μου.

«Φύλλα», απαντώ. «Νεκρά φύλλα».

Τα μάτια της Άννας φωτίζονται καθώς κοιτάζει τον σύζυγό της. «Ήταν ο ήχος από το σπάσιμο των οστών. Τα οστά άλλων που δεν κατάφεραν ποτέ να επιστρέψουν».

Ανασαίνω και προσπαθώ να μην ουρλιάξω. Σκέφτομαι τον ήχο που είχα ακούσει και αναρωτιέμαι αν τον επινόησε, προσπαθώντας να με τρομάξει. Αν είχα πατήσει πάνω σε κόκαλα, πώς θα ακουγόταν; Πώς θα ένιωθα κάτω από τα πόδια μου; Θα ακουγόταν ακριβώς όπως αυτά μέσα στον καθρέφτη.

«Τώρα, ας φύγουμε από εδώ», λέει η Άννα. «Κάναμε ό,τι μπορούσαμε. Δεν μπορούμε να μείνουμε άλλο εδώ. Να θυμάστε τα λόγια μου, αν δεν καταστρέψετε αυτό το πράγμα, τότε θα είναι στο κεφάλι σας».

Καθώς απομακρύνονται από κοντά μου, φωνάζω: «Γιατί δεν με περιμένατε; Γιατί μπήκατε στον καθρέφτη χωρίς εμένα; Πριν, ο Ντάριλ, ο άντρας μου, ήταν εκεί. Όλα ήταν ασφαλή και καλά. Γιατί δεν περίμενες;» Σηκώνομαι και τους ακολουθώ, περιμένοντας μια απάντηση, μια εξήγηση.

Η Άννα συνεχίζει να περπατάει.

Ο Μπάλαρντ σταματά, σκέφτεται να πει κάτι. Αλλάζει γνώμη. «Έλα, αγάπη μου. Αυτή η γυναίκα δεν εκτιμά τη θυσία ή τη συμβουλή σου».

«Τη θυσία της; Εγώ μπήκα εκεί μέσα και την έβγαλα έξω! Την έσωσα».

«Ηρέμησε», λέει η Moni. «Δεν είναι καλό για το μωρό».

«Φύγε από το σπίτι μου», φωνάζω.

Αφού ο Μπάλαρντ δέσει το μπαούλο στην πλάτη του, φεύγει με τη γυναίκα του από το σπίτι μου.

Στέκομαι εκεί με σφιγμένες γροθιές καθώς το νερό στάζει στα πόδια μου. Η ζαλάδα με κατακλύζει και πέφτω στο πάτωμα.

***

Τελικά δεν είναι νερό. Είναι αίμα.

Το ανακάλυψα μόνο αφού το ασθενοφόρο ήρθε ουρλιάζοντας στο δρόμο μου και οι νοσοκόμοι με εξέτασαν. Οι ζωτικές μου ενδείξεις είναι μια χαρά, αλλά επιμένουν να πάμε στο νοσοκομείο.

Ξεκουραζόμενη, δεμένη σε μηχανήματα και οθόνες, νιώθω ευγνωμοσύνη που ο γιος μου και εγώ είμαστε καλά. Τίποτα περισσότερο και τίποτα λιγότερο.

Η Moni τηλεφώνησε στη μαμά μου που έφτασε γρήγορα. Κάθισε μαζί μου, κρατώντας μου το χέρι, λέγοντάς μου ότι όλα θα πάνε καλά. Τώρα, κοιμάται βαθιά σε μια καρέκλα.

Κοιτάζοντάς την να κοιμάται, συνειδητοποιώ ότι οι μητέρες μοιάζουν με θεούς. Βασιζόμαστε σε αυτές για τα πάντα από τη στιγμή της σύλληψής μας. Όταν μας εξηγούν ότι όλα θα πάνε καλά, ακόμα κι αν ξέρουμε ότι δεν μπορούν να ξέρουν, εξακολουθούμε να τις πιστεύουμε. Αν μας έλεγαν ότι ο ουρανός είναι πορτοκαλί, θα έπρεπε να τις πιστέψουμε. Γιατί να μας πουν ψέματα; Οι μητέρες μας είναι νοσοκόμες, γιατροί, σύμβουλοι ή σύμβουλοι, δάσκαλοι, φιλόσοφοι και φίλοι μας. Οι μητέρες φορούν τόσα πολλά καπέλα.

Αισθάνομαι την καμπούρα του μωρού μου, σκεπτόμενη τις δικές μου δυνατότητες να εκπληρώσω τον ρόλο της μητέρας και του μοναδικού γονέα για τον γιο μου. Ελπίζω να μπορέσω να φτάσω τη δύναμη και το θάρρος της μητέρας μου. Αν καταφέρω να φτάσω στο ογδόντα τοις εκατό αυτού που υπήρξε εκείνη για μένα, τότε θα είμαι πανευτυχής.

Σκέφτομαι τι μου είπε ο γιατρός. Η αιμορραγία δεν ήταν κάτι σοβαρό. Μια προσωρινή κατάσταση και είχε σταματήσει. Το μωρό είναι καλά και έχει δυνατό καρδιακό παλμό. Παρόλα αυτά, η ημερομηνία τοκετού δεν είναι μακριά και θέλουν να είμαστε εδώ.

Σκέφτομαι την Άννα, απογοητευμένη. Είχε προηγηθεί τόση προετοιμασία για να έρθει και να προσφερθεί να βοηθήσει. Είχα ζητήσει από τη Moni να έρθει σε επαφή μαζί της για να δω αν θα μπορούσε να καλύψει κάποια από τα κενά. Ήθελα να μάθω τι της συνέβη πριν μπω στον καθρέφτη. Τι ήξερε; Τι είχε δει;

Ήθελα επίσης να μάθω γιατί είχε πηδήξει στον καθρέφτη πριν βρεθεί κάποιος από εμάς στο δωμάτιο.

Τα δάκρυα χύνονται στα μάγουλά μου σε μια σιωπηλή κραυγή. Μου λείπει τόσο πολύ ο Ντάρυλ. Η ζωή θα ήταν πολύ διαφορετική αν ήταν εδώ. Η ζωή είναι πολύ σύντομη, πολύ πολύτιμη για να σπαταλήσουμε ούτε μια στιγμή.

Πέφτω πίσω στο μαξιλάρι και κλείνω τα μάτια μου.

***

Τα πόδια μου σηκώνονται από το έδαφος. Πετάω με τα φτερά της πεταλούδας μου στο ύπαιθρο. Ανεβαίνω όλο και πιο ψηλά στον ουρανό καθώς τα αεροπλάνα περνούν από δίπλα μου. Οι επιβάτες χαιρετούν από τα παράθυρά τους. Τα πουλιά σταματούν. Ένα κάθεται στον ώμο μου. Ανοίγει και κλείνει το ράμφος του τραγουδώντας σαν να προσπαθεί να συνομιλήσει μαζί μου. Πετάει μακριά, χαρούμενο που προσπάθησε να επικοινωνήσει με τον ουρανοκατέβατο συνάνθρωπό του.

Κάτω από μένα, ένα μικρό, φτερωτό άτομο ακολουθεί. Χαϊδεύω την κοιλιά μου, αλλά διαπιστώνω ότι δεν είναι πλέον εκεί. Το φτερωτό άτομο από κάτω είναι το παιδί μου. Τα φτερά του είναι μπλε και μαύρα. Μαθαίνει να πετάει. Έρχεται προς το μέρος μου, παλεύοντας.

«Μητέρα», φωνάζει.

Εγώ αιωρούμαι στη θέση μου περιμένοντάς τον να με προλάβει.

«Μητέρα», φωνάζει ξανά.

Σπρώχνω τον εαυτό μου προς τα κάτω μέχρι να βρεθούμε δίπλα-δίπλα. Πιάνω το χέρι του.

Μαζί, σηκωνόμαστε.

Ρίχνω το κεφάλι μου προς τα πίσω, κρατώντας ακόμα το χέρι του στο δικό μου, και ο ουρανός αλλάζει από μέρα σε νύχτα σε κλάσματα του δευτερολέπτου. Ο αέρας από ζεστός γίνεται κρύος και ο άνεμος δυναμώνει και μας σπρώχνει μακριά.

Ο γιος μου κι εγώ προσκολλούμαστε ο ένας στον άλλον, κρατιόμαστε γερά, χτυπώντας τα φτερά μας συγχρονισμένα. Ανίσχυροι.

Ο κεραυνός πέφτει. Κεραυνοί εκτοξεύονται στον ουρανό πίσω μας, από κάτω μας, όλο και πιο κοντά.

Ένα άμεσο χτύπημα στα φτερά μου. Μια σπίθα ανάβει στα δικά του.

Πέφτουμε πίσω από εκεί που ήρθαμε.

***

Ξυπνάω ουρλιάζοντας. Τόσο πολύ για να μην ξυπνήσω τη μαμά.

Το όνειρο ήταν τόσο αληθινό, τόσο ζωντανό. Έκανε τις οθόνες να αναβοσβήνουν και να χτυπούν. Το προσωπικό του νοσοκομείου ήρθε τρέχοντας και πήρε τον έλεγχο.

«Ήταν απλώς ένα όνειρο», λέω για να τους καθησυχάσω. Παρόλα αυτά, συνεχίζουν να τρέχουν.

Σκουπίζω τον ύπνο από τα μάτια μου.

Κάτι δεν πάει καλά με τη μαμά. Δεν ήρθαν για μένα.

Την έβαλαν σε ένα κρεβάτι νοσοκομείου και την έβγαλαν έξω από το δωμάτιο. Οι ρόδες την απομακρύνουν μακριά μου.

«Τι συμβαίνει;» Φωνάζω. Προσπαθώ να σηκωθώ, να πάω μαζί της, να είμαι μαζί της. Πρέπει να προλάβω τη συνοδεία.

Είμαι δεμένος όμως. Προσπαθώ να ελευθερωθώ. Όχι αρκετά γρήγορα.

Μια νοσοκόμα καρφώνει μια βελόνα στο χέρι μου.

Το τελευταίο πράγμα που θυμάμαι είναι να την βρίζω.

***

Η Moni είναι δίπλα μου όταν ξυπνάω. Ήταν μέρα όταν αποκοιμήθηκα. Τώρα, είναι σκοτάδι. Τα πάντα μέσα από το παράθυρο φαίνονται μαύρα και αστέρια.

Καθώς προσπαθώ να ενώσω τα κομμάτια, ο γιος μου με κλωτσάει πολύ δυνατά. Είναι σχεδόν σαν να μου υπενθυμίζει να βάλω εκείνον πρώτα, λες και χρειάζομαι υπενθύμιση. Πρώτα ήταν εκείνο το τρομακτικό όνειρο. Μετά, η μαμά είχε πρόβλημα, ήταν άρρωστη ή κάτι τέτοιο.

Ξαναγυρίζω στην πραγματικότητα.

Η Moni μου δίνει ένα ποτήρι νερό. Ήμασταν φίλοι τόσο καιρό, που μερικές φορές νιώθω σαν να είχαμε τηλεπαθητική σύνδεση. Η Moni είναι η καλύτερη φίλη στον κόσμο. Δεν ξέρω τι θα έκανα χωρίς αυτήν.

«Σ' ευχαριστώ», λέω καθώς πίνω μια γουλιά και νιώθω το δροσερό νερό να παίρνει το δρόμο προς το πολύ άδειο στομάχι μου. Δεν απορώ που το μωρό μου κλωτσάει σαν τρελό. Χρειάζομαι ανεφοδιασμό αφού δεν έχω φάει σήμερα. Όχι ότι το φαγητό του νοσοκομείου είναι κάτι το ιδιαίτερο. Ρωτάω τη Moni αν θα την πείραζε να βγει κρυφά έξω και να μου φέρει κάτι σαν fast food για κέρασμα.

Ως συνήθως λογική, η Moni προτείνει να καλέσω τη νοσοκόμα. Να ρωτήσω αν θα μπορούσαν να κάνουν κάτι για μένα, ώστε να μην διακόψουν τις διατροφικές απαιτήσεις για μένα και το μωρό. Ακούγεται καλή συμβουλή, αν και θα είχα δολοφονήσει ένα τσίζμπεργκερ, πατάτες τηγανιτές και ένα μιλκσέικ.

Η νοσοκόμα είναι εξυπηρετική και λέει ότι θα φέρει κάτι ειδικά φτιαγμένο για μένα το συντομότερο δυνατό. Στη γλώσσα του νοσοκομείου, που σήμαινε μόλις έφτανα στην κορυφή της ιεραρχίας. Πρώτος μέσα, πρώτος σερβιρισμένος.

Τρίβω την κοιλιά μου με το ένα χέρι και πίνω περισσότερο νερό για να κρατήσω μακριά το αίσθημα της πείνας.

«Πρέπει να μιλήσουμε», λέει η Moni.

«Ακούω.»

«Πρώτα απ' όλα, η μαμά σου είναι καλά. Έπαθε εγκεφαλικό επεισόδιο, αλλά απ' ό,τι καταλαβαίνω, δεν ήταν μεγάλο. Δεν ξέρω συγκεκριμένες λεπτομέρειες επειδή δεν είμαι συγγενής, αλλά έχω την εντύπωση ότι θα αναρρώσει πλήρως».

Ανασαίνω με ανακούφιση και υπενθυμίζω στη Moni ότι είναι σαν την αδελφή που δεν είχα ποτέ.

«Έχω μια αδελφή», λέει η Μόνη, "αλλά εσύ είσαι η αδελφή της επιλογής μου".

«Σ' αγαπώ», λέω.

«Κι εγώ σ' αγαπώ».

Σιωπούμε για μια στιγμή και μετά λέει: «Μίλησα με την Άννα για σένα. Η επίσκεψη στο σπίτι σου και στον καθρέφτη τις φρίκαρε εντελώς. Αυτοί οι δύο δεν είναι αρχάριοι. Εκείνη, εννοώ η Άννα, δεν έχει νιώσει ποτέ τόσο κοντά στο αγνό κακό όσο όταν βρέθηκε μέσα στον καθρέφτη σου».

Θυμάμαι το αίσθημα της ευδαιμονίας όταν ήμουν με τον Ντάρυλ. Την αίσθηση του αγγίγματός του. Τη σύνδεσή του με το γιο του. Αυτό που έλεγε μου φάνηκε γελοίο και το λέω.

«Τι εννοείς;»

«Πρώτα απ' όλα, ήμουν κι εγώ εκεί. Ναι, ήταν πολύ σκοτεινά. Ήταν υγρό και λίγο βρωμερό ακόμη, αλλά δεν αισθάνθηκα μια παρουσία κακού στον αέρα. Αν το κακό καραδοκούσε μέσα σ' εκείνο το σκοτάδι, τότε θα μπορούσε να είχε πάρει οποιονδήποτε από εμάς ανά πάσα στιγμή. Ήμασταν στο έλεός του. Τότε γιατί δεν έκανε τίποτα;»

«Λέει ότι ο διάβολος θέλει μόνο τις ψυχές των κατεστραμμένων. Αυτών που έχουν διαπράξει το κακό ή έχουν κάνει κακές πράξεις. Οι μόνες εξαιρέσεις είναι όσοι έρχονται σ' αυτόν με τη θέλησή τους και είναι αγνοί στην καρδιά».

«Και η Άννα, πού ταιριάζει σε αυτό το σενάριο; Ρωτάω.

«Η Άννα είπε ότι αν εσύ και το μωρό συγκεκριμένα δεν ήσασταν εκεί, τότε το πράγμα θα την είχε πάρει. Λέει ότι της ψιθύριζε ότι ήταν χαμένη, ότι ήταν δική του πριν μπείτε στον καθρέφτη. Όταν το έκανες, ένα φως έβγαινε από το μωρό. Δεν ήταν έντονο φως. Ήταν αμυδρό, αλλά ήταν αρκετό για να καταλάβει ότι ήσουν εκεί. Αυτό το φως την οδήγησε σε εσάς, και στο τελευταίο δυνατό δευτερόλεπτο, σας άρπαξε και την τραβήξατε έξω. Χωρίς το μωρό, χωρίς εσένα, θα είχε χαθεί, η ψυχή της θα είχε κολλήσει για πάντα εκεί μέσα».

Χωρίς να το σκεφτώ, χαϊδεύω το πόδι του μωρού. Γυρίζει μέσα μου.

Σηκώνω το βλέμμα μου καθώς ένας άγνωστος με ένα πρόχειρο μπαίνει στο δωμάτιο. Φοράει ένα συνοφρύωμα τόσο μεγάλο όσο το Γκραντ Κάνυον, αλλά είναι κάπως αναψοκοκκινισμένος και χλωμός ταυτόχρονα.

«Είστε η Καθ;» ρωτάει.

***

Δεν φοράει λευκή ρόμπα και δεν είναι ούτε συγγενής ούτε φίλος. Γνέφω, επιβεβαιώνοντας ότι είμαι εγώ.

Σε απάντηση, φωνάζει: «Φέρτε το μέσα».

Δύο ντελιβεράδες φέρνουν ένα μεγάλο, σκεπαστό αντικείμενο.

Πριν το αποκαλύψουν, ξέρω ήδη τι είναι. Ο καθρέφτης. «Τι κάνει αυτό εδώ; Δεν σας ζήτησα να τον φέρετε».

«Υπογράψτε εδώ.» Ο άντρας δίνει στη Moni ένα στυλό. Εκείνη αρνείται κατηγορηματικά να υπογράψει στην αρχή, αλλά ο άντρας υψώνει τη φωνή του. Απειλεί ότι θα κάνει φασαρία, οπότε υπογράφει, αλλά μόνο αφού της το πω εγώ.

«Θα σκεφτούμε τι θα το κάνουμε αφού φύγουν αυτοί οι δύο βλάκες -χωρίς παρεξήγηση-».

Η Moni χαμογελάει και εγώ το ίδιο.

Οι ντελιβεράδες υποχωρούν.

«Και τώρα τι;» ρωτάει η Moni στέκεται όσο πιο μακριά μπορεί από τον καθρέφτη χωρίς να βγει από την πόρτα.

Αισθάνομαι ασφαλής εκεί που βρίσκομαι στο κρεβάτι, τυλιγμένη στα σκεπάσματα. Από εδώ μπορώ να κάνω ό,τι μπορώ για να αγνοήσω τον ελέφαντα στο δωμάτιο. Τι στο καλό έκανε εδώ και ποιος το έστειλε;

***

Το τηλέφωνο της Moni χτυπάει, κάνοντάς μας να αναπηδήσουμε και οι δύο. Είναι απασχολημένη με το να σπρώχνει τον καθρέφτη στο πλάι κοντά στο παράθυρο.

«Επιστρέφω αμέσως», λέει.

Στο δρόμο για να με υποδεχτεί, ένας νέος υπάλληλος βλέπει τον καθρέφτη και τον αποκαλύπτει. «Τι όμορφος καθρέφτης», λέει. «Η κορνίζα και το ξύλο ειδικότερα είναι απολύτως εντυπωσιακά». Περνάει τα δάχτυλά του πάνω από τα χαραγμένα, ενωμένα χέρια και λέει: «Ιαπωνικό δεν είναι;».

«Δεν ξέρω, αλλά είναι στην οικογένειά μου εδώ και δεκαετίες».

Ο συνοδός τοποθετεί τον καθρέφτη έτσι ώστε να είναι ορατός στην περιφερειακή μου όραση. Ένα μέρος του είναι στραμμένο προς εμένα και ένα μέρος του προς το παράθυρο.

Κοιτάζει το πίσω μέρος του. «Έχω ξαναδεί κάτι τέτοιο. Αν ποτέ θελήσετε να το πουλήσετε, τηλεφωνήστε εδώ και ζητήστε με ή αφήστε μήνυμα.

Το όνομά μου είναι Ντάνιελ Τσανγκ». Μου δίνει την κάρτα του.

«Ε, ευχαριστώ», λέω καθώς η Moni επιστρέφει στο δωμάτιο.

«Είναι όλα εντάξει;» ρωτάει, κοιτάζοντας τον καθρέφτη και βλέποντας τον φροντιστή να τον χαϊδεύει.

«Ναι», απαντώ, »ο Ντάνιελ μου έλεγε ότι ο καθρέφτης ήταν ιαπωνικός. Είπε ότι έχει ξαναδεί κάτι τέτοιο. Α, και θα τον ενδιέφερε να τον αγοράσει. Δηλαδή, αν ήθελα ποτέ να τον αποχωριστώ».

Η Μόνη χλωμιάζει.

Ο Ντάνιελ ελέγχει τους σφυγμούς μου. Επιβεβαιώνει ότι όλα είναι καλά και με ρωτάει αν χρειάζομαι κάτι.

«Τι παράξενος τύπος», λέει η Moni.

Τα νερά μου σπάνε.

***

Τα πράγματα συμβαίνουν πολύ γρήγορα. Τα μόνιτορ τρελαίνονται. Οι συσπάσεις αρχίζουν. Έχω διαστολή και είμαι έτοιμη να σπρώξω. Οι καρδιακοί παλμοί του μωρού πέφτουν, όπως και η αρτηριακή του πίεση. Με μεταφέρουν στο χειρουργείο και αρχίζουν να με προετοιμάζουν για επείγουσα καισαρική τομή. Μακάρι να ήταν ο Ντάρυλ εδώ μαζί μου.

Είναι όλα έτοιμα. Με σηκώνουν και μπαίνουν μέσα για να σώσουν τον γιο μου.

Είμαι εκτός εαυτού, δεν μπορώ να δω ή να αισθανθώ τίποτα. Βλέπω το προσωπικό του νοσοκομείου να κινείται. Ακούω τα μηχανήματα. Ελπίζω και προσεύχομαι ότι ο γιος μου θα γίνει καλά.

Τον σηκώνουν για να μπορώ να τον δω.

Δεν κλαίει.

Είναι μπλε.

Φωνάζω.

Κάποιος καρφώνει μια βελόνα στο χέρι μου.

Κοιμάμαι γνωρίζοντας ότι ο γιος μου είναι νεκρός.

***

Ξυπνάω και θυμάμαι.

«Θα θέλατε να τον κρατήσετε;» με ρωτάει μια νοσοκόμα.

Κουνάω το κεφάλι μου.

Φεύγει από το δωμάτιο.

Σηκώνομαι από το κρεβάτι.

Ο γιος μου φτάνει σε μια γυάλινη θήκη τυλιγμένος σε μια πράσινη κουβέρτα. Φοράει ένα ασορτί πλεκτό σκουφάκι.

Μου τον δίνει. Τα δάκρυα κυλούν στα μάγουλά μου καθώς φιλάω το δροσερό μέτωπό του και μας βλέπω να καθρεφτιζόμαστε στον καθρέφτη απέναντι από το δωμάτιο.

Περπατάω προς το μέρος του.

Είμαι ακόμα μαμά. Κρατάω τον γιο μου.

Φιλάω κάθε βλέφαρο του.

Το έδαφος κάτω από τα πόδια μου αρχίζει να τρέμει, καθώς ο ήλιος φωνάζει φως στο δωμάτιο και στον καθρέφτη και στον γιο μου.

Τα βλέφαρά του ανοίγουν. Με βλέπει. Με γνωρίζει.

Και μετά φεύγει.

Σκοντάφτω, κρατώντας την ελαφρότητα του τίποτα στα χέρια μου.

Εκεί στον καθρέφτη, ο Ντάρυλ κρατάει τον γιο μας.

«Σ' αγαπώ», λέει ο Ντάριλ φιλώντας τον στο μέτωπο.

«Κι εγώ σ' αγαπώ», λέω καθώς ο γιος μας αρχίζει να κλαίει.

Ο καθρέφτης αρχίζει να περιστρέφεται πρώτα αργά, μετά παίρνει φόρα. Χτυπάει και τρίβεται, στριφογυρίζει σαν να πρόκειται να πετάξει.

Υπνωτισμένη, δεν μπορώ να κοιτάξω αλλού.

Το χέρι του Ντάρυλ απλώνεται έξω από τον καθρέφτη και το πιάνω.

Και είμαστε μαζί για πάντα, ο Ντάρυλ, το μωρό μας κι εγώ...

ΘΑΝΑΤΙΚΗ ΕΠΙΘΥΜΗ

Τ ΟΥ ΗΤΑΝ ΔΥΣΚΟΛΟ ΝΑ σκεφτεί οτιδήποτε άλλο.

Ζούσε στον τέλειο χρόνο. Μια εποχή που μπορούσε να βρει τα πάντα στο διαδίκτυο.

Βίντεο και φωτογραφίες. Ό,τι χρειαζόταν να ξέρει γι' αυτό. Ακόμα και πράγματα που τον τρόμαζαν! Και μπορούσε να το κάνει στη δουλειά ή στο σπίτι.

Το μόνο που έπρεπε να κάνει ήταν να έχει πολλές καρτέλες ανοιχτές και, όταν χρειαζόταν, να αλλάζει εμπρός και πίσω. Ήταν σαν να ήταν κατάσκοπος, παίζοντας ένα παιχνίδι γάτας και ποντικιού που μόνο αυτός ήξερε ότι παιζόταν.

Περνούσε κάθε ώρα που ήταν ξύπνιος -ή όσο περισσότερο μπορούσε- κάνοντας έρευνα. Τακτοποιούσε και επανατοποθετούσε τα κομμάτια του παζλ. Η προετοιμασία ήταν το κλειδί. Τα μάζευε όλα μαζί, μέχρι να είναι έτοιμος. Τότε θα ήταν εύκολο, και με όλα τα δεδομένα στο τραπέζι, θα απέκλειε την πιθανότητα αποτυχίας.

«Η αποτυχία δεν είναι επιλογή», είπε στον εαυτό του, αναρωτώμενος ποιος το είχε πει πρώτος. Από περιέργεια, το έψαξε στο Google. Βρήκε ένα βιβλίο με το ίδιο όνομα που αποδίδεται στον

Gene Kranz, διευθυντή πτήσης του Κέντρου Ελέγχου Αποστολών της NASA.

Το πρόβλημα με την έρευνα στο Διαδίκτυο - οι περισπασμοί. Είναι τόσο εύκολο να ξεφύγεις από τον δρόμο σου. Σε μια σκοτεινή τρύπα. Αν δεν το πρόσεχε, ο χρόνος θα περνούσε γρήγορα και σύντομα θα ήταν πολύ μεγάλος για να το κάνει.

Και μετά υπήρχαν και οι διακοπές. Η ζωή είχε τις διακοπές της, καλές και κακές. Έπρεπε να το αντιμετωπίσεις - μπορούσες να περάσεις τη ζωή σου κάνοντας πράγματα που αγαπούσες ή πράγματα που μισούσες, αλλά όπως και να 'χει, ο χρόνος έφευγε μακριά σου και δεν μπορούσες να κάνεις τίποτα για να τον ελέγξεις.

Το μόνο που μπορούσες να κάνεις ήταν να κλείσεις την πόρτα, να ελπίζεις και να εύχεσαι να φύγει ο κόσμος μακριά. Μερικές φορές, αυτό δεν ήταν πολύ καλό συναίσθημα για τους ανθρώπους στη ζωή σου που αγαπούσες, όπως η γυναίκα σου. Ή τον σκύλο σου.

Μερικές φορές ένιωθε ότι έπρεπε να πέσει για να εξομολογηθεί τα πάντα στη γυναίκα του. Να πέσει στα πόδια της. Αλλά μετά σκεφτόταν πώς θα ένιωθε αν το μυστικό του δεν ήταν μόνο δικό του μυστικό. Πώς θα έπρεπε να απαντήσει σε ερωτήσεις και πώς οι αποφάσεις του θα ήταν ανοιχτές προς συζήτηση. Κάθε μικρό κομμάτι του θα γινόταν κομμάτια σαν χριστουγεννιάτικο μπισκότο.

Όχι, αποφάσισε. Η μυστικότητα ήταν ο μόνος τρόπος. Εξάλλου, εκείνη θα ανησυχούσε. Και μπορεί να εμπλέξει και άλλους ανθρώπους, όπως τους γονείς του ή τους γονείς της ή τους φίλους τους. Τότε η γάτα θα έβγαινε από το σακί.

Αναρωτήθηκε από πού προήλθε αυτή η φράση. Την έψαξε και γέλασε με τη συζήτηση στο διαδίκτυο, ειδικά με τις συγκρίσεις του γερμανικού και του ολλανδικού «γουρουνιού στο τσουβάλι». Έκανε κύλιση προς τα κάτω, θέλοντας να ανακαλύψει το όνομα του συγγραφέα, αλλά τα παράτησε όταν η γυναίκα του «χε-χε-χε», πίσω του. Άλλαξε την οθόνη σε κάτι ουδέτερο.

«Λίγα λεπτά ακόμα», είπε.

Έκλεισε την πόρτα πίσω της.

Κάθε φορά που έχωνε το κεφάλι της μέσα στην πόρτα... Ακόμα και όταν είχε φύγει... Ένιωθε σαν να ήταν πάλι επτά χρονών και να τον έπιασαν με το χέρι στο βάζο με τα μπισκότα.

Καταραμένος καθολικισμός, σκέφτηκε.

Ένιωθε ενοχές για όλα.

Δεν ήταν ότι αυνανιζόταν ή κάτι τέτοιο.

Δούλευε.

Κυρίως, δούλευε.

Αλήθεια, δεν πληρωνόταν, αλλά και πάλι ήταν δουλειά. Είχε ένα σκοπό. Έψαξε τη λέξη «δουλειά». Ένας ορισμός ήταν, «μια μορφή βασανιστηρίων».

Γέλασε.

Προσπάθησε να συγκεντρωθεί, αλλά δεν μπορούσε γιατί ένιωθε τόσο καταραμένα ένοχος. Σαν η γυναίκα του να τον κυνηγούσε συνεχώς. Τον κακολογούσε - κάτι που δεν έκανε. Το μυαλό του φώναζε: «Δεν έχω σημασία;». Κάλυψε τα αυτιά του και ανατρίχιασε. Η σκέψη και μόνο ότι τον κατήγγειλε, ότι τα λόγια της τον έκοβαν σαν βούτυρο, τον έκανε να δαγκώσει τον αντίχειρά του...

«Μας δαγκώνετε τον αντίχειρά σας, κύριε;» ρώτησε το άδειο δωμάτιο.

«Είπες κάτι;» ρώτησε η γυναίκα του μέσα από την κλειστή πόρτα.

«Όχι», είπε εκείνος. Και μετά κάτω από την αναπνοή του, «Δεν δαγκώνω τον αντίχειρά μου σε σας».

Αυτοί ήταν οι μόνοι στίχοι από τον Σαίξπηρ που θυμόταν. Όπως και ο Σαίξπηρ, ήταν λίγο δραματική βασίλισσα.

Επέστρεψε στη δουλειά του, νιώθοντας τώρα ένοχος που είπε ψέματα στην Τζέιν.

Δεν ήταν και ότι έβλεπε πορνό ή κάτι τέτοιο, επίσης. Κάποιοι από τους φίλους του είχαν τις ένοχες διαδικτυακές απολαύσεις τους, αλλά αυτό δεν ήταν δικό του θέμα. Όταν καυχιόντουσαν για τις κατακτήσεις τους, τον έκανε να θέλει να εξαφανιστεί. Ένας από τους παντρεμένους φίλους του είχε εγγραφεί σε αρκετές από αυτές τις διαδικτυακές ιστοσελίδες γνωριμιών. Του έστελναν φωτογραφίες στα τηλέφωνά τους και δεν τους είχε καν συναντήσει από κοντά. Και μετά υπήρχαν και οι εθισμένοι στο διαδικτυακό πορνό. Μιλούσαν γι' αυτό, ακόμα και καυχιόντουσαν γι' αυτό.

Αυτό τον έκανε να αισθάνεται αηδιασμένος. Τον έκανε να ντρέπεται που είναι άντρας.

Από την άλλη, πολλές από τις συζύγους ήταν έξω και αγόραζαν ροζ χειροπέδες με κρόσσια, αφού διάβασαν εκείνο το σέξι βιβλίο στη λίστα με τις μεγαλύτερες πωλήσεις. Η σύζυγός του προσπάθησε να το διαβάσει κι αυτή, αλλά επειδή ήταν καθηγήτρια αγγλικών, δεν μπορούσε να ξεπεράσει την κακή γραφή. Οι φίλες της γυναίκας του της έλεγαν συνέχεια να το δοκιμάσει. Της είπαν να αγνοήσει το στυλ γραφής, αλλά η δασκάλα μέσα της δεν της το επέτρεπε.

Για άλλη μια φορά, άφηνε το μυαλό του να ξεστρατίσει. Έψαξε τον τίτλο του σέξι βιβλίου και ανακάλυψε μια ακατάλληλη μαριονέτα στο YouTube που διάβαζε μερικά κεφάλαια. Έβαλε τα ακουστικά του και άκουσε και γέλασε σε πείσμα του εαυτού του. Κάποιος είχε μπει σε μεγάλο κόπο για να το φτιάξει.

Αλλά δεν ήταν τίποτα περισσότερο από έναν αντιπερισπασμό. Έπρεπε να επιστρέψει στην εργασία του. Μισούσε τον εαυτό του όταν δεν μπορούσε να συγκεντρωθεί, κι όμως, αποσπούσε τόσο εύκολα την προσοχή του.

Τότε, ο σκύλος του, ο Μπάντι, γάβγισε και κοίταξε το ρολόι του. Ο Μπάντι ήταν έξω για σχεδόν τριάντα λεπτά.

Νιώθοντας ενοχές, πήδηξε και έκανε μερικά βήματα προς την πόρτα χωρίς να αλλάξει το παραβάν. Ο Μπάντι γάβγισε ξανά και επέστρεψε για να κλείσει τον φορητό υπολογιστή του. Καλύτερα να προσέχεις παρά να λυπάσαι, σκέφτηκε καθώς έβγαινε από το δωμάτιο και περπατούσε στο διάδρομο.

«Πολύ λίγο, πολύ αργά», είπε η Τζέιν γελώντας προς το μέρος του, καθώς ο Μπάντι ερχόταν χοροπηδώντας προς το μέρος του.

«Συγγνώμη», είπε, "μόλις τον άκουσα".

«Μην ανησυχείς», είπε, "ήμουν πιο κοντά". Στη συνέχεια επέστρεψε στο διάβασμα και τη βαθμολόγηση των γραπτών των μαθητών της.

Αυτός και ο Buddy πήραν τον δρόμο τους πίσω κατά μήκος του διαδρόμου και μπήκαν στο γραφείο του. «Συγγνώμη, Μπαντ», είπε καθώς ο σκύλος κάθισε στο πάτωμα και άρχισε να του γλείφει το πρόσωπο. «Σου έλειψα, Μπάντι;» ρώτησε επανειλημμένα, καθώς ο Μπάντι γαύγισε ένα ναι.

«Καλύτερα να επιστρέψω στη δουλειά, Μπαντ», είπε παραιτημένος.

Επέστρεψε στο γραφείο του. Κάθισε, αποφασισμένος τώρα να συγκεντρωθεί.

Έσκυψε πιο κοντά στην οθόνη, ενώ παράλληλα ζύγιζε τα υπέρ και τα κατά. Δεν έγραψε τίποτα ούτε κράτησε σημειώσεις. Αν το έκανε, τότε κάποιος θα μπορούσε να τις βρει και να τις διαβάσει. Τότε θα έπρεπε να εξηγήσει τα πάντα, και αυτή δεν θα ήταν μια συζήτηση στην οποία ήθελε να συμμετάσχει, ούτε τώρα ούτε ποτέ.

«Θέλεις ένα φλιτζάνι τσάι;» Η Τζέιν φώναξε από την κουζίνα.

«Όχι, ευχαριστώ», είπε.

Αποσπάσεις της προσοχής και άλλες αποσπάσεις της προσοχής. Πέντε απλές λέξεις όπως, «Θέλεις ένα φλιτζάνι τσάι», μπορούσαν να στείλουν το μυαλό του σε σπιράλ. Άρχιζε να σκέφτεται αυτό και εκείνο και πώς όλα συνδέονται μεταξύ τους. Το επόμενο πράγμα που ήξερε, ήταν ότι θα ήταν ένα μικρό αγόρι, που θα έκανε κούνια στις κούνιες στην αυλή των γονιών του. Μετά θα έβλεπε τον εαυτό του να αιωρείται από ένα δέντρο στο πάρκο. Θα ήταν πολύ εξαντλημένος για να κάνει οποιαδήποτε έρευνα. Όχι σωματικά εξαντλημένος, καταλαβαίνετε, αλλά πνευματικά.

Ωστόσο, σήμερα ήταν κυρίως η μέρα του. Ήταν Κυριακή, και η Τζέιν θα περνούσε το μεγαλύτερο μέρος της ημέρας διορθώνοντας γραπτά και στη συνέχεια ετοιμάζοντας δείπνο. Βέβαια, περίμενε ότι θα έβγαινε από τη «σπηλιά» του κάποια στιγμή. Έτσι αποκαλούσε το γραφείο του. Μια ευθεία αναφορά σε εκείνο το βιβλίο που είχε δει στην Όπρα. Η γυναίκα του ως δώρο του είχε δώσει ένα αντίτυπο, ελπίζοντας ότι θα τον έβγαζε από την ανδρική του σπηλιά. Δεν μπορούσε να θυμηθεί την περίσταση, αλλά απ' ό,τι είχε προσπαθήσει να διαβάσει, του φαινόταν σαχλαμάρα.

Η Τζέιν χτύπησε ξανά.

Είχε μόλις αρκετό χρόνο για να κάνει κλικ στη σελίδα με την ιστοσελίδα της εταιρείας του ξανά, προτού εκείνη βάλει τα χέρια της γύρω από το λαιμό του και τον φιλήσει στην κορυφή του κεφαλιού του.

Εκείνος έσκυψε τους ώμους του ακούσια. Έκρυψε τη δουλειά του, φανταζόμενος ότι εκείνη ενδιαφερόταν για ό,τι είχε στην οθόνη.

Είχε ενδιαφερθεί, γιατί σχολίασε ότι το Facebook ήταν ανοιχτό σε άλλο παράθυρο. Ένιωθε σαν χαζός που σπαταλούσε χρόνο ένα κυριακάτικο απόγευμα κοιτάζοντας το Facebook. Ή για να το θέσω αλλιώς, ένιωθε σαν βλάκας που η Τζέιν πίστευε ότι ένα κυριακάτικο απόγευμα θα προτιμούσε να περνάει τον χρόνο του μελετώντας το Facebook - αντί να περνάει χρόνο μαζί της. Αυτό δεν ίσχυε καθόλου, και ήθελε να την καθησυχάσει γι' αυτό.

Αλλά την ίδια στιγμή, σκέφτηκε ότι ίσως ό,τι κι αν σκεφτόταν εκείνη σε αυτό το σημείο να ήταν άνευ σημασίας.

Ξεφύλλισε αδιάφορα το ηλεκτρονικό ταχυδρομείο της δουλειάς του, προσποιούμενος ότι ήταν εξαιρετικά απασχολημένος, όταν εμφανίστηκε ένα παράθυρο ενημέρωσης κατάστασης. Το έκλεισε γρήγορα, ευχόμενος να φύγει η Τζέιν.

«Θα είσαι έτοιμη να φύγεις πολύ σύντομα, αγάπη μου;» ρώτησε η Τζέιν.

«Βέβαια, δώσε μου πέντε λεπτά», είπε, και καθώς πλησίαζε στην πόρτα, "ή μήπως δέκα;".

«Εντάξει, δέκα είναι, αλλά πρέπει πραγματικά να πάρεις λίγο καθαρό αέρα σήμερα. Το ίδιο κι εγώ. Επιπλέον, θα ετοιμάσω το μολύβι του Μπάντι και μπορεί να έρθει κι αυτός μαζί μας».

«Καλή ιδέα», είπε, γνωρίζοντας πολύ καλά ότι ο Μπάντι ανυπομονούσε να βγει έξω περισσότερο απ' ό,τι εκείνος.

***

Αρκεί να πούμε ότι το εγχείρημά τους έξω από τις πόρτες δεν κράτησε πολύ. Οδήγησε στο εμπορικό κέντρο. Πλήθος κόσμου. Μισθωτοί. Σπατάλες χρόνου. Οι αιμορροΐδες της επόμενης εβδομάδας. Χαμογέλασε, αλλά δεν ένιωσε την ανάγκη να μοιραστεί το αστείο του με τη Jayne.

Η Jayne προσφέρθηκε να τα τακτοποιήσει τα πάντα, οπότε την άφησε.

Ήθελε και χρειαζόταν να μπει μέσα στο κρησφύγετό του και να κλείσει την πόρτα. Έκανε σαν χελώνα μόλις μπήκε μέσα με το πουκάμισό του να περιβάλλει το κεφάλι του. Κάθισε εκεί έτσι, αναζητώντας παρηγοριά και σιωπή μέχρι να ηρεμήσει αρκετά για να ξεκινήσει και πάλι την έρευνά του.

Όταν το κεφάλι του ξανασηκώθηκε, άκουσε την Τζέιν να ετοιμάζει το δείπνο. Μουρμούριζε μαζί με το ραδιοφωνικό κανάλι με τα παλιά τραγούδια. Φαντάστηκε την Τζέιν στο φούρνο με τον Μπάντι να κάθεται εκεί, περιμένοντας υπομονετικά μια ή δύο γεύσεις να έρθουν προς το μέρος του.

Αυτός ήταν ο Bud-meister για σένα. Πάντα περίμενε, και με αυτά τα μάτια που παρακολουθούσαν, έπρεπε να του πετάξεις κάτι. Θα του έλειπε πολύ αυτός ο σκύλος.

Χτύπησε τις αρθρώσεις των δαχτύλων του μερικές φορές σαν επαγγελματίας πιανίστας. Έπειτα, πέρασε τα δάχτυλά του πάνω από το πληκτρολόγιο. Αναζήτηση στο Google. Αυτό που εμφανίστηκε, όμως, ήταν τελείως διαφορετικό από οτιδήποτε είχε δει ποτέ πριν!

Ήταν στο διαδίκτυο. Υπήρχαν πραγματικά βίντεο με ανθρώπους που το έκαναν. Που το έκαναν! Βλέποντας το πρώτο, ένιωσε σχεδόν σαν να ήταν το άτομο στο βίντεο. Η καρδιά του χτυπούσε δυνατά, το ίδιο και ο σφυγμός του. Δεν μπορούσε να πιστέψει ότι το να δει απλώς ένα βίντεο μπορούσε να προκαλέσει μια τέτοια αντίδραση.

Κάποιος θα έπρεπε να διαμαρτυρηθεί γι' αυτό, σκέφτηκε και στη συνέχεια, θα έπρεπε να διαμαρτυρηθώ γι' αυτό. Αλλά δεν επρόκειτο να το κάνει. Παρακολούθησε άλλο ένα, και άλλο ένα, και άλλο ένα. Κάθε φορά, ένιωθε ότι ήταν ο ίδιος το πρόσωπο του ενδιαφέροντος. Κάθε φορά, η καρδιά του κόντεψε να πεταχτεί έξω από το στήθος του.

Το έκλεισε. Ήταν υπερβολικό. Πάρα πολύ, πάρα πολύ!

Συνέχισε να παίζει αυτό που είχε δει ξανά και ξανά στο μυαλό του. Δεν μπορούσε να ξεφύγει από αυτό. Και όσο περισσότερο το σκεφτόταν, τόσο περισσότερο φοβόταν. Όσο πιο πολύ φρίκαρε, τόσο πιο πολύ μειωνόταν το κουράγιο του, μέχρι που αναρωτήθηκε αν θα μπορούσε να το κάνει.

Όλα ήταν στα μάτια. Τα πανικόβλητα μάτια των θυμάτων!

Σκέφτηκε τις εκφράσεις του προσώπου τους. Αποφάσισε ότι έμοιαζαν έτσι επειδή, σε αντίθεση με εκείνον, δεν είχαν κάνει καμία έρευνα εκ των προτέρων.

Σκέφτηκε ότι πρέπει να το είχαν αποφασίσει και να το έκαναν. Αυτή την ιδέα δεν μπορούσε να την κατανοήσει.

Ήταν πάρα πολύ ριψοκίνδυνο, και τι θα γινόταν αν άλλαζαν γνώμη;

Κι αν άλλαζε γνώμη, την τελευταία στιγμή;

Δεν ήθελε να του συμβεί κάτι τέτοιο.

Ήταν σίγουρα διαφορετικός από αυτούς.

Ίσως ήταν υπερβολικά προσεκτικός.

Ίσως ήταν πολύ βαρετός και πολύ ανιαρός για να μπορέσει να αλλάξει τη ζωή του - για να μπορέσει να πάρει τον έλεγχο της ζωής του. Κι όλα αυτά εξαιτίας του γεγονότος, ότι ήταν στο έλεος του εταιρικού διάδρομου για τόσο πολύ καιρό. Αυτός και όλα τα άλλα χάμστερ. Πάνω-κάτω, πάνω-κάτω, χωρίς να έχει τίποτα να επιδείξει.

Μισούσε τη ζωή του. Ναι, αγαπούσε την Τζέιν και αγαπούσε τον Μπάντι, αλλά η ζωή είναι κάτι περισσότερο από δουλειά και κρεβάτι.

Ναι, το να κάνεις έρωτα ήταν ωραίο, και το αγκάλιασμα ήταν ωραίο. Οι φίλοι και η οικογένεια και όλη αυτή η συναισθηματική σαχλαμάρα ήταν ωραία. Αλλά η ζωή έπρεπε να έχει περισσότερα να προσφέρει. Απλά έπρεπε! Και επρόκειτο να απλώσει το χέρι του και να αρπάξει αυτό το δαχτυλίδι πριν να είναι πολύ αργά.

Γιατί ήξερε ότι αν δεν έκανε κάτι για να κάνει την ύπαρξή του σε αυτόν τον πλανήτη να έχει νόημα σύντομα - τότε θα μπορούσε κάλλιστα να μην ήταν καν εδώ.

Έκλεισε το λάπτοπ του, έβαλε το κεφάλι του κάτω και αποκοιμήθηκε.

***

Στο όνειρό του, δεν είχε πόδια. Ήταν μόνο ένα κεφάλι και ένας κορμός, που καθόταν στο γραφείο και πληκτρολογούσε. Δεν είχε ούτε ειδική καρέκλα. Στο όνειρο, καθόταν στην ίδια καρέκλα όπως πάντα, με ροδάκια στα πόδια. Όταν πληκτρολογούσε, η δόνηση των δακτύλων του που κινούνταν στο πληκτρολόγιο έκανε τον κορμό του να μετακινείται και να ταλαντεύεται. Δεδομένου ότι η καρέκλα δεν είχε μπράτσα, ο κορμός του έγειρε προς την κατεύθυνση του χεριού με το οποίο πληκτρολογούσε. Ήταν παράξενο, αλλά δεν φοβόταν μήπως πέσει στο πλάι. Ένιωθε ατρόμητος και, παραδόξως, εμπνευσμένος.

Τότε ένα τραγούδι άρχισε να παίζει πολύ δυνατά, κάπου στο βάθος. Ήταν ο Μότσαρτ ή ο Μπετόβεν ή κάποιος από αυτούς τους κλασικούς συνθέτες. Κάτι στο κεφάλι του τον έκανε να λαχταρά να χτυπήσει τα δάχτυλα των ποδιών του - αλλά δεν είχε δάχτυλα των ποδιών. Ξύπνησε και έβγαλε μια κραυγή.

Ο Τζέιν και ο Μπάντι ήρθαν τρέχοντας, ανοίγοντας την πόρτα. «Έχεις ένα αποτύπωμα μήλου στο μάγουλό σου», είπε η Τζέιν μόλις συνειδητοποίησε ότι ήταν μια χαρά.

«Συγγνώμη», είπε εκείνος.

«Το δείπνο είναι σχεδόν έτοιμο», τον ενημέρωσε.

«Εντάξει», είπε εκείνος.

Έκανε την κίνηση να κλείσει την πόρτα πίσω της, αλλά εκείνος είπε ότι ήταν εντάξει να την αφήσει ανοιχτή. Εκείνη είχε μια περίεργη έκφραση στο πρόσωπό της, αλλά δεν είπε τίποτα περισσότερο.

Μόλις την συνάντησε στην κουζίνα, πήγε στο ψυγείο για μια μπύρα. Έφαγαν το δείπνο τους σε ένα ευχάριστο αλλά όχι ομιλητικό περιβάλλον. Αγαπούσαν ο ένας τον άλλον, αλλά μερικές φορές η αγάπη δεν ήταν αρκετή.

Δεν ήταν αρκετή όταν η Τζέιν ανακάλυψε ότι δεν μπορούσε να αποκτήσει την οικογένεια που ήθελε. Είχε περάσει από το ένα τεστ μετά το άλλο και όλα έδειχναν να λειτουργούν καλά. Και τότε υποβλήθηκε σε εξετάσεις, και οι ελπίδες και τα όνειρά τους απλά κατέρρευσαν. Δεν είχε αρκετούς υγιείς κολυμβητές. Τότε ήταν που κάθε ελπίδα να αποκτήσει οικογένεια είχε πεθάνει.

Στην αρχή, ήταν ευγενική γι' αυτό. Ήταν σχεδόν σαν να είχε ανακουφιστεί, επειδή το πρόβλημα ήταν δικό του και όχι δικό της, πράγμα που ήταν ωραίο -αλλά κατά κάποιο τρόπο τον έκανε να νιώθει λιγότερο άντρας. Δεν της μίλησε ποτέ γι' αυτό. Ή σε οποιονδήποτε άλλον, για την ακρίβεια.

Μετά το αρχικό σοκ, εξέτασαν άλλες επιλογές, όπως υιοθεσίες, εξωσωματική γονιμοποίηση ή παρένθετες μητέρες. Καμία από αυτές τις επιλογές δεν του άρεσε. Κατά βάθος, ένιωθε ότι η Jayne άξιζε κάποιον καλύτερο από αυτόν. Κάποιον που θα μπορούσε να της δώσει όλα όσα ήθελε.

Ήταν περίπου εκείνη την εποχή που εκείνος και η Jayne επέστρεφαν από κάπου με το αυτοκίνητο και παρατήρησαν ένα καταφύγιο κατοικίδιων ζώων. Άστεγοι σκύλοι και γάτες. Το ζευγάρι δεν είχε σκεφτεί ποτέ πριν την επιλογή της υιοθεσίας ενός κατοικίδιου ζώου.

«Θα μπορούσαμε να ρίξουμε μια ματιά», πρότεινε η Jayne.

«Υποθέτω ότι δεν θα μπορούσε να βλάψει», είχε συμφωνήσει εκείνος.

Μόλις μπήκαν στο καταφύγιο, το γαύγισμα και το νιαούρισμα τους χτύπησε άσχημα. Δύο κοκατού συμμετείχαν στην κουβέντα.

Ένιωθε κλειστοφοβική και ήθελε να βγει έξω.

Η Τζέιν άρχισε να μιλάει σε ένα από τα κοκατού, και φαινόταν να τους αρέσει ο τόνος της φωνής της. Τον κοίταξε με μια ελπιδοφόρα έκφραση.

«Δεν συμφωνώ με το κλουβί των πουλιών», είπε.

«Χμμμ», είπε καθώς προχωρούσε προς τις γάτες. «Τόσες πολλές από αυτές», παρατήρησε η Τζέιν. «Θα ήταν δύσκολο να διαλέξω».

«Θα προτιμούσα έναν σκύλο», είπε.

«Χμμμ», επανέλαβε εκείνη.

Κατά συνέπεια, η περιπλάνησή τους στο καταφύγιο τους οδήγησε στον Μπάντι. Το όνομά του τότε δεν ήταν Buddy.

Το προσωπικό του καταφυγίου τον είχε ονομάσει Μπάστερ και βρισκόταν στο καταφύγιο για λίγο περισσότερο από έναν μήνα. Ήταν μια μεγάλη μπάλα γούνας, με πόδια πολύ μεγάλα για το σώμα του. Τους πλησίασε αδέξια με τα πόδια. Σκόνταψε και έπεσε. Ενώ ο περιπατητής του σκύλου προσπαθούσε ανεπιτυχώς να τον συγκρατήσει. Αλλά ήταν σαν ο Μπάστερ να είχε μονοκόμματο μυαλό.

Πήρε τον δρόμο του κατευθείαν προς αυτούς. Άπλωσε το σώμα του στο έδαφος στα πόδια τους. Ο σκύλος κοίταξε κατευθείαν στα μάτια του και δεν υπήρχε καμία αμφιβολία ότι ο Μπάστερ θα υιοθετούνταν εκείνη την ημέρα.

«Μπορώ να αλλάξω το όνομά του σε Μπάντι;» ρώτησε.

«Δεν ξέρω-δοκιμάστε το», πρότεινε ο περιπατητής σκύλων.

«Έλα εδώ, Μπάντι», είπε. «Έλα εδώ, αγόρι μου.»

Τα αυτιά του Μπάντι πήγαν πίσω και πήδηξε στην αγκαλιά του. Εκείνη την ημέρα έγιναν μια τριμελής οικογένεια και από εκείνη τη στιγμή και μετά η ζωή τους περιστρεφόταν γύρω από τον Buddy.

Τα μάτια του ακόμα έτρεχαν κάθε φορά που θυμόταν εκείνη τη στιγμή. Θα του έλειπε ο Buddy και θα του έλειπε η Jayne, αλλά θα το ξεπερνούσαν. Θα προχωρούσαν, με τον καιρό, και θα ήταν καλύτερα γι' αυτό.

Ή τουλάχιστον αυτό έλεγε συνέχεια στον εαυτό του.

Το βράδυ, πήγαιναν για ύπνο την ίδια ώρα. Εκείνη διάβαζε ένα βιβλίο και εκείνος προσπαθούσε να διαβάσει, αλλά τίποτα δεν μπορούσε να κρατήσει την προσοχή του. Έτσι, απλά σκεφτόταν και κοίταζε και σκεφτόταν και κοίταζε. Και όταν η Τζέιν του μιλούσε για το βιβλίο που διάβαζε, εκείνος έγνεφε, αλλά δεν άκουγε πραγματικά. Εκείνη δεν περίμενε πραγματικά να το κάνει. Ο Μπάντι βρισκόταν στην άκρη του κρεβατιού και ροχάλιζε πολύ πριν από αυτούς.

Όταν εκείνη αποκοιμιόταν, εκείνος σηκωνόταν και βημάτιζε. Δεν άφηνε τον Μπάντι να περπατάει μαζί του, γιατί τα πόδια του που πηγαινοέρχονταν στον διάδρομο θα ξυπνούσαν την Τζέιν. Κάποια στιγμή κατά τη διάρκεια της νύχτας, αποφάσισε ότι ενεργούσε απερίσκεπτα. Είχε πει στον εαυτό του ότι απλώς έπρεπε να βγάλει άλλη μια εβδομάδα στη δουλειά και μετά όλα θα τακτοποιούνταν μόνα τους.

Καθυστερούσε, αυτό το ήξερε, αλλά τίποτα δεν είχε αλλάξει.

Ήταν αναπόφευκτο.

***

Κι όμως, ήρθε το πρωί της Δευτέρας και το ξυπνητήρι χτύπησε.

Περπάτησε με τον Buddy και έφαγε λίγο τοστ με βούτυρο. Ήπιε ένα φλιτζάνι καφέ και αποχαιρέτησε την Jayne πριν πάει στο γραφείο. Κάθισε σε μποτιλιάρισμα για είκοσι λεπτά. Άκουγε τις ειδήσεις και τις φλυαρίες μέχρι που λαχταρούσε τη σιωπή. Εισέπνευσε βαθιά καθώς τα αυτοκίνητα προχωρούσαν κάθε λίγο και λιγάκι.

«Γιατί περιμένω στην κίνηση κάθε μέρα για να πάω σε μια δουλειά που μισώ;» αναρωτήθηκε δυνατά.

«Γιατί είμαι τόσο γκρινιάρης;» απάντησε με μια άλλη ερώτηση.

Επειδή πρέπει να κάνεις κάτι, είπε μια φωνή μέσα στο κεφάλι του. Πρέπει να δώσεις ώθηση στην καρδιά σου. Πρέπει να γίνεις ατρόμητος. Πρέπει να κατουρήσεις ή να κατέβεις από το καζάνι!

Είναι πιο εύκολο να το λες παρά να το κάνεις, σκέφτηκε. Εύκολο να το λες παρά να το κάνεις.

Στο γραφείο, χαιρέτησε τη ρεσεψιονίστ που είπε ότι το αφεντικό περίμενε μέσα.

«Είχαμε προγραμματισμένη συνάντηση;» ρώτησε καθώς ξεφύλλιζε το χρονοδιάγραμμα στο τηλέφωνό του.

«Όχι», επιβεβαίωσε εκείνη.

Ένιωσε μια σταγόνα ιδρώτα να σχηματίζεται στο μέτωπό του καθώς έμπαινε στο γραφείο του. Το αφεντικό του σηκώθηκε, αντάλλαξαν χαιρετισμούς και έκαναν χειραψία σαν να ήταν η πρώτη φορά που συναντιόντουσαν.

Περίεργο, σκέφτηκε, αφού δουλεύω εδώ επτά χρόνια.

«Κάθισε», είπε το αφεντικό του. Ακουγόταν σαν άμεση εντολή, οπότε το έκανε, παρόλο που βρισκόταν στο δικό του γραφείο. Στα δικά του λημέρια.

«Τι μπορώ να κάνω για σας, κύριε;» ρώτησε.

«Έπεσε στην αντίληψή μου ότι ξοδεύετε αρκετό χρόνο -όχι, πρέπει να είμαι ειλικρινής μαζί σας- αρκετό χρόνο τελευταία στο Google. Δεν έχετε φέρει νέους πελάτες. Ειλικρινά, εγώ... εμείς, ως εταιρεία, ξέρετε, ανησυχούμε, γιατί δεν κρατιέστε. Να τραβάς το φορτίο σου. »

Δίστασε για μερικά δευτερόλεπτα. Το στόμα του είχε ανοίξει, αλλά μετά το έκλεισε, χωρίς να πει τίποτα.

«Τι έχεις να πεις για τον εαυτό σου;» ρώτησε το αφεντικό του, »Κάποια, ε, εξήγηση;»

«Όχι», τραύλισε. «Απλά...»

«Πες το, παλικάρι μου», είπε το αφεντικό. «Πρέπει να υπάρχει κάποια εξήγηση!»

Εκείνος απλώς κούνησε το κεφάλι του.

«Ίσως έχεις οικογενειακά προβλήματα;»

«Όχι.»

«Αλκοόλ; Ναρκωτικά; Θάνατος στην οικογένεια; Διαζύγιο;»

Κούνησε το κεφάλι του, όχι. Μακάρι να ήταν αλήθεια!

«Έλα τώρα, φίλε», είπε το αφεντικό του εκνευρισμένο. «Δώσε μου κάτι για να δουλέψω. Οτιδήποτε!»

«Είχα πολύ άγχος. Μεγάλη πίεση».

«Ναι, ορίστε, αγόρι μου. Ξέρω ότι σε αιφνιδίασα που μπήκα απροσδόκητα στο γραφείο σου, αλλά τώρα αρχίζεις να το συνηθίζεις, αγόρι μου. Πες μου κι άλλα. Πώς μπορούμε να σε βοηθήσουμε; Εννοώ εγώ και οι εταίροι».

«Δεν ξέρω πραγματικά», είπε εκείνος. «Νομίζω ότι θα ήταν καλύτερα αν, ε, με απολύατε».

«Τώρα, τώρα, ποιος είπε τίποτα για την απόλυσή σου; Δεν έχουμε φτάσει ακόμα σε αυτό το σημείο. Έχεις επτά -μετρήστε τα- επτά καλά χρόνια στη ζώνη σου εδώ. Λοιπόν, ας είμαστε ρεαλιστές - μάλλον είναι μάλλον εξίμισι- αλλά είσαι ένα πολύτιμο μέλος της ομάδας μας. Θέλουμε να βοηθήσουμε, αν μας αφήσεις. Πώς μπορούμε να βοηθήσουμε, αγόρι μου;»

«Αν δεν σκέφτεστε να με απολύσετε, θα μπορούσατε να σκεφτείτε μια άδεια απουσίας; Ίσως ένα μήνα άδεια; Χωρίς αμοιβή είναι μια χαρά. Δεν με πειράζει. I-»

«Χωρίς αμοιβή, είπατε. Λοιπόν, δεν υπάρχει λόγος να μείνεις χωρίς μισθό. Θα φτιάξω τα χαρτιά σήμερα. Θα το ονομάσουμε, «Άδεια για άγχος». Ένας μήνας πλήρως πληρωμένος. Πάρε τη γυναίκα σου και τον Μπάντι και πήγαινε κάπου ωραίες διακοπές. Χαλαρώστε.» Σηκώθηκε, έσκυψε απέναντι από το γραφείο και έδωσαν ξανά τα χέρια.

«Σας ευχαριστώ, κύριε», είπε. «Σας ευχαριστώ. Αλήθεια.»

«Η Χέδερ θα σας δώσει τα χαρτιά για να υπογράψετε πριν τελειώσει η μέρα. Εργαστείτε σήμερα, τελειώστε ό,τι μπορείτε και μετά αναθέστε τα υπόλοιπα σε κάποιον άλλον. Θα στείλω ένα υπόμνημα σε όλη την εταιρεία, που θα λέει ότι θα έχεις ένα μήνα άδεια -αλλά δεν θα πούμε το γιατί, φυσικά». Άγγιξε τη μύτη του, σαν να ήθελε να επιβεβαιώσει το κοινό τους μυστικό. «Αυτό θα μείνει μεταξύ μας.»

Σηκώθηκε και συνόδευσε το αφεντικό του μέχρι την πόρτα. Το αφεντικό του τον χτύπησε στην πλάτη.

«Να προσέχεις τον εαυτό σου και να μην ανησυχείς για τα πράγματα εδώ. Θα κρατήσουμε το οχυρό μέχρι να επιστρέψεις».

«Ευχαριστώ και πάλι, κύριε», είπε και κατάφερε να χαμογελάσει για μια στιγμή.

Στη συνέχεια κάθισε στον υπολογιστή του και επέστρεψε και πάλι στην έρευνά του. Στο τέλος της ημέρας, όλοι συγκεντρώθηκαν γύρω του. Ήλπιζε ότι δεν του είχαν πάρει δώρα ή κάτι τέτοιο. Δεν του είχαν πάρει.

Ήταν ένας καλός αποχαιρετισμός. Μάζεψε όλα τα προσωπικά του αντικείμενα στην τσάντα του και ένιωσε πολύ ανακουφισμένος όταν μπήκε ξανά στο αυτοκίνητό του.

Ως συνήθως, έφτασε στο σπίτι πριν από την Τζέιν. Πήρε τον Μπάντι για μια γρήγορη βόλτα γύρω από το τετράγωνο και μετά επέστρεψε στον υπολογιστή του. Κοίταξε τη διαθήκη του και σκέφτηκε να κάνει μερικές αλλαγές.

Ο Τζέιν εξακολουθούσε να είναι ο μοναδικός ευεργέτης. Αποφάσισε να αφήσει κάτι στο καταφύγιο κατοικίδιων ζώων όπου βρήκαν τον Buddy. Ήταν ένα καλό ποσό - θα μπορούσαν να βοηθήσουν πολλά αδέσποτα κατοικίδια με τα χρήματα, και με αυτόν τον τρόπο, η ζωή του θα σήμαινε κάτι.

«Έλα εδώ, Μπαντ», είπε. «Πρέπει να προσέχεις την Τζέιν τώρα, εντάξει; Βασίζομαι πάνω σου».

Ο Μπάντι πετάχτηκε πάνω και έβαλε τα πόδια του στους ώμους του. Αγκαλιάστηκαν. Εκείνος σκούπισε ένα δάκρυ από τα μάτια του.

Μαζί πήγαν στην κουζίνα. Γέμισε το μπολ με το φαγητό του Μπάντι και μετά έτρεξε λίγο δροσερό νερό από τη βρύση και γέμισε το μπολ με το νερό του.

Ο Μπάντι κινήθηκε κατευθείαν προς το φαγητό, αλλά τον έπιασε για άλλη μια αγκαλιά. Πάλεψε να συγκρατήσει έναν λυγμό καθώς πήγε στην κρεβατοκάμαρα και άρχισε να ετοιμάζει μια τσάντα για τη νύχτα. Έριξε μέσα μόνο τα βασικά, άφησε το διαβατήριό του πάνω στο γραφείο του και μετά κάθισε να γράψει ένα σημείωμα στην Τζέιν.

Έγραφε: «Δεν ξέρω, δεν ξέρω, δεν ξέρω, δεν ξέρω:

Αγαπητή Τζέιν, σ' αγαπώ όσο τίποτα άλλο, αλλά νομίζω ότι θα ήσουν καλύτερα χωρίς εμένα. Σε παρακαλώ, φρόντισε τον Μπάντι για μένα. Λυπάμαι που πρέπει να γίνει έτσι, αλλά έδωσα έναν όρκο να σε κρατήσω ευτυχισμένη, και αυτός είναι ο μόνος τρόπος.

XOXO infinity.

Ο αγαπημένος σου σύζυγος.

Καθώς οδηγούσε κατά μήκος της λεωφόρου Princess Highway, σκεφτόταν τα πράγματα για τα οποία είχε μετανιώσει περισσότερο. Δεν είχε ακολουθήσει τα όνειρά του. Δεν είχε αφήσει την Τζέιν να ακολουθήσει τα δικά της. Τις πρώτες μέρες, ήταν μια υπολογίσιμη δύναμη. Αλλά τώρα, τα πράγματα ήταν διαφορετικά. Εκείνη ήθελε να ταξιδέψει, να πετάξει, να απογειωθεί και να μοιραστούν περιπέτειες μαζί, αλλά εκείνος πάντα δεινοπαθούσε.

Μετάνιωσε για το φόβο του. Απεχθανόταν τον εαυτό του για το φόβο.

Τον έκανε να νιώθει λιγότερο άντρας. Και τότε, όταν δεν είχε αρκετούς κολυμβητές -αυτό ήταν η σταγόνα που ξεχείλισε το ποτήρι.

Τότε άρχισε να αμφισβητεί τα πάντα. Γιατί είχε βρεθεί στη γη; Ποιος ήταν ο σκοπός του;

Πώς θα μπορούσε να κάνει τα πράγματα διαφορετικά;

Θυμήθηκε πίσω σε αυτό το πρωί, όταν είχε φιλήσει την Τζέιν για τελευταία φορά. Φυσικά, εκείνη δεν το ήξερε, αλλά εκείνος το ήξερε. Ακόμα κι αν δεν του είχαν δώσει ένα μήνα άδεια, δεν θα επέστρεφε αύριο για τίποτα. Όχι, είχε άλλα σχέδια. Άλλα μέρη για να βρεθεί. Άλλα πράγματα να κάνει.

Για μια φορά, μετά από πολύ καιρό, είχε έναν σκοπό.

Έπρεπε να σταματήσει το αυτοκίνητο τότε, να κάνει στην άκρη. Με το ζόρι πρόλαβε να βγει εγκαίρως από το όχημα. Τα χέρια του έτρεμαν καθώς έκανε εμετό. Νεύρα. Φόβος. Θυμός. Ταπείνωση. Όλα αυτά στριφογύριζαν στον οργανισμό του, τον αναστάτωναν.

Καθώς επέστρεφε στη Lexus, το τηλέφωνό του άρχισε να χτυπάει. Ήταν η Τζέιν. Πάτησε το κουμπί για να σταματήσει το κουδούνισμα και έστειλε την κλήση κατευθείαν στον τηλεφωνητή. Παρακολούθησε το τηλέφωνο να ανάβει λίγο αργότερα με ένα μήνυμα. Πάτησε το κουμπί για να το ακούσει.

«Μόλις γύρισα σπίτι και βρήκα το σημείωμά σου -δεν καταλαβαίνω. Ο Μπάντι κι εγώ δεν καταλαβαίνουμε». Με το σύνθημα, ο Μπάντι γάβγισε. «Έλα σπίτι, εντάξει; Έλα σπίτι και μπορούμε να το συζητήσουμε. Να το συζητήσουμε.» Εκείνη μύρισε. «Είσαι εκεί; Με ακούς; 'κου!» Η φωνή της Τζέιν σώπασε για μερικά δευτερόλεπτα. Το μήνυμα είχε λήξει. Τηλεφώνησε ξανά. «Ξέρω ότι ακούς πολύ καλά, εσύ, εσύ - εγώ σ' αγαπώ. Απάντησέ μου!»

Έκλεισε το τηλέφωνο, το έκλεισε και το έβαλε στο ντουλαπάκι του αυτοκινήτου. Θα το έβρισκαν εκεί - μετά.

Καθώς απομακρύνθηκε από το πεζοδρόμιο, έκανε τις ρόδες του αυτοκινήτου του να τρίζουν. Έβαλε μπροστά τη μηχανή, πάτησε το πόδι του στο πάτωμα και έφυγε γρήγορα.

Οδηγούσε σχεδόν όλη τη νύχτα. Ένιωθε λίγο παρανοϊκός μήπως η Τζέιν ανακατέψει την αστυνομία, αλλά τίποτα δεν συνέβη. Ήλπιζε ότι δεν θα θύμωνε πολύ μαζί του.

Δεν υπήρχε επιστροφή.

Εξάλλου, δεν ήθελε να το κάνει.

Εξάλλου, είχε καταφέρει ό,τι ήθελε - ό,τι μπορούσε.

***

Στεκόταν στην κορυφή του βουνού και τα γόνατά του έτρεμαν ανεξέλεγκτα. Σπρώχνει μερικές πέτρες από την άκρη και παρακολουθεί να πέφτουν στο δρόμο τους προς τον πάτο. Άκουγε καθώς κατέβαιναν, κάνοντας κλικ και χτυπώντας στην πέτρα. Τελικά, άκουσε μόνο τον πιο αμυδρό παφλασμό και μετά, επιτέλους, επικράτησε σιωπή.

Ήταν μια φοβερή θέα - τα Γαλάζια Όρη - και τώρα, όλα όσα είχε διαβάσει γι' αυτά έβγαζαν νόημα. Όταν στεκόσουν μέχρι εδώ πάνω, ένιωθες μικρός σε μέγεθος και ανάστημα, αλλά μέρος κάποιου μεγαλύτερου από τον εαυτό σου. Ένιωθες ένα με το σύμπαν και κατά κάποιο τρόπο, χωρίς φόβο.

Ακριβώς τότε, μια ομάδα θορυβωδών κοκατού έκανε γνωστή την παρουσία της. Οι δυνατές, υψηλές στριγκλιές τους τον έκαναν να κλείσει τα αυτιά του.

Δεν χρειάζεται να το κάνεις αυτό, είπε στον εαυτό του. Δεν έχεις τίποτα να αποδείξεις σε κανέναν. Θα μπορούσες να γυρίσεις πίσω και να πας στο σπίτι σου, στην Τζέιν και τον Μπάντι, και κανείς δεν θα το καταλάβαινε. Η Τζέιν θα καταλάβαινε αν απλά εξηγούσες τι είχε συμβεί στο γραφείο. Θα καταλάβαινε απόλυτα και θα σε υποστήριζε.

Το σκέφτηκε αυτό για άλλη μια στιγμή, καθώς παρακολουθούσε τα σύννεφα να σπρώχνουν το δρόμο τους στον ουρανό.

Η αλήθεια ήταν ότι δεν μπορούσε να ζήσει με τον εαυτό του. Με τον συνεχή φόβο. Ήταν πάρα πολύς για να τον παραμερίσει και να γυρίσει στο σπίτι του, προσποιούμενος ότι δεν συνέβη ποτέ. Αν τα παράταγε τώρα και επέστρεφε στη ζωή όπως ήταν, τότε δεν θα μπορούσε να κοιτάξει τον εαυτό του στον καθρέφτη. Δεν θα ήταν άντρας πια, όχι πραγματικά. Θα ήταν ένα τίποτα. Η ζωή του δεν θα σήμαινε τίποτα.

«Ή τώρα ή ποτέ», είπε.

Και όταν ήρθε η στιγμή, δεν το σκέφτηκε πια.

Είχε δεσμευτεί πλήρως, για πρώτη φορά στη ζωή του.

Πλησίασε πιο κοντά στην άκρη και άφησε απλώς το σώμα του να πέσει προς τα εμπρός, ξεκινώντας από το κεφάλι του. Ήταν εύκολο, λόγω της απότομης πτώσης. Σύντομα, οι ώμοι, ο κορμός και τα πόδια του έπλεαν προς τα κάτω σε απόλυτο συγχρονισμό.

Ούρλιαξε. Δεν μπορούσε να κρατηθεί. Έσφιξε τα μάτια του ερμητικά κλειστά, συγκεντρωμένος καθώς ο άνεμος τον πετούσε και τον τραβούσε σαν μαριονέτα.

Αναγκάστηκε να ανοίξει τα μάτια του και ήταν σαν να πετούσε.

Ένιωθε σαν να ήταν ασήκωτος, και φαινόταν ότι ήταν γραφτό να είναι ακριβώς έτσι - να πετάει ψηλά. Γέλασε καθώς βυθίστηκε προς τον πυθμένα σαν πέτρα.

Όλα τελείωσαν μέσα σε λίγα λεπτά.

«Εντελώς γαμάτο!» αναφώνησε καθώς κρεμόταν ανάποδα στην άκρη ενός κορδονιού bungee.

«Ξανά! Ξανά!» φώναξε καθώς τον έβαζαν πάλι μέσα.

GOODBYE

«ΠΕΣ ΜΟΥ ΤΗΝ ΙΣΤΟΡΊΑ της πρώτης φοράς που συνάντησες τον μπαμπά», ζήτησε η επτάχρονη κόρη μου, παρόλο που είχε ακούσει την ίδια ιστορία πολλές, πολλές φορές.

«Είσαι σίγουρη, αγάπη μου;» ρώτησα, γνωρίζοντας πολύ καλά τι θα απαντούσε.

«Σε παρακαλώ!» είπε, κοιτάζοντάς με με εκείνα τα μεγάλα μπλε μάτια που είχε κληρονομήσει από τον μπαμπά της.

«Τη μεγάλη ή τη συμπυκνωμένη εκδοχή;» ρώτησα, σπρώχνοντας μια φράντζα μαλλιών από τα μάτια της.

«Τη μεγάλη!» είπε, χειροκροτώντας σαν να μην πήγαινε ποτέ για ύπνο.

«Σσσς», της είπα. «Χμμ, τώρα από πού ξεκίνησαν όλα αυτά;»

«'Αντίο', είπε ο μπαμπάς», γουργούρισε η κόρη μου.

«Σωστά, αγάπη μου», απάντησα, αφήνοντας έξω το κομμάτι που ο μπαμπάς της με έσπρωχνε στην πόρτα του αυτοκινήτου.

Άρπαξα την τσάντα μου, έβαλα το χέρι μου μέσα από τον ιμάντα και ρίχνοντας το βάρος μου στην πόρτα σαν να ήμουν linebacker την έσπρωξα να ανοίξει. Απομακρύνοντας πρώτα το δεξί μου ψηλοτάκουνη γόβα, δεν άργησα να συνειδητοποιήσω ότι είχαμε σταματήσει δίπλα σε μια λακκούβα μέχρι τον αστράγαλο. Πριν προλάβει το μυαλό μου να το καταγράψει αυτό για να αποφύγω το αριστερό μου πόδι να πατήσει μέσα σε αυτήν, το είχε ήδη κάνει. Παρ' όλα αυτά, θα έβγαινα έξω, θα έφευγα, άσχετα με τη ζημιά που θα έκανε στα αγαπημένα μου παπούτσια.

«Ω», είπα, βγαίνοντας πλέον εντελώς από το όχημα με την πλάτη μου στον οδηγό.

«Τότε πάτησες μέσα σε μια λακκούβα!» τσιρίζει η κόρη μου.

«Ναι, και ο μπαμπάς σου χασκογέλασε καθώς απομακρύνθηκε με μια στροφή του πίσω ελαστικού με αποτέλεσμα το περιεχόμενο της λακκούβας να ψεκαστεί πάνω μου. Σκούπισα το βρώμικο, κρύο και βρωμερό νερό μακριά, σβήνοντάς το πριν κατακαθίσει στο φόρεμά μου. Με το άλλο χέρι, σήκωσα το μεσαίο μου δάχτυλο προς την κατεύθυνση του εγκαταλελειμμένου οχήματος,»

Σταμάτησα τον εαυτό μου έχοντας ξεχάσει να επεξεργαστώ αυτό το κομμάτι.

«Γιατί το έκανες;», άρχισε η κόρη μου.

«Δεν πειράζει», συνέχισα, »πάνω στην ώρα για να προλάβω να δω την τσάντα μου να αναπηδά δίπλα στο όχημα. Αχ! Αυτή η μαύρη τσάντα μου είχε χαρίσει δέκα χρόνια ευτυχίας, επειδή ταίριαζε με τα πάντα και με κάθε περίσταση. Διττού σκοπού, μπορούσε να πάει είτε πάνω από τον ώμο είτε πάνω από τον ώμο και κατά μήκος του στήθους μου. Είχε ενσωματωμένες θήκες για τα πάντα, συμπεριλαμβανομένου του τηλεφώνου μου».

«Ωχ όχι, το τηλέφωνό σου!» αναφώνησε.

«Ναι», είπα χαμογελώντας. «Πώς θα έβγαινα ποτέ από αυτή τη δύσκολη θέση; Το πιο σημαντικό είναι ότι αναρωτιέσαι πώς έφτασα σε αυτό το σημείο εξ αρχής. Και θα φτάσω σε αυτό σε ένα λεπτό, αλλά πρώτα πρέπει να εκτιμήσω την κατάστασή μου. Να κάνω έναν απολογισμό και να πάρω τον έλεγχο. Πρώτον, άδειασα το νερό από τα παπούτσια μου καθώς βγήκα από το δρόμο, μέσα από το δροσερό γρασίδι και ανέβηκα στο πεζοδρόμιο. Φόρεσα ξανά τα παπούτσια μου, βρεγμένα καθώς ήταν, επιλέγοντας το υγρό από τυχόν ανατριχιαστικά νυχτερινά ερπετά που μπορεί να καραδοκούσαν τριγύρω και κατευθύνθηκα προς το πλησιέστερο φανάρι του δρόμου.

«Τώρα, τοποθετώντας τα χέρια μου στους γοφούς μου σε στάση Wonder Woman, μπήκα στη διαδικασία να φτιάξω ένα σχέδιο για να βγω από τη δύσκολη θέση στην οποία είχα περιέλθει».

«Ήταν ωραία γειτονιά», είπε.

«Με γκαζόν φροντισμένο και ούτε ένα ζιζάνιο ούτε ένα όχημα στον ορίζοντα - ήταν όλα κρυμμένα με ασφάλεια στα διπλά ή τριπλά γκαράζ τους. Ωραία σπίτια, που περιείχαν ωραίους ανθρώπους. Σωστά; Έτσι, αποφάσισα χωρίς καθυστέρηση να διαλέξω ένα σπίτι, να χτυπήσω την εξώπορτα και να ζητήσω βοήθεια. Διάλεξα το σπίτι, τον τυχερό αριθμό επτά και κατευθύνθηκα προς αυτό. Στο δρόμο,»

«Λυπήθηκες τον εαυτό σου μαμά.»

«Και βέβαια λυπήθηκα. Δεν μου άξιζε να βρεθώ στη μέση μιας άγνωστης περιοχής, αργά τη νύχτα, βρεγμένη, βρωμερή και άφραγκη. Καθώς πλησίαζα την επιλεγμένη, το νούμερο επτά, ένας βόμβος γέμισε τον αέρα, ακολουθούμενος από το σφύριγμα ενός αυτόματου ψεκαστήρα που έπαιρνε το δρόμο του. Στην αρχή δεν έτρεξα, ήμουν ήδη μούσκεμα, αλλά καθώς η ροή του νερού στράφηκε εναντίον μου, ουρλιάζοντας, έκανα ένα τρέξιμο. Τώρα το πρόσωπό μου ήταν βρεγμένο από δάκρυα που δεν είχα κλάψει καθώς διέσχιζα το γκαζόν του σπιτιού που ήλπιζα ότι θα με έσωζε. Το νούμερο επτά».

«Δεν πρέπει ποτέ να μιλάς σε αγνώστους, μαμά», είπε η κόρη μου.

«Σωστά, αγάπη μου, αλλά ήμουν σε μπελάδες και βρεγμένη και χωρίς το τηλέφωνό μου. Έχεις πάντα το τηλέφωνό σου και τα τηλέφωνα του μπαμπά και της γιαγιάς και της θείας Λιλ είναι μέσα».

«Και εγώ ξέρω τον αριθμό σου, του μπαμπά και της γιαγιάς μέσα στο κεφάλι μου».

«Σωστά, μωρό μου. Λοιπόν, πίσω στην ιστορία. Δεν κουράστηκες ακόμα καθόλου;»

«Όχι, περιμένω ακόμα το καλύτερο μέρος!»

Συνέχισα: «Τώρα που ήμουν εδώ, αναρωτήθηκα τι ώρα ήταν. Και αναρωτήθηκα αν ήταν κανείς στο σπίτι. Και αναρωτήθηκα αν ήταν σπίτι, αν θα με βοηθούσαν. Ήμουν βρεγμένος, βρώμικος και δεν είχα ταυτότητα. Η αυτοπεποίθησή μου λιγόστευε κάθε στιγμή, καθώς γύριζα, ακουμπώντας στο κουδούνι της πόρτας που αντηχούσε από πάνω μέχρι κάτω στο σπίτι, καθώς τα φώτα άναβαν και έσβηναν. Και έτρεξα. Πίσω προς το μέρος όπου με είχαν αφήσει. Σε γνώριμο έδαφος, όπως ήταν. Θα περπατούσα μέχρι ένα γωνιακό μαγαζί όπου θα είχαν ένα τηλέφωνο που θα με άφηναν να χρησιμοποιήσω και θα μπορούσα να καλέσω για βοήθεια και να τους στείλω τα χρήματα για την κλήση. Ναι, αυτό σκόπευα να κάνω μέχρι που ένα αυτοκίνητο κύλησε δίπλα μου και μέσα αναγνώρισα ένα φιλικό πρόσωπο. Πραγματικά και αληθινά είχα σωθεί!»

«Ήταν η θεία Λιλ!» γουργούρισε η κόρη μου και φυσικά είχε δίκιο.

***

«Ταξιδεύοντας στο αυτοκίνητο με τη Lil, θυμήθηκα τον ανεκπλήρωτο έρωτά μου για τον Jasper Winters. Τον παρακολουθούσα από μακριά, τα ξανθά κυματιστά μαλλιά του, τα μπλε μάτια του, τη μύτη του με μια φακίδα διάσπαρτη. Ήταν τόσο γλυκός, τόσο στοχαστικός. Πάντα έβγαινε σταθερά με το ένα ή το άλλο κορίτσι και οι φίλοι μου μου έλεγαν ότι η εμμονή μου μαζί του πλησίαζε στο στάδιο του stalker. Γι' αυτό και συμφώνησα να πάω κόντρα στο μοναδικό πράγμα που πάντα αρνιόμουν να κάνω - να βγω με έναν εντελώς άγνωστο σε ραντεβού στα τυφλά. Ναι, ήταν με τον ίδιο τύπο που τώρα κρατούσε όμηρο την τσάντα μου. Το όνομά του: Άνταμ Τρεντ».

«Ο μπαμπάς μου!» γουργούρισε. «Αυτό είναι το καλύτερο κομμάτι».

Χαμογέλασα.

«Ήταν η πρώτη μας συνάντηση, νωρίτερα σήμερα στο εστιατόριο του εμπορικού κέντρου. Το σημείο συνάντησης είχε συμφωνηθεί και ήταν σε δημόσιο χώρο. Κάπου που θα μπορούσαμε να κουβεντιάσουμε με αρκετή κίνηση γύρω μας. Αυτό το σκηνικό θα έπαιρνε από πάνω μας την πίεση. Θα έκανε τα κενά που κανείς μας δεν είχε κάτι να δει να αισθάνονται λιγότερο άβολα. Υπάρχει καν η λέξη «άδειο»; Δεν ξέρω, αλλά καταλαβαίνεις το νόημα. Μέσω του κοινού μας φίλου συμφωνήσαμε ότι ήταν μια ευκαιρία να γνωριστούμε από κοντά. Αν υπήρχε σύνδεση, συμφωνήσαμε εκ των προτέρων να κανονίσουμε την επόμενη συνάντηση που θα περιελάμβανε είτε μια ταινία είτε ένα δείπνο. Επόμενο βήμα μόνο αν νιώθαμε και οι δύο τη σύνδεση. Διαφορετικά, συμφωνήσαμε και οι δύο ότι ήταν hasta la vista baby! Αντίο και καλό ξεφόρτωμα! Μακάρι να ήξερα τότε αυτά που ξέρω τώρα! Τότε δεν θα ήμουν σε αυτή τη θέση. Αλλά όπως λέει και το ρητό, η εκ των υστέρων γνώση είναι 20/20. Όταν τον πρωτοείδα απέναντι από το εστιατόριο, δεν ήταν ο τύπος που θα ξεχώριζε στο πλήθος. Μου άρεσε αμέσως αυτό πάνω του, ότι αναμειγνυόταν όπως κι εγώ και όταν κύλησε το όνομά του, Adam Trent στη γλώσσα μου καθώς το έλεγα, του ταίριαζε και αμέσως χαλάρωσα».

«Έρωτας με την πρώτη ματιά», αναφώνησε η κόρη μου.

«Ήταν», είπα. «Αφού κάναμε τις συστάσεις, σπρώξαμε τους αγκώνες μας, αφού φορούσαμε και οι δύο τις υποχρεωτικές μας μάσκες, με ρώτησε τι ήθελα να πιω και έφυγε να φέρει τον καφέ. Πήρε την παραγγελία μου σωστά, κρέμα γάλακτος και μία ζάχαρη, πράγμα που μου έδειξε ότι ήταν καλός ακροατής ένιωσα αισιόδοξη. Καθώς καθόμασταν και ρουφούσαμε τους καφέδες μας, συζητούσαμε με μια αίσθηση οικειότητας σαν κάτι παραπάνω από γνωστοί, πιο κοντά σε φίλους. Γελούσε, όχι πολύ δυνατά. Μισούσα τους ανθρώπους που γελούσαν πολύ δυνατά, τραβώντας την προσοχή στον εαυτό τους. Ο Άνταμ δεν ήταν έτσι. Ήταν διακριτικός, ευγενικός, με κατανόηση και η συζήτηση μαζί του μου φάνηκε φυσιολογική. Ή θα έπρεπε να πω σαν το νέο φυσιολογικό, αφού κουβεντιάζαμε ελεύθερα ενώ φορούσαμε τις προστατευτικές μας μάσκες. Παρόλα αυτά, δεν νομίζω ότι θα έκανα λάθος αν σκεφτόμουν ότι, αν κάποιος μας παρατηρούσε, θα του ήταν σαφές ότι νιώθαμε άνετα ο ένας με την παρέα του άλλου. Προχωρήσαμε στη συζήτησή μας από το ένα θέμα στο άλλο αρκετά εύκολα και σύντομα μου είπε ότι θα φοιτούσε στο Πανεπιστήμιο το φθινόπωρο. Εγώ μάλλον αδέξια τον ενημέρωσα ότι θα έπαιρνα ένα χρόνο άδεια. Δεν του είπα τις λεπτομέρειες, ότι έπρεπε να κερδίσω χρήματα πριν επιστρέψω. Αυτή ήταν υπερβολική πληροφορία και όχι κάτι που έπρεπε να γνωρίζει για μένα. Ούτε του είπα ότι είχα κερδίσει μια υποτροφία, για να ασχοληθώ με την κλασική αγγλική λογοτεχνία».

«Ελπίζω να ειδικευτώ στη λογοτεχνία του εικοστού αιώνα», αποκάλυψε.

«Ουάου!» Αναφώνησα: «Θέλω να σπουδάσω κλασική αγγλική λογοτεχνία»!

«Με αυτή τη μεγάλη κοινή αγάπη για τη λογοτεχνία, θα μπορούσαμε εύκολα να κάνουμε μια σύνδεση, σωστά; Θα είχαμε μια γέφυρα από τη μια χώρα της λογοτεχνίας στην άλλη. Εκείνος θα ανακάλυπτε τους αγαπημένους μου συγγραφείς και εγώ τους δικούς του και θα ζούσαμε ευτυχισμένοι. Αυτό σκεφτόταν ένα μέρος μου. Με το άλλο, άκουγα καθώς τραγουδούσε τους επαίνους του θεϊκού αγαπημένου του συγγραφέα στον κόσμο - του Kurt Vonnegut. Συνέχισε να επαινεί και να εκθειάζει τα πάντα σχετικά με την επιλογή του για το σπουδαιότερο μυθιστόρημα όλων των εποχών - το «Σφαγείο Πέντε».»

«Μέχρι που το παρατράβηξε», ψέλλισε η κόρη μου.

«Ναι, πολύ μακριά. Για την ακρίβεια, τόσο πολύ που δεν είχα άλλη επιλογή από το να υπερασπιστώ τους αληθινούς δασκάλους, όπως ο Σαίξπηρ, ο Ντίκενς και ο Τουέιν, των οποίων το έργο άντεξε στη δοκιμασία του χρόνου. Αφού το πρόσωπό του επανέκτησε το κανονικό του χρώμα, έριξε στη συζήτηση μερικούς Βόνεγκατ-ισμούς, όπως: «Μόνο στα βιβλία μαθαίνουμε τι πραγματικά συμβαίνει».

«Ήταν μια μάχη των βιβλίων!» είπε η κόρη μου.

«Ναι, και η πρώτη μας διαφωνία. Είπα: «Μιλάμε για τη διαπίστωση του αυτονόητου!», προτού ανταποδώσω τα πυρά με το «Είναι καλύτερα να κρατάς το στόμα σου κλειστό και να αφήνεις τους ανθρώπους να σε θεωρούν ανόητο, παρά να το ανοίγεις και να απομακρύνεις κάθε αμφιβολία» του Μαρκ Τουέιν. Είχα διαβάσει κάπου ότι ο Τουέιν ήταν ένας από τους αγαπημένους συγγραφείς του Βόνεγκατ. Αυτό ήταν ένα καλό πράγμα γι' αυτόν, ούτως ή άλλως.

«Σηκώθηκε, έφτασε στην άλλη άκρη του τραπεζιού και με φίλησε δυνατά και παρατεταμένα από μάσκα σε μάσκα. Ακριβώς εκεί, στη μέση του εστιατορίου. Αυτό ήταν σε απάντηση σε μένα, που του έπιασα το χέρι όταν είπε ότι ο Βόνεγκατ ήταν ο Σαίξπηρ της εποχής μας. Το είχε πει με τέτοια πεποίθηση, από την καρδιά και την ψυχή του, που σχεδόν με έκανε να πιστέψω ότι ήταν αλήθεια».

«Αυτούς που φίλησες! Μπλιαχ!» είπε, καλύπτοντας το πρόσωπό της.

«Το φιλί, αν και απότομο και απροσδόκητο, ήταν καυτό, παρόλο που είχαμε μάσκες ανάμεσά μας. Δεν είχαμε προσέξει ότι οι άλλοι στο εστιατόριο μας κοιτούσαν επίμονα - το αφήσαμε να συνεχιστεί για πολύ ώρα. Αφού χωρίσαμε, ξανακαθίσαμε κάτω και ξεσπάσαμε σε γέλια. Αποφασίσαμε αμέσως να δούμε μια ταινία στο εμπορικό κέντρο. Στο δρόμο προς τον κινηματογράφο, αυτή η σύνδεση εξασθένησε. Αν μας άρεσαν οι ίδιες ταινίες, θα μπορούσαμε να την αναζωπυρώσουμε; Τότε δεν θα χάνονταν όλα; Συζητήσαμε για τις ταινίες που του άρεσαν και συμφωνήσαμε ότι η τελευταία ταινία του Τομ Κρουζ θα ταίριαζε και στους δύο μας - αλλά είχε ήδη αρχίσει, οπότε δεν γινόταν. Δεν μπορούσαμε να συμφωνήσουμε σε καμία άλλη ταινία.

«Ας πάμε να φάμε κάτι», πρότεινε.

«Μέχρι τότε, ήταν σχεδόν δέκα - κι εγώ πεινούσα. Το μόνο που είχαμε πιει ήταν καφέ και αυτό είχε περάσει πολύς καιρός και μυρίζαμε το ποπ κορν που μοσχοβολούσε εδώ και αρκετή ώρα».

«Δεν με πειράζει», είπα.

«Στο εμπορικό κέντρο ή έξω;» ρώτησε.

«Είπα ότι πρέπει να πάρουμε λίγο καθαρό αέρα, και έτσι έξω από το εμπορικό κέντρο πήγαμε στο πολυεπίπεδο γκαράζ. Περιπλανηθήκαμε για πάνω από τριάντα λεπτά πριν μου πει ότι δεν θυμόταν πού είχε παρκάρει.

«Τότε έβγαλες τα παπούτσια σου».

«Ο Βόνεγκατ έλεγε: «Είμαστε αυτό που υποκρινόμαστε ότι είμαστε, οπότε πρέπει να προσέχουμε τι υποκρινόμαστε ότι είμαστε»». Έκανε μια παύση. «Ε, δεν είσαι και πολύ θηλυπρεπής, έτσι δεν είναι;»

«Είσαι άντρας;» ρώτησα, παραθέτοντας τη φράση της Λαίδης Μάκβεθ. Αμέσως αισθάνθηκα άσχημα για το συγκεκριμένο απόσπασμα και άλλαξα αμέσως θέμα: «Τι γίνεται με την κάρτα; Ξέρεις, εκεί που πληρώνεις; Δεν λέει σε ποιο επίπεδο έχεις παρκάρει;»

«Ξέρω ότι παρκάρισα σ' ΑΥΤΟ το επίπεδο», είπε, συνεχίζοντας να πατάει το κουμπί στο μπρελόκ του και να ακούει απάντηση σαν πουλί που καλεί το ταίρι του. Όταν το αυτοκίνητο και το μπρελόκ βρήκαν τελικά ο ένας τον άλλον, ήταν κοντά στις 11 το βράδυ.

«Τώρα μέσα στο όχημα, με τις σκάλες να τρέχουν και στα δύο μου πόδια και τις μαύρες πατούσες των ποδιών μου, πήρα μια βαθιά ανάσα και προσπάθησα να χαλαρώσω. Το φαγητό θα βοηθούσε σίγουρα στη διάθεσή μου και ελπίζω και στη δική του. Δεν ήταν πολύ αργά για να ξαναρχίσουμε. Τα πηγαίναμε τόσο καλά μέχρι τη λογοτεχνική σύγκρουση. Δένοντας τις ζώνες ασφαλείας, έσπρωξε το πόδι του στο πάτωμα και ξεκινήσαμε, γύρω από το πάρκινγκ και έξω στο δρόμο. Οδηγούσαμε για αρκετή ώρα, ακούγοντας μουσική κάντρι. Εκείνος τραγουδούσε μαζί μας, ενώ εγώ πάλευα με την ανάγκη να πω «yippie ki-yay!».

«Λοιπόν, τι είδους φαγητό σου αρέσει;» «ρώτησε, αφού είχαμε ακούσει την τελευταία πρόταση για ταβέρνα με τάκο στο ραδιόφωνο».

«Δεν πεινάω πια», του απάντησα, σκεπτόμενος ότι, δεδομένης της επικαιρότητας της πρότασης, ήθελε να με πάει σε ένα taco joint. Μισούσα τα τάκος. Πώς θα μπορούσε το να τρώω ένα τάκο, με το κρέας και τα πράγματα να πέφτουν παντού, να ταιριάζει καν με τα γυναικεία του κριτήρια; Δεν ήθελα να ξέρω. Κυρίως από κακία είπα: «Ο Σαίξπηρ είναι ο βασιλιάς της λογοτεχνίας και ο Βόνεγκατ είναι ένας απλός γελωτοποιός σε σύγκριση».

«Τότε ο μπαμπάς πάτησε φρένο».

«Ήμασταν το μοναδικό όχημα στα προάστια - στη μέση του πουθενά και αυτή είναι η ιστορία για το πώς γνωριστήκαμε για πρώτη φορά με τον μπαμπά σου», είπα, σηκώθηκα και έβαλα την κόρη μου στο κρεβάτι. Εκείνη τεντώθηκε, χασμουρήθηκε και λίγο αργότερα κοιμόταν βαθιά. Έκλεισα την πόρτα φεύγοντας και πήγα στο δωμάτιό μας.

MONO 20

ΌΤΑΝ ΠΈΘΑΝΕ Η ΘΕΊΑ Τζιν, μόνο είκοσι καλεσμένοι εκτός της οικογενειακής μας φούσκας κλήθηκαν να παραστούν στην κηδεία. Ο αριθμός αυτός ήταν περιορισμένος λόγω της πανδημίας. Η κοινωνική αποστασιοποίηση και οι μάσκες ήταν υποχρεωτικές καθ' όλη τη διάρκεια της ημέρας. Αυτό περιελάμβανε την τελετή στο γραφείο τελετών, την ταφή και το γεύμα.

Καθώς η θεία Τζιν ήξερε ότι πλησίαζε στο τέλος της ζωής της, επέλεξε προσωπικά τους είκοσι καλεσμένους πριν φύγει από αυτόν τον τρελό κόσμο.

Όπως ήταν η οικογενειακή παράδοση, ήθελε ακόμα ένα ανοιχτό φέρετρο. Με ένα νέο αίτημα όμως. Ήθελε να φορέσει και αυτή μια μάσκα. Η θεία Τζιν είχε πάντα μια περίεργη αίσθηση του χιούμορ.

«Πώς στο διάολο θα εκφωνήσω τον κατάλληλο επικήδειο; Έναν που αξίζει στην αδελφή μου... όταν φοράω μια από αυτές τις ηλίθιες μάσκες!» ρώτησε ο μικρότερος αδελφός της Τζιν, ο Μάρβιν.

Απέναντι από τον Μάρβιν καθόταν ο δεύτερος ξάδερφός του, ο Φρανκ. Εκείνος ρουφούσε το τσιγάρο του, βυθισμένος σε σκέψεις πριν απαντήσει.

«Θα έχουν ένα μικρόφωνο και αυτό θα είναι αρκετό».

Η αγαπημένη ανιψιά της θείας Τζιν, η Μαίρη, που βρισκόταν στην κουζίνα και ετοίμαζε τσάι, φώναξε.

«Θα είναι ρυθμιζόμενο, το μικρόφωνο, εννοώ στο ύψος σου. Έτσι, μπορείς να σιγουρευτείς ότι το στόμα σου,» σκούπισε τα χέρια της στην ποδιά της και κουρασμένη από τις φωνές μπήκε στο σαλόνι. Σταμάτησε στη μέση της πρότασης συνειδητοποιώντας τώρα ότι είχε ξεχάσει να φέρει το τσάι, υποχώρησε γρήγορα. Επιστρέφοντας με έναν υπερφορτωμένο δίσκο που κροτάλιζε σε κάθε της βήμα.

Ο Φρανκ και ο Μάρβιν εξακολουθούσαν να κοιτάζουν προς το μέρος της με το στόμα ορθάνοιχτο περιμένοντας να ολοκληρώσει τη φράση της.

«Είναι τοποθετημένο ακριβώς μπροστά του», είπε σαν να μην είχε περάσει χρόνος ανάμεσα στην πρώτη και την τελευταία της φράση. Τώρα που το είχε πει, συνειδητοποίησε ότι το ίδιο το βάρος του δίσκου έκανε τα χέρια της να τρέμουν. Έσκυψε και τον κατέβασε προσεκτικά πάνω στο γυάλινο τραπέζι. «Ευχαριστώ για τη... βοήθεια», πρόσθεσε με έναν τόνο που έβγαζε έντονο σαρκασμό, καθώς έσκυψε για να ετοιμαστεί να σερβίρει.

Ο Μάρβιν και ο Φρανκ δεν κούνησαν ούτε το δαχτυλάκι τους. Κάτι που ήταν φυσιολογικό για τους δυο τους. Μια γυναίκα έκανε γυναικεία πράγματα και ένας άντρας έκανε αντρικά πράγματα.

Γέμισε την κατσαρόλα και μετά άνοιξε το καινούργιο πακέτο με τα σοκολατένια μπισκότα που είχε φυλάξει για την παρέα. Εκείνη και η θεία Τζιν είχαν πάντα ένα κουτί με τα αγαπημένα τους μπισκότα στο ντουλάπι - αλλά ποτέ δεν τα άγγιζαν. Και οι δύο ήξεραν ότι θα τα κατανάλωναν όλα μεταξύ τους αν τα άνοιγαν - γι' αυτό και τα έβγαζαν μόνο όταν τα έβγαζε η παρέα.

Η νεαρή γυναίκα και η θεία Τζιν ήταν πάντα άτακτες και συνεννοημένες. Θυμόμενη ότι η θεία της ήταν σχολαστική στην παρουσίαση, άπλωσε τα μπισκότα στο πιάτο. Αναρωτήθηκε αν η θεία Τζιν παρακολουθούσε από ψηλά. Αναστέναξε, νιώθοντας ακόμα και τώρα ότι ένα κομμάτι του εαυτού της έλειπε.

Ο Μάρβιν δεν ήταν πλήρως αφοσιωμένος. Αντιθέτως, κοιτούσε έξω από το παράθυρο και σκεφτόταν ότι έπρεπε να φορέσει μάσκα. Ο Φρανκ ρουφούσε ένα καινούργιο τσιγάρο που είχε ανάψει αμέσως μετά το κάψιμο του άλλου.

Ο Μάρβιν, παίρνοντας επιτέλους είδηση το αριστούργημα της ανιψιάς του, ρώτησε: «Τι στο καλό κάνεις εκεί κάτω;».

«Μα, ετοιμάζω το τσάι και τα μπισκότα», είπε η Μαίρη, ανακατεύοντας την κατσαρόλα, κλείνοντας στη συνέχεια το καπάκι και δίνοντάς της ένα χτύπημα για να βιαστεί.

«Τότε πιάσε μια καρέκλα ή κάτι τέτοιο. Μην κάθεσai εκεί οκλαδόν σαν...».

«Καθισμένος», είπε ο Φρανκ, γελώντας με το αστείο του, αφού κανείς άλλος δεν γελούσε.

«Δεν πειράζει, είναι έτοιμο τώρα», είπε η Μαίρη. Γέμισε τα άδεια φλιτζάνια με το χρυσαφένιο αχνιστό υγρό. Έπειτα πρόσθεσε ένα ψεκασμό γάλα και τις συνήθως ζητούμενες ποσότητες ζάχαρης. Η ίδια δεν έπαιρνε καθόλου ζάχαρη. «Θα θέλατε ένα μπισκότο σοκολάτας; Ήταν τα αγαπημένα της θείας Τζιν».

«Θα ήταν πολύ κρίμα να χαλάσω το στροβιλώδες σχέδιό σου», είπε ο Μάρβιν, απλώνοντας το χέρι του και κάνοντας ακριβώς αυτό.

«Όχι για μένα», είπε ο Φρανκ. «Τα μπισκότα και τα τσιγάρα δεν ταιριάζουν».

Η Μαίρη σέρβιρε πρώτη στον Μάρβιν το φλιτζάνι τσάι του, καθώς ήταν ο μεγαλύτερος. Έπειτα τοποθέτησε το φλιτζάνι του Φρανκ σε ένα σουβέρ δίπλα στην καρέκλα του, αφού ήταν κατά τα άλλα απασχολημένος. Δηλαδή, ανάβοντας άλλο ένα τσιγάρο. Ανατρίχιασε όταν έβαλε τη γόπα του παλιού πάνω στο ωραίο πορσελάνινο πιατάκι της θείας Τζιν.

«Ευχαριστώ», γουργούρισαν και οι δύο.

Η Μαίρη στερέωσε ξανά το σχέδιο του μπισκότου, κοίταξε προς τα πάνω. Έπειτα αφαίρεσε απαλά ένα από κάθε άκρη και διέσχισε το δωμάτιο προσπαθώντας να μην χύσει το υπερπλήρες φλιτζάνι του τσαγιού της καθώς προχωρούσε προς τον διθέσιο καναπέ. Είχε αποφύγει να καθίσει εκεί τώρα που η θεία Τζιν δεν καθόταν δίπλα της. Ένα μέρος της ένιωθε σαν να χάλασε η ισορροπία του σύμπαντος χωρίς την Τζιν μέσα σε αυτό.

Πριν οι μέρες της θείας Τζιν ήταν μετρημένες, εκείνη και η Μαίρη έτρωγαν το δείπνο τους τα περισσότερα βράδια σε δίσκους μπροστά στην τηλεόραση καθισμένες στον διθέσιο καναπέ παρακολουθώντας το Coronation Street. Από τότε η Μαίρη ηχογραφούσε το πρόγραμμα, περιμένοντας το πνεύμα της Τζιν να φτάσει όπου κι αν πήγαινε, ώστε να μπορέσουν να παρακολουθήσουν το πρόγραμμα μαζί, όπως έκαναν πάντα.

Αυτό ήταν πριν μετακομίσουν ο θείος Μάρβιν και ο ξάδερφος Φρανκ. Πριν η πανδημία κάνει τους συγγενείς από απόσταση να χρειάζονται κάπου αλλού να ζήσουν. Τώρα σχημάτιζαν τη δική τους κοινωνική φούσκα, δηλαδή δεν χρειαζόταν να φορούν μάσκες ο ένας κοντά στον άλλον. Αλλά σε λίγες ώρες, θα έπρεπε να φορέσουν τις φοβερές μάσκες για την κηδεία - κανείς δεν ήθελε να είναι ο μολυντής ή ο μολυσμένος.

«Αυτό που θα ήθελα να μάθω είναι γιατί ο Τζιν θα φοράει μάσκα. Αυτό είναι το πρώτο», είπε ο Μάρβιν. «Δεύτερον, γιατί κάλεσε τους συγγενείς που κάλεσε. Γιατί, κάποιοι από αυτούς δεν έχουν έρθει σε επαφή μαζί της, ή με κανέναν από εμάς, για πάνω από είκοσι χρόνια. Ένας Θεός ξέρει πώς ο Τζιν προσπάθησε να κρατήσει την οικογένεια ενωμένη, σε εποχές που το να μείνουμε ενωμένοι θα έπρεπε να είναι δεδομένο».

«Οι μάσκες είναι υποχρεωτικές για όλους και η Τζιν ήθελε να είναι όλες μαζί. Και ναι, η θεία Τζιν ήταν πάντα εκείνη που σκεφτόταν το καλύτερο για όλους», είπε η Μαίρη.

«Ακόμα και όταν δεν ήταν δικαιολογημένο», είπε ο Φρανκ, ανάβοντας άλλο ένα τσιγάρο και προσθέτοντας στη συνέχεια: "Αυτό το πιατάκι έχει αρχίσει να γεμίζει αρκετά".

Η Μαίρη άφησε το φλιτζάνι με το τσάι της στο τραπέζι, άρπαξε το πιατάκι και το πέταξε στον κάδο της κουζίνας. Βρήκε ένα σπασμένο πιατάκι στο πίσω μέρος του ντουλαπιού - η θεία Τζιν δεν επέτρεπε το κάπνισμα στο σπίτι και έτσι δεν είχε σταχτοδοχεία - και το έβαλε στο τραπέζι δίπλα στο φλιτζάνι και το πιατάκι του τσαγιού του Φρανκ. Εκείνος έγνεψε.

«Θα ήθελε κάποιος από τους δυο σας να ξαναγεμίσει το τσάι του, μιας και είμαι ξύπνια;» ρώτησε.

Ο Μάρβιν άπλωσε κι αυτός το άδειο φλιτζάνι του. «Και άλλο ένα από αυτά τα μπισκότα θα μου άρεσε πολύ».

Η Μαίρη άρπαξε δύο μπισκότα, ένα από κάθε άκρη του σχεδίου και τα τοποθέτησε στο πιατάκι με ένα κουταλάκι του γλυκού, προτού ρίξει μέσα το τσάι, τη ζάχαρη και το γάλα. «Σας ευχαριστώ», είπε ο Μάρβιν, φυσώντας το τσάι πριν πιει μια γουλιά.

Ο Φρανκ αρνήθηκε περισσότερο τσάι με ένα κούνημα του χεριού του. «Κανείς μας δεν ήρθε σε επαφή με αυτούς τους ψοφοδεείς επειδή δεν τους αντέχαμε. Ούτε ο Τζιν μπορούσε - ή τουλάχιστον έτσι νόμιζα εγώ».

Ο Μάρβιν βούτηξε ένα μπισκότο στο τσάι και αυτό θρυμματίστηκε και έσπασε. Χρησιμοποίησε το κουταλάκι του γλυκού για να το ανακτήσει, ρουφώντας το μουσκεμένο μπισκότο πριν διαλυθεί στο τίποτα.

«Αυτά τα μπισκότα δεν συνιστώνται για βούτηγμα», είπε η Μαίρη χαμογελώντας.

«Τώρα μου το λέει», είπε ο Μάρβιν.

«Θέλεις να σου φέρω άλλο ένα φλιτζάνι και πιατάκι;»

«Όχι, μείνε εκεί που είσαι. Τρέχεις τριγύρω και μας εξυπηρετείς σαν να είσαι το μισθωμένο προσωπικό μας. Θα τα καταφέρω, αλλά σ' ευχαριστώ που μου το ζήτησες».

Η Μαίρη χαμογέλασε και δάγκωσε το μπισκότο της. Το απολάμβανε καθώς η σοκολάτα έλιωνε στη γλώσσα της.

Η τριάδα κάθισε ήσυχα, παίζοντας με τα φλιτζάνια του τσαγιού, τα μπισκότα και τα τσιγάρα της, μέχρι που η Μαίρη έσπασε τη σιωπή.

«Η θεία Τζιν ένιωθε τύψεις, επειδή έχασε την επαφή με τους ανθρώπους. Αυτό βάρυνε βαριά την καρδιά της και παρόλο που οι είκοσι καλεσμένοι -ακόμη κι όταν επικοινώνησε μαζί τους- δεν απαντούσαν στα τηλεφωνήματα ή στα γράμματά της, δεν τους διέγραψε ποτέ. Στην πραγματικότητα, προσευχόταν γι' αυτούς κάθε βράδυ πριν κοιμηθεί».

Ο αδελφός της ήταν γοητευμένος και μπερδεμένος. «Η Τζιν, προσευχόταν για τον μεγάλο θείο Ντέιβ, ο οποίος ουσιαστικά τη σκότωσε όταν έμενε μαζί τους ως παιδί στις καλοκαιρινές διακοπές; Αυτό είναι τεράστιο πράγμα για να το συγχωρήσει. Μάλλον έγινε μαλθακή στα γεράματά της».

Η Μαίρη στάθηκε με τα χέρια στους γοφούς της: «Η θεία Τζιν ήταν πολλά πράγματα, αλλά ένα πράγμα που δεν ήταν μαλακή. Θα τους έδινε μια κλωτσιά αν εμφανίζονταν απροειδοποίητα στην πόρτα πριν αρρωστήσει - ξέρεις ότι μισούσε όταν οι άνθρωποι εμφανίζονταν χωρίς πρόσκληση - αλλά ήθελε να διορθώσει τα πράγματα, να συγχωρέσει και να ξεχάσει». Τα λόγια της κόλλησαν στο λαιμό της, το ίδιο και το τελευταίο μπισκότο που μόλις είχε καταπιεί.

Ο Φρανκ σηκώθηκε, διέσχισε το δωμάτιο και τη χτύπησε δυνατά στην πλάτη. Έξω πέταξε ένα μερικώς φαγωμένο μπισκότο σε όλο το δωμάτιο και προσγειώθηκε στο φλιτζάνι με το τσάι του Μάρβιν με έναν παφλασμό.

«Δεν ξέρεις ότι πρέπει να μασάς πριν καταπιείς;» είπε ο Μάρβιν, επιστρέφοντας το τσάι του στο δίσκο με ένα βλέμμα αηδίας.

«Λυπάμαι πολύ», είπε η Μαίρη, μαζεύοντας τα πάντα και πηγαίνοντας τα στην κουζίνα.

***

Η Μαίρη ξέπλυνε τα φλιτζάνια και τα έβαλε όλα στο πλυντήριο πιάτων, και μετά ανέβηκε στον επάνω όροφο για να χρησιμοποιήσει τις εγκαταστάσεις και να συμμαζέψει το πρόσωπό της. Έκλαιγε και δεν ήθελε να το μάθει κανείς. Κατεβαίνοντας τις σκάλες, άκουσε φωνές. Κατέβηκε γρήγορα.

«Αγαπούσα την αδελφή μου περισσότερο από οποιονδήποτε άλλον στον κόσμο!» είπε ο Μάρβιν. «Αλλά δεν καταλαβαίνω γιατί το ότι μου ζήτησε να κάνω τον επικήδειο, θα έπρεπε να αποτελεί πρόβλημα για σένα!»

«Έλα, έλα», είπε η Μαίρη.

«Απλώς θα ήμουν καλύτερος σε αυτό», είπε ο Φρανκ. «Μου έχει ξαναζητηθεί και θα ήμουν λιγότερο συναισθηματικός, λιγότερο επικριτικός».

«Γιατί εσύ!» Είπε ο Μάρβιν, σηκώνοντας τις κλειστές γροθιές του στον αέρα και κουνώντας τες σαν να μιμούνταν έναν πυγμάχο από παλιές εποχές.

Ο Φρανκ διέσχισε το δωμάτιο, επίσης με υψωμένες γροθιές. Ήταν σαν μια γηριατρική καυκάσια εκδοχή του Αλί εναντίον Φόρμαν.

Οι δυο τους στέκονταν μύτη με μύτη, μάτι με μάτι, μέχρι που η Μαίρη άρχισε να θρηνεί την αγαπημένη μελωδία της θείας Τζιν: «Σιωπή μωρό μου, μη λες κουβέντα, ο μπαμπάς θα σου αγοράσει ένα κοτσύφι».

Τα μάτια του Μάρβιν γέμισαν δάκρυα και έριξε τις γροθιές του και στη συνέχεια κατέβηκε σε μια καρέκλα.

Ο Φρανκ στεκόταν παγωμένος και μιλούσε τους στίχους του υπόλοιπου τραγουδιού, ενώ η Μαίρη τους σιγοτραγουδούσε. Όταν τελείωσε το τραγούδι, περπάτησε στην άλλη άκρη του δωματίου, εκεί όπου μια φωτογραφία της θείας Τζιν σε μια κορνίζα του χαμογελούσε. Ξέσπασε κι αυτός σε κλάματα.

«Ορίστε, ορίστε τώρα», είπε η Μαίρη. «Είναι σχεδόν ώρα να φύγουμε κι εμείς εδώ τσακωνόμαστε».

«Έχει δίκιο», είπε ο Φρανκ. «Εξάλλου, θα χρειαστούμε ένα ενιαίο μέτωπο όταν εμφανιστούν αυτά τα άχρηστα όρνεα».

«Αυτό αν δεν μας μολύνουν - είμαστε εν μέσω πανδημίας, δεν το ξέρουν;»

«Οι τροφοδότες θα το λάβουν αυτό υπόψη τους. Όσο θα είμαστε στο γραφείο κηδειών και στο νεκροταφείο, θα στήνουν τα πάντα εδώ, ώστε να συμμορφώνονται με τις οδηγίες κοινωνικής αποστασιοποίησης για να είναι όλοι ασφαλείς».

«Αλλά αυτοί οι αδαείς θα πρέπει και πάλι να βγάλουν τις μάσκες τους για να καταβροχθίσουν το φαγητό και να καταβροχθίσουν το ποτό - και θα χρειαστούμε άφθονο από το τελευταίο».

«Για ντροπή», απάντησε η Μαίρη. «Όλα αυτά τα έχει διαχειριστεί και πληρώσει η θεία Τζιν». Αηδιασμένη και έχοντας χορτάσει από αυτούς, αποσύρθηκε στο δωμάτιό της για να ντυθεί με τη μαύρη στολή που είχε επιλέξει. Οι άνδρες είχαν ήδη φορέσει τα μαύρα κοστούμια τους και ήταν έτοιμοι να φύγουν.

«Υποθέτω ότι θα χρησιμοποιήσουν πλαστικά μαχαίρια, πιρούνια και χάρτινα πιάτα», είπε ο Φρανκ. «Και θα έχουν μπουκάλια με απολυμαντικό χεριών σε όλο το σπίτι και τον κήπο. Οι συγγενείς μας θα πρέπει να έρθουν μέσα για να χρησιμοποιήσουν τις εγκαταστάσεις, αλλά το μεγαλύτερο μέρος της διαδικασίας θα διεξαχθεί έξω στον κήπο».

«Κρίμα που ο Τζιν ξεφορτώθηκε τις εξωτερικές εγκαταστάσεις», είπε ο Μάρβιν.

Η Μαίρη φώναξε από τον επάνω όροφο: «Ξέχασα να πω ότι θα ζωγραφίσουν σημάδια στο γρασίδι και/ή θα βάλουν πινακίδες όπου θα πρέπει να στέκεται ο κόσμος. Και όσον αφορά τις εγκαταστάσεις, λοιπόν, έχουμε νοικιάσει μία από αυτές τις φορητές τουαλέτες. Αφού είναι μόνο είκοσι από αυτούς και τρεις από εμάς, θα υπάρχει αρκετός χώρος για όλους και οι ουρές δεν θα είναι τόσο μεγάλες».

«Πραγματικά το έχετε σκεφτεί καλά!» φώναξε ο Μάρβιν. «Οι τρεις μας μπορούμε να τρυπώσουμε πίσω και να χρησιμοποιήσουμε τις εσωτερικές εγκαταστάσεις στο q.t.»

Η Μαίρη εμφανίστηκε στην κορυφή της σκάλας, έτοιμη να φύγει. «Σας ευχαριστώ. Είχα πολύ χρόνο στα χέρια μου για να το σκεφτώ και ήθελα όλα να είναι ακριβώς όπως πρέπει για τη θεία Τζιν. Μιλήσαμε μαζί της για τα πάντα, μέχρι και την τελευταία λεπτομέρεια. Ήθελε να με απαλλάξει από το βάρος που είχα εγώ, να προσπαθώ να τα κάνω όλα μόνη μου, ενώ εγώ θρηνούσα την απώλειά της».

Ο Μάρβιν χάιδεψε τις τρίχες στο πηγούνι του. «Αν δεν υπήρχε αυτή η καταραμένη πανδημία, θα ήθελε περισσότερα. Θα ζητούσε ένα κανονικό κάψιμο του αχυρώνα -ή μια αγρυπνία- για να γιορτάσουμε τη ζωή της. Αυτό της αξίζει!»

Ο Φρανκ είπε: «Αυτό θα το έχει - και θα της κάνουμε την καλύτερη γιορτή που έχει γίνει ποτέ - αφού τελειώσει αυτή η πανδημία. Θα καλέσουμε τους άλλους συγγενείς - αυτούς που μας αρέσουν - και ίσως και μερικές τοπικές διασημότητες. Όλοι αγαπούσαν το Τζιν. Θα την αποχαιρετήσουμε με τον τρόπο που της αξίζει! Αλλά προς το παρόν, πρέπει να κάνουμε το καλύτερο δυνατό από την κατάσταση».

Η Μαίρη διέσχισε το δωμάτιο, σκέφτηκε να καθίσει - αλλά το φόρεμά της θα τσαλακωνόταν, οπότε επέστρεψε στην κουζίνα για να διπλώσει χαρτοπετσέτες. Είχε προσφερθεί να φτιάξει όσες περισσότερες μπορούσε πριν φτάσουν οι τροφοδότες, γνωρίζοντας ότι θα χρειαζόταν κάτι να την κρατήσει απασχολημένη. Σκέφτηκε όλα όσα είχε ζητήσει η θεία Τζιν να συμβούν την ημέρα. Ήθελε να της κάνει μια πρόποση ο Μάρβιν, αφού πρώτα όλοι είχαν πάρει μέρος σε κάποιο φαγητό. Είχε μάλιστα γράψει ποια πιάτα ήθελε να σερβιριστούν και είχε επιλέξει τον προμηθευτή που θα τα ετοίμαζε. Ναι, η θεία Τζιν είχε σκεφτεί τα πάντα. Οι έντονες φωνές στο σαλόνι την τράβηξαν πίσω εκεί.

«Η Τζιν είπε ότι θα πάρω τη μερίδα του λέοντος από την επιχείρηση, γι' αυτό με έκανε εκτελεστή της διαθήκης της», είπε ο Μάρβιν.

«Είπε ότι μπορώ να κρατήσω το σπίτι», είπε η Μαίρη. «Είναι και δικό μου σπίτι - έχω ζήσει εδώ με τη θεία Τζιν το μεγαλύτερο μέρος της ζωής μου».

«Κανείς δεν αμφισβητεί αυτό το γεγονός», είπε ο Φρανκ. «Εσύ εγκατέλειψες τα πάντα, για να είσαι εδώ και να βοηθήσεις την Τζιν, όταν κανείς άλλος δεν ήταν σε θέση να το κάνει. Γιατί, θα μπορούσες να παντρευτείς, να κάνεις μερικά παιδιά... αλλά προτίμησες την οικογένεια από τον εαυτό σου. Είναι το λιγότερο που μπορούσε να κάνει, να σου αφήσει το σπίτι».

Ο Μάρβιν έγνεψε. Για πρώτη φορά οι δυο τους συμφώνησαν σε κάτι.

«Είπα στην Τζιν ότι δεν ήθελα ούτε χρειαζόμουν τίποτα από αυτήν», είπε ο Φρανκ.

«Ας ελπίσουμε ότι σε αγνόησε τότε», είπε ο Μάρβιν γελώντας και βλέποντας ότι οι δυο τους είχαν επιτέλους καλή διάθεση,

Η Μαίρη επέστρεψε στην κουζίνα για να τελειώσει με το δίπλωμα πριν φύγουν για το γραφείο κηδειών.

Παρόλο που οι χαρτοπετσέτες ήταν φτιαγμένες από χαρτί, ήταν ευαίσθητες και μαλακές. Το γαλάζιο του ουρανού με μια ροζ γραμμή στην αριστερή γωνία ήταν και η επιλογή της θείας Τζιν. Καθώς η Μαίρη συνέχιζε το δίπλωμα, αυτό γινόταν αυτόματα, οπότε κοίταζε τον κήπο και άφηνε τα δάχτυλά της να κάνουν τη δουλειά.

Το βλέμμα της περιπλανήθηκε προς τα πρόσφατα φυτεμένα λουλούδια κάτω από τη γιγάντια βελανιδιά. Η αναπνοή του μωρού και τα τριαντάφυλλα τελείωναν τώρα, αλλά τα χρώματά τους ήταν ακόμα ζωντανά και κινούνταν σαν παλιοί φίλοι που χόρευαν όταν ο άνεμος τα παρέσυρε.

Καθώς δίπλωνε την τελευταία χαρτοπετσέτα, το δεξί της χέρι χάιδευε την κοιλιά της. Το έκανε αυτό πού και πού, παρόλο που είχε χρόνια να γεννήσει. Η λαχτάρα δεν έφυγε ποτέ. Η θεία Τζιν δεν το είπε ποτέ σε κανέναν. Ούτε και η Μαίρη - ούτε καν ο πατέρας.

Και εκεί, θαμμένη κάτω από αυτά τα λουλούδια, στη σκιά εκείνης της ογκώδους βελανιδιάς, ήταν η αιώνια κατοικία του παιδιού της. Το κοριτσάκι της δεν είχε επιζήσει περισσότερο από λίγα λεπτά σε αυτόν τον κόσμο.

Σύντομα θα ερχόντουσαν οι συγγενείς και θα μαζεύονταν όλοι στο σπίτι που θα ήταν πλέον δικό της - και θα γιόρταζαν τη ζωή της θείας Τζιν.

Τότε η Μαίρη, όπως και οι άλλοι, θα φορούσε τη μάσκα της και θα απομονωνόταν σε εκείνο ακριβώς το σημείο κάτω από το δέντρο, όπου δεν θα ένιωθε ποτέ μόνη της. Στο μέρος όπου ήξερε ότι η θεία Τζιν θα στεκόταν στο πλευρό της, κρατώντας στην αγκαλιά της το κοριτσάκι της Μαίρης.

Η τριάδα, η θεία Τζιν, η Μαίρη και το μωρό θα ήταν σιωπηλοί μάρτυρες, ενώ η υπόλοιπη οικογένεια θα ξεσκίζει η μία την άλλη.

PANDEMIC BOY (PANDEMIC ΑΓΟΡΙ)

«ΚΟΙΤΆΞΤΕ, ΈΡΧΕΤΑΙ ΠΆΛΙ - είναι το Pandemic Αγόρι», φώναξε το ψηλό και αδύνατο και δεκάχρονο ξανθομαλλούμενο αγόρι.

Ο φίλος του δεν ήταν τόσο ψηλός, ούτε μακρόστενος ούτε ξανθός - ήταν ένας κοκκινομάλλης που γελούσε πριν βάλει τα δικά του λόγια. «Πού είναι η κάπα σου, μικρέ; Δεν ξέρεις ότι ΟΛΟΙ οι υπερήρωες έχουν κάπα;»

Ο πιτσιρικάς που είχαν δώσει το παρατσούκλι Pandemic Boy ήταν μικρότερος από τους άλλους δύο, αλλά πίσω από τη μάσκα του ήταν ατρόμητος.

«Όχι ο Σπάιντερμαν», απάντησε χαμογελώντας.

Αν και ήταν νεότερος και μικρότερος σε μέγεθος και ανάστημα, όχι σε ίντσες αλλά σε πόδια, με τα χέρια στους γοφούς του - μοιάζοντας περισσότερο με τον Σούπερμαν ρώτησε: «Και πού είναι οι μάσκες ΣΑΣ;».

Αυτή δεν ήταν η πρώτη αντιπαράθεση του λεγόμενου Pandemic Boy σε καιρό πανδημίας. Στο παρελθόν είχε χρησιμοποιήσει τη στάση του Σούπερμαν με τα σταυρωμένα όπλα για να αποκτήσει τον έλεγχο της κατάστασης. Φαινόταν να λειτουργεί καλά για παιδιά και ενήλικες. Βοηθούσε επίσης να ξέρει ότι είχε τον νόμο με το μέρος του.

«Δεν είμαστε οπαδοί», είπε το ξανθό αγόρι, προστατεύοντας τα μάτια του από τον ήλιο με το αριστερό του χέρι, και στη συνέχεια γύρισε την πλάτη του στο παιδί, ώστε αυτός και ο φίλος του να στέκονται τώρα πρόσωπο με πρόσωπο. Ξεστόμισε τις λέξεις: «Ας του βγάλουμε τη μάσκα».

Το κοκκινομάλλη αγόρι το σκέφτηκε αυτό, σπρώχνοντας το δάχτυλο του αθλητικού του παπουτσιού στο έδαφος, σκεπτόμενος ότι ήταν ήδη δύο προς ένα περισσότεροι από το Πανδημικό αγόρι. Επιπλέον, ήταν ένα μικρό παιδί - αν και είχε μεγάλο στόμα και κάπως το ζητούσε. Αλλά δεν ήταν νταής και δεν ήθελε να γίνει. Συγκεντρώθηκε, κάνοντας έναν κύκλο στο χώμα μπροστά του, και μετά χτύπησε την τσέπη του τζιν του. «Το δικό μου είναι εδώ».

«Απόδειξέ το», απαίτησε το Πανδημικό Αγόρι.

Ο ξανθός πιτσιρικάς κοίταξε πάνω από τον ώμο του το μικρότερο αγόρι και γύρισε γρήγορα. Με σφιγμένες γροθιές προχώρησε προς το μικρότερο αγόρι. Χτυπώντας με το δάχτυλό του το πρόσωπο του μασκοφόρου παιδιού, είπε: «Ποιος-νομίζεις-ότι-είσαι-κάθε-άλλο-παιδί;». Κάθε λέξη δικαιολογούσε το δικό της χτύπημα στο μασκοφόρο πηγούνι του

Πανδημικού Αγόρι, και με τη διαφορά ύψους και μάζας το μικρότερο αγόρι έπρεπε να βάλει σταθερά τα πόδια του στη θέση τους.

Το κοκκινομάλλη αγόρι, είπε: «Θα βάλω τη μάσκα μου».

Το λεγόμενο Πανδημικό Αγόρι δεν μίλησε, αλλά έγνεψε επιδοκιμαστικά, ενώ ο φίλος του, το ξανθό αγόρι που κοίταξε πάνω από τον ώμο του, του έριξε το κακό μάτι.

Και οι τρεις κράτησαν τη θέση τους.

***

Κάποιες φορές ο χρόνος μένει στάσιμος. Σαν όλα τα πουλιά να ξέχασαν να πετάξουν και όλα τα ρολόγια να ξεχάσουν να χτυπήσουν. Αυτή δεν ήταν μια από αυτές τις μέρες και καθώς η ώρα προχωρούσε, όλο και περισσότερα παιδιά έβγαιναν από όπου κι αν βρίσκονταν για να δουν τι συνέβαινε. Μαζεύτηκαν γύρω τους, συζητώντας, ψιθυρίζοντας, προσπαθώντας να βρουν τι πρέπει να συνέβη και να έκανε τα τρία αγόρια να μείνουν ακίνητα για τόσο πολύ.

«Κοίταζα έξω από το παράθυρο του δωματίου μου», είπε ένα αγόρι, »και είδα το μικρό μασκοφόρο παιδί να απειλείται από το ξανθό παιδί που ήταν πολύ ψηλότερο και μεγαλύτερο. Τότε είδα ότι ήταν δύο και έπρεπε να βγω έξω, ειδικά όταν το μεγάλο παιδί κινήθηκε προς τα μέσα και σκούντησε το μικρό παιδί στο στήθος», είπε, αγγίζοντας τη δική του μάσκα, όπως ένας ενήλικας θα έκανε ένα μούσι.

«Έτρεχα προς τα εκεί», είπε ένα μικρό κορίτσι, »και είδα το όλο θέμα. Το αγόρι με τη μάσκα το ζητούσε - πλησίαζε αυτά τα δύο μεγαλύτερα, μεγαλύτερα αγόρια. Εκπλήσσομαι που οι δύο δεν τον χτύπησαν». Στη συνέχεια απευθύνθηκε στο λεγόμενο αγόρι της Πανδημίας: «Έι, μικρέ, γιατί δεν κάνεις ένα τρέξιμο όσο μπορείς; Πριν αυτά τα δύο μεγαλύτερα αγόρια σε σπάσουν στο ξύλο;»

Η τριάδα στο κέντρο του πλήθους παρέμεινε ακίνητη, σαν αγάλματα. Άκουγαν τα σχόλια που έκαναν τα άλλα παιδιά που είχαν σχηματιστεί σε ένα πλήθος και εκείνα όχι. Σε αυτή τη φάση κανείς δεν ήξερε με σιγουριά.

Η ώρα προχωρούσε και τα παιδιά που φορούσαν μάσκες πήραν το μέρος του λεγόμενου Πανδημικού Αγόρι και τα παιδιά που δεν φορούσαν μάσκες πήραν το μέρος των άλλων δύο. Το πλήθος των παιδιών μετατοπίστηκε, χωρίστηκε στα δύο έτσι ώστε να σχηματίσουν δύο διαφορετικές πλευρές. Όλοι ήταν έτοιμοι να δράσουν - δηλαδή αν και εφόσον ξεσπούσε καυγάς.

Οι ώρες περνούσαν και κανείς δεν κουνιόταν. Ούτε καν όταν οι μητέρες και οι πατεράδες άρχισαν να καλούν τα παιδιά τους στο σπίτι για το βραδινό. Ούτε όταν οι γονείς, οι παππούδες, οι γιαγιάδες και τα αδέλφια άρχισαν να καλούν τα παιδιά για ύπνο. Ούτε καν όταν ο ήλιος αντικαταστάθηκε από το φεγγάρι και τα αστέρια.

***

Τελικά, το Pandemic Boy είπε: «Πάω σπίτι τώρα». Και στο μεγαλύτερο ξανθό αγόρι, εκείνο που ήταν ακόμα στο πρόσωπό του, είπε: «Την επόμενη φορά που θα σε δω, φρόντισε να φέρεις τη μάσκα σου, εντάξει; Αυτή είναι πανδημία, φίλε, και...»

«Εντάξει, εντάξει», είπε το μεγαλύτερο αγόρι, κάνοντας ένα βήμα πίσω. «Και την επόμενη φορά που θα σε δω, φρόντισε να φοράς κάπα». Χαμογέλασε.

«Έχεις κάποια προτίμηση στο χρώμα;» ρώτησε χαμογελώντας το μικρότερο αγόρι.

Ο φίλος του, το κοκκινομάλλη αγόρι που φορούσε τώρα μάσκα, είπε: «Εξαρτάται αν είσαι οπαδός του Μπάτμαν, του Ρόμπιν ή του Σούπερμαν. Εγώ; Εγώ θα φορούσα μαύρο».

«Το ίδιο», είπε το μικρότερο παιδί.

Πήγαν όλοι στο σπίτι τους.

ΟΙ ΕΠΙΣΚΕΠΤΕΣ

«ΠΕΡΙΜΕΝΕ ΕΝΑ ΛΕΠΤΟ», ΕΙΠΕ, πριν ανοίξει την μπροστινή πόρτα της.

Ήταν μέσα για σχεδόν τριάντα ημέρες - σε καραντίνα. Το να βγει έξω, και μόνο η πράξη του να βγει έξω τώρα, της φάνηκε επικίνδυνη, παρόλο που είχε μπει σε καραντίνα μόνο για να προστατεύσει αυτούς που αγαπούσε - και άλλους που δεν γνώριζε καν. Προσάρμοσε τη μάσκα της, πήρε μια βαθιά ανάσα και άνοιξε την πόρτα.

Την περίμενε μια επιτροπή υποδοχής και ένιωσε όπως πρέπει να ένιωσε η βασίλισσα Ελισάβετ όταν βγήκε στο μπαλκόνι του παλατιού του Μπάκιγχαμ. Αν και το μικρό αλλά άνετο σπίτι της με τα δύο υπνοδωμάτια δεν είχε τη λάμψη και την αίγλη ενός παλατιού. Για ένα ή δύο δευτερόλεπτα σκέφτηκε να τους κάνει το βασιλικό χαιρετισμό, αλλά τελικά άλλαξε γνώμη όταν άρχισαν να χειροκροτούν.

Ντροπιασμένη, παρόλο που μια μάσκα κάλυπτε το μεγαλύτερο μέρος του προσώπου της, κοίταξε ψηλά, όπου ο ήλιος βρισκόταν ψηλά στον ουρανό, και ένιωσε τη ζεστασιά των ακτίνων του. Ένιωθε ωραία, αναπνέοντας νέο, φρέσκο αέρα - παρόλο που η μάσκα την εμπόδιζε να εισπνεύσει βαθιά. Ένα τραγούδι του Τζον Ντένβερ άρχισε να παίζει στο μυαλό της. Σιγοτραγουδούσε αδιάφορα.

Το χειροκρότημα είχε τελειώσει χωρίς να το καταλάβει. και στεκόταν εκεί σαν γουρούνι στο τσουβάλι, ενώ όλοι και όλες περίμεναν να πει ή να κάνει κάτι. Πολλά μάτια γεμάτα δάκρυα, όλα την κοιτούσαν πάνω από τις δικές τους μάσκες. Καμία μάσκα δεν ήταν ίδια. Σκανάρισε τους καλεσμένους, εστιάζοντας στα μάτια των οποίων τους ιδιοκτήτες νόμιζε ότι αναγνώριζε. Στο μυαλό της έπαιξε ένα παιχνίδι Ποιος είναι ποιος κάτω από ποια μάσκα.

Για ένα άτομο στο πλήθος δεν υπήρχε καμία αμφιβολία για το ποια ήταν λόγω του μεγέθους και του αναστήματός της. Ήταν η εγγονή της Έμιλι. Εκείνα τα πράσινα μάτια, ίδια με τα δικά της, ξεχώριζαν καθώς την κοίταζαν πίσω από τη μοβ μάσκα. Το αγαπημένο χρώμα της Έμιλι άλλαζε συχνά, αλλά είδε με ικανοποίηση ότι δεν είχε αλλάξει τις τελευταίες τριάντα ημέρες. Είχε ψηλώσει όμως. Η Έμιλι χαιρέτησε και είπε: «Γεια σου, γιαγιά».

«Γεια σου, αγαπημένη μου Έμιλι», είπε η γυναίκα, χαμογελώντας με τα χείλη της κάτω από τη μάσκα και πάνω από αυτή με τα μάτια της.

Η γυναίκα δίστασε, μετά γύρισε το κοινό από αριστερά προς τα δεξιά γνέφοντας καθώς αναγνώριζε τον καθένα από αυτούς.

Πρώτα ήταν ο Μπράντον. Ήταν μεγάλος οπαδός του χόκεϊ, και η μάσκα του είχε πάνω της ένα φύλλο σφενδάμου του Τορόντο. «Εμπρός, Maple Leaf's!» είπε. Εκείνη του σήκωσε τους αντίχειρες. Τουλάχιστον κάποιος εξακολουθούσε να ελπίζει ότι θα κέρδιζαν ξανά το Κύπελλο Στάνλεϊ.

Δίπλα στον Μπράντον ήταν η μητέρα της συζύγου του Έμιλι. Η μάσκα της είχε πάνω της το μήνυμα I heart Jamie Oliver. Χαμογέλασε με αυτό, αναρωτώμενη αν το ενδιαφέρον της για τον

Όλιβερ θα μπορούσε να τη βοηθήσει να μαγειρέψει ένα αξιοπρεπές ροσμπίφ μια μέρα. Έπιασε τον εαυτό της σε αυτή τη σκύλα σκέψη και ντροπιασμένη για τον εαυτό της προχώρησε.

Επόμενος ήταν ο κύριος Μπομπ Μούντι. Ήταν ένας γείτονας, ένας γκρινιάρης γεροξεκούτης που δεν είχε ιδέα γιατί ένιωσε την ανάγκη να συμμετάσχει φορώντας μάσκα οικοδόμου. Χαιρέτησε, με μια οικειότητα που της φάνηκε παράξενη, ωστόσο εκείνη χαιρέτησε κι εκείνη για να είναι ευγενική.

Βαριέται πλέον να καταλάβει ποιος ήταν ποιος, οι υπόλοιποι έγιναν θολή εικόνα καθώς περίμενε κάποιον να κάνει κάτι ή να της πει τι περίμενε να κάνει. Θα έπρεπε να βγάλει λόγο; Όχι, αυτό θα ήταν ανόητο. Ήταν μόνο τριάντα ημέρες καραντίνας. Δεν μπορούσε να τους αγκαλιάσει. Ή να έρθει πιο κοντά τους από όσο ήταν ήδη.

Είχε τη φοβερή αίσθηση ότι κάποιος ήθελε να βγάλει λόγο και αναρωτιόταν πώς έπρεπε να βγάλει λόγο, έναν λόγο που θα ακουγόταν και θα γινόταν κατανοητός μέσα από την παχιά βαμβακερή μάσκα. Τότε σκέφτηκε τους πολιτικούς στην τηλεόραση, όπως τον πρωθυπουργό. Όταν έπρεπε να μιλήσει, έβγαζε πάντα τη μάσκα του, έλεγε τα λόγια του και μετά την έβαζε ξανά. Αν αυτό ήταν αρκετά καλό για τον πρωθυπουργό, τότε ήταν αρκετά καλό και για εκείνη. Έβγαλε το δεξί της αυτί από τη θηλιά, και στη συνέχεια προχώρησε στην άλλη πλευρά.

Οι καλεσμένοι έμειναν άναυδοι και μετά απομακρύνθηκαν περισσότερο. Όλοι εκτός από τη μικρή της εγγονή.

«Η γιαγιά σ' αγαπάει», είπε η γυναίκα, φυσώντας ένα φιλί προς την κατεύθυνση της μικρής Έμιλι.

«Κι εγώ σ' αγαπώ», απάντησε η Έμιλι, καθώς οι γονείς της που ήταν τώρα στο πλευρό της την μετακίνησαν προς τα πίσω.

Ικανοποιημένη τώρα που ένιωσε τον ήλιο, που βγήκε έξω, που είδε αυτούς που αγαπούσε και που μίλησε με τη μικρή Έμιλι, υποκλίθηκε, απομακρύνθηκε και έκλεισε την πόρτα πίσω της.

Το τηλέφωνο άρχισε αμέσως να χτυπάει και να χτυπάει. Δεν το σήκωσε.

ΤΟ ΣΠΙΤΙ

Τ Ο ΔΩΜΑΤΙΟ ΗΤΑΝ ΑΔΕΙΟ, εκτός από τις κενές εντοιχισμένες βιβλιοθήκες που πλαισίωναν το τζάκι.

Οι άδειες βιβλιοθήκες πάντα με έκαναν να νιώθω μελαγχολία. Σαν ο προηγούμενος ιδιοκτήτης να είχε πάρει μαζί του όλους τους φίλους και τις αναμνήσεις τους, αλλά να είχε ξεχάσει τις κατασκευές που τις κρατούσαν και τις εξέθεταν όσο βρισκόταν στο σπίτι. Κατά συνέπεια, όταν έφευγα από ένα σπίτι, για οποιονδήποτε λόγο, άφηνα πάντα ένα από τα βιβλία μου πίσω (αγόραζα δύο από τα αγαπημένα μου βιβλία), ώστε να ελπίζω ότι όποιος κι αν ήταν ο νέος ιδιοκτήτης θα το απολάμβανε όσο κι εγώ. Για μένα ήταν σαν να τους σύστηνα σε έναν νέο φίλο. Αν αυτό με κάνει να ακούγομαι υπερβολικά συναισθηματική, δεν με πειράζει γιατί ο αγαπημένος μου σύζυγος το έλεγε πάντα αυτό για μένα.

Καθώς διέσχιζα το δωμάτιο, προσαρμόζοντας τη μάσκα μου, παρατήρησα κάτι που ήταν κολλημένο στον τοίχο, λεπτό σαν γκοφρέτα. Ήταν ένα μικρό χαλί.

«Τι στο καλό είναι αυτό εκεί;» ρώτησα. Παρόλο που ήταν φθαρμένο και μικρό, θα ήταν καλύτερα, μπροστά από το τζάκι. Τουλάχιστον εκεί το αξιοθρήνητο πράγμα θα είχε έναν σκοπό. Το κάνω συχνά αυτό, να δίνω στα άψυχα αντικείμενα συναισθήματα.

Στον κόσμο της λογοτεχνίας αυτό ονομάζεται προσωποποίηση. Χρησιμοποιώ αυτό το μέσο τόσο συχνά, που ο σύζυγός μου το αποκαλεί Μάγκι-ποίηση.

August είναι το όνομα του συζύγου μου. Και ναι, γεννήθηκε τον Αύγουστο, είναι Λέων, ενώ εγώ είμαι Αιγόκερως.

Καθώς ερχόταν δίπλα μου, ανατρίχιασα. Πάντα ένιωθα το κρύο.

Μιλώντας μέσα από τη μάσκα του είπε: «Ουφ, κάνει ζέστη εδώ μέσα αγάπη μου. Γιατί τρέμεις;» Ξεκούμπωσε τη χοντρή μάλλινη ζακέτα του, δώρο του γιου μας Άντριου, και την έβγαλε. Την άπλωσε στους ώμους μου και στη συνέχεια κινήθηκε στην άλλη άκρη του δωματίου.

Αγκαλιάστηκα μέσα της και ξεστόμισα: «Σ' ευχαριστώ», καθώς τον ακολουθούσα.

Η μεσίτρια που ήταν παλιά οικογενειακή φίλη, φορούσε μια μάσκα που αντανακλούσε την κτηματομεσιτική εταιρεία για την οποία εργαζόταν. Κινείτο ακουστικά στο άλλο δωμάτιο, ενώ εμείς παίρναμε μια ιδέα για το σπίτι μόνοι μας.

Λίγο αργότερα, μπήκε στο δωμάτιο από την πόρτα που ήταν πιο κοντά στο αντικείμενο που είχα εντοπίσει στο πάτωμα. Συναντηθήκαμε μπροστά του, σαν να είχε ακούσει την ερώτησή μου.

Η Τζούντι Μαρς, το όνομα του ατζέντη μας και για πάνω από είκοσι πέντε χρόνια, έδειχνε να μην μπορεί να βρει λόγια, πράγμα που δεν της ταίριαζε καθόλου. Αυτή και κάθε άλλος μεσίτης στον πλανήτη.

«Δεν είναι υπέροχο το τζάκι!» αναφώνησε.

Εγώ έστρεψα το σώμα μου προς τη ζεστασιά, ενώ η Όγκαστ, που συχνά με κατηγορούσε ότι διαβάζω πολλά μυθιστορήματα της Άγκαθα Κρίστι, μεταξύ άλλων, τώρα βαριόταν και ήθελε να συνεχίσει, πλησίασε πιο κοντά στην πόρτα.

Η Τζούντι είπε: «Άκουσα την ερώτηση που κάνατε πριν από λίγο. Πλήρης αποκάλυψη», ακούμπησε τη μύτη της. «Αυτό το σπίτι έχει μια μικρή ιστορία».

Ο Αύγουστος τώρα ενδιαφέρθηκε να μας ξαναβρεί.

«Τι είδους ιστορία;» Ρώτησα.

Η Τζούντι συνέχισε: «Δεν έχει νόημα να λες ιστορίες αν δεν σου αρέσει εδώ. Σε αυτή την περίπτωση, μπορούμε να προχωρήσουμε στο επόμενο σπίτι. Έχω ετοιμάσει μερικά ακόμα. Λοιπόν, ποια είναι η ετυμηγορία γι' αυτό εδώ μέχρι στιγμής;»

Ο Αύγουστος είπε: «Δεν έχουμε δει όλο το μέρος ακόμα, είναι πολύ νωρίς για να πούμε και...»

Τελείωσα τη φράση του, όπως συνηθίζουν να κάνουν οι άνθρωποι που είναι παντρεμένοι για πολύ καιρό: «Και είναι αγενές εκ μέρους σου, να μας αφήσεις να ερωτευτούμε το μέρος -δεν λέω ότι αυτό συμβαίνει εδώ- και μετά να κατεβάσεις τον πήχη».

«Χαμηλώστε όντως την έκρηξη», πρόσθεσε ο Αύγουστος.

«Ρίξτε το!» Απαίτησα, καθώς ο Αύγουστος πήρε το χέρι μου στο δικό του.

«Πάμε στην κουζίνα», είπε η Τζούντι. «Θα ανοίξω τον βραστήρα και θα μας φτιάξω ένα ωραίο φλιτζάνι τσάι. Ετοίμασα στο ντουλάπι μερικά πράγματα, όπως τσάι Earl Grey και μπισκότα, για μια τέτοια περίσταση. Τότε, όλα θα αποκαλυφθούν».

Ο Αύγουστος, ακούγοντας ότι προσφέρονται ένα φλιτζάνι τσάι και ένα μπισκότο, ακολούθησε την Τζούντι στην κουζίνα και εγώ, όπως λέει ο λόγος, έφερα τα νώτα μου. Περπατήσαμε κατά μήκος ενός διαδρόμου, ο οποίος είχε ψηλά ταβάνια αλλά ήταν μάλλον βρώμικος, αφού δεν υπήρχε φεγγίτης - αν αγοράζαμε το σπίτι, ένας φεγγίτης θα έκανε αυτόν τον διάδρομο πιο οικείο.

«Ένας φεγγίτης θα ήταν μια βελτίωση», πρότεινε ο Όγκαστ, καθώς αυτός και η Τζούντι έμπαιναν στο διπλανό δωμάτιο μέσα από ένα ζευγάρι ανοιγόμενων θυρών, όπως θα περίμενε κανείς να δει σε ένα παλιό γουέστερν του Μάρλον Μπράντο. «Αυτά πρέπει να φύγουν», είπε ο Όγκαστ, καθώς η πόρτα ταλαντεύτηκε και χτύπησε τον πισινό του πριν προλάβω να φτάσω εκεί και να τη σταματήσω. Στεκόταν εκεί, με τα χέρια στους γοφούς του και το στόμα του ανοιχτό, χωρίς να βγαίνει λέξη.

Καθώς έσπρωξα μέσα στο δωμάτιο, μπορούσα να καταλάβω γιατί ο Αύγουστος έμεινε άφωνος, γιατί ω, Θεέ μου, τι καταπληκτική θέα! Η κουζίνα και η τραπεζαρία ήταν δίπλα, σε έναν τεράστιο ανοιχτό ορθογώνιο χώρο, με γυάλινα παράθυρα και πόρτες που εκτείνονταν σε όλη τη διαδρομή από τη μία άκρη στην άλλη και έβλεπαν σε έναν από τους πιο υπέροχους κήπους που έχω δει ποτέ. Εύχομαι τόσο πολύ να ήταν άνοιξη, ώστε όλα να ήταν σε πλήρη ανθοφορία, αλλά και το φθινόπωρο εδώ ήταν πανέμορφο, με τα δέντρα να φουντώνουν φορώντας τα φθινοπωρινά τους χρώματα.

«Ο Dash θα το λάτρευε αυτό», είπε ο August. Ο Dash ήταν το μικρό μας σκυλάκι.

«Σίγουρα θα το λάτρευε», είπα, καθώς η Τζούντι, που βρισκόταν τώρα πίσω μας, έκανε τη μαμά ρίχνοντας ζεστό νερό στην τσαγιέρα.

Ούτε ο Αύγουστος ούτε εγώ μπορούσαμε να πάρουμε τα μάτια μας από την όμορφη φύση που μας περίμενε λίγα μόνο βήματα μακριά. «Μπορώ να ανοίξω τις πόρτες;» ρώτησα.

Η Τζούντι έγνεψε και ο Όγκαστ έκανε την τιμή. Αμέσως οι εξωτερικοί ήχοι εισέρευσαν σαν μουσική στην κουζίνα. Υπήρχαν τζιτζίκια, blue jays, σπουργίτια, καρδερίνες, ένας φρύνος του δέντρου... ήταν ευτυχισμένα μουσικά - μέχρι που λίγα λεπτά αργότερα η χλοοκοπτική μηχανή του γείτονα άρχισε να ουρλιάζει.

«Το τσάι είναι έτοιμο», φώναξε η Τζούντι.

«Τέλειος συγχρονισμός», είπε ο Αύγουστος, κλείνοντας τις συρόμενες πόρτες και κάνοντας κλικ στην κλειδαριά. «Γεια σου, σκοτάδι, παλιό μου φίλε», γουργούρισε ο Αύγουστος. Ήταν μια από τις αγαπημένες του μελωδίες που τραγουδούσε - ένα κλασικό κομμάτι από το ρεπερτόριο των Simon and Garfunkel.

«Δεν είναι σκοτεινά εδώ μέσα», είπα, καθώς η Τζούντι έριχνε και σέρβιρε το τσάι. Για να είμαι ειλικρινής, δεν ήμουν οπαδός των σικ τσαγιών όπως το Earl Grey. Δώσε μου ένα φλιτζάνι Typhoo οποιαδήποτε μέρα. Πρόσθεσα δύο κουταλάκια του γλυκού γεμάτα ζάχαρη - το διπλάσιο από τον κανόνα με το παλιό καλό Typhoo και ο Αύγουστος έκανε το ίδιο. Καθώς ρουφούσαμε, απορρίπτοντας την επιλογή του μπισκότου της Τζούντι - το τζίντζερνατ - περιμέναμε να αρχίσει να μας λέει την ιστορία στην οποία αναφέρθηκε.

***

«Πρώτα απ' όλα», άρχισε η Τζούντι, "κανείς δεν έχει ζήσει σε αυτό το σπίτι εδώ και δεκαετίες".

«Δεκαετίες», επανέλαβα, »Πώς γίνεται αυτό;»

Ο Αύγουστος άδειασε τα υπολείμματα του τσαγιού του. Η Τζούντι έκανε αμέσως μια κίνηση να ξαναγεμίσει το φλιτζάνι του, την οποία απέφυγε αγενώς βάζοντας το χέρι του πάνω από το φλιτζάνι.

Η Τζούντι χαμογέλασε. «Υποθέτω ότι δεν απολαμβάνουν όλοι το αγαπημένο μου ρόφημα». Ξαναγέμισε το φλιτζάνι της και συνέχισε. «Το μέρος έχει βγει προς πώληση όλα αυτά τα χρόνια. Προσλάβαμε ειδικούς σε θέματα σκηνοθεσίας από όλη την πολιτεία, ελπίζοντας ότι η συμβολή τους θα βοηθούσε στην πώληση. Μέχρι στιγμής, δεν έχει πετύχει».

«Δεν βγάζει νόημα», είπε ο Όγκαστ. «Σίγουρα θα ήταν λιγότερο ηχηρό αν το σπίτι ήταν επιπλωμένο». Σήκωσε το άδειο φλιτζάνι του και αναστέναξε.

«Θα προτιμούσατε ένα μπουκάλι νερό;» ρώτησε η Τζούντι και χωρίς να περιμένει απάντηση πήγε στο ψυγείο, έβγαλε τρία μπουκάλια και τα άφησε μπροστά μας. Είχα ένα προαίσθημα ότι αυτή η ιστορία θα ήταν μεγάλη.

Ένας παράξενος ήχος, προερχόμενος από τον κήπο, χτύπησε τα αυτιά μας ταυτόχρονα. Ο Όγκαστ έσπρωξε πίσω την καρέκλα του, σκανάροντας τον κήπο που ήταν πλέον μερικώς φωτισμένος, καθώς ο ήλιος έδυε. «Μπορείς να δεις τίποτα;» Ρώτησα.

Ο Αύγουστος είχε αετίσια όραση, αν και ήταν μεγαλύτερος από μένα. «Σσσς», είπε. Περιμέναμε ακούγοντας προσεκτικά, αλλά ο ήχος δεν ακούστηκε ξανά. Ο Όγκαστ επέστρεψε στη θέση του και κάθισε σε αυτήν με έναν ανασήκωμο των ώμων.

Η Τζούντι είπε: «Είναι καλύτερα να κρατήσετε τα σχόλια και τις ερωτήσεις σας για τον εαυτό σας μέχρι το τέλος. Θέλω να τελειώσω πριν, εννοώ, όσο πιο γρήγορα μπορώ».

Ο Όγκαστ είπε: «Είμαστε γέροι και γερνάμε κάθε λεπτό. Είναι βέβαιο ότι θα ξεχάσουμε τις ερωτήσεις που μπορεί να έχουμε, αν αυτό το παραμύθι που θα πεις πάρει πολύ περισσότερο χρόνο».

Χάιδεψα το χέρι του Όγκαστ. «Αν έχετε οποιεσδήποτε ερωτήσεις, τότε πληκτρολογήστε τις στο τηλέφωνό σας». Προσπαθούσα να τον πείσω να χρησιμοποιήσει τη λειτουργία σημειώσεων στο τηλέφωνό του εδώ και αρκετό καιρό. Εγώ, ο ίδιος, τη χρησιμοποιούσα για πολλά πράγματα, συμπεριλαμβανομένης της λίστας με τα ψώνια. Του πρότεινα να τη χρησιμοποιήσει για τον ίδιο σκοπό. Παρόλα αυτά, επέστρεφε στο σπίτι χωρίς αυτό που χρειαζόμασταν και επέστρεφε ξανά - αυτή τη φορά με χαρτί στο χέρι.

«Μάγκι», είπε, "ξέρεις ότι δεν μου αρέσει να εξαρτώμαι από την τεχνολογία".

«Το να εξαρτάσαι από τα δέντρα», πρόσθεσε η Τζούντι, "δεν προμηνύει τίποτα καλό για το μέλλον".

«Η μπαταρία ενός χαρτιού δεν πεθαίνει!» αναφώνησε.

«Αλλά ένα στυλό ξεμένει από μελάνι», είπα χαμογελώντας, και στη συνέχεια, χτυπώντας τον ξανά στο χέρι, του έδωσα ένα στυλό και ένα χαρτί - και τα δύο τα οποία είχα πάντα στην τσάντα μου για τέτοιες περιπτώσεις.

***

«Θα ξεκινήσω από την αρχή», είπε η Τζούντι.

Κάτω από το τραπέζι ο Όγκαστ ανακάτευε τα πόδια του και μπορούσα να καταλάβω ότι γινόταν όλο και πιο ανυπόμονος και σκεφτόταν: «Τελείωνε, γυναίκα!», γιατί αυτό σκεφτόμουν κι εγώ.

Τελικά, η Τζούντι μπήκε στο θέμα. «Όταν πρωτοεγκαταστάθηκε αυτή η τοποθεσία, τρεις άνθρωποι πέθαναν εδώ».

Περίμενε, να αντιδράσουμε, αλλά κανείς μας δεν το έκανε. Είχαμε ήδη αντιληφθεί ότι κάτι τρομερό είχε συμβεί - και συμπεράναμε ότι πρέπει να αφορούσε θανάτους, δολοφονίες ή/και χάος. Ακόμη και τα αρθριτικά μου κόκαλα μπορούσαν να αισθανθούν ότι κάτι τρομερό είχε συμβεί εδώ. Τύλιξα τα χέρια μου γύρω από τον εαυτό μου, νιώθοντας πάλι κρύο. Ο Όγκαστ έκανε το ίδιο, αλλά ήταν πιο ζεστός από μένα, αφού προηγουμένως είχε ανακτήσει την κάρτα του.

«Αρχικά, μια εκκλησία χτίστηκε εδώ τον 18ο αιώνα. Αφού καταστράφηκε, και τρεις άνθρωποι πέθαναν -αφήνοντας μόνο τα ράφια με τα βιβλία και το τζάκι- όλες οι θρησκείες ορκίστηκαν να μην ξαναχτίσουν ποτέ έναν οίκο του Θεού εδώ. Έτσι, εξοχικές κατοικίες, σπίτια, αρχοντικά, μπανγκαλόου και τελικά ο σχεδιασμός του διώροφου καλιφορνέζικου διαιρούμενου μπανγκαλόου στο οποίο στεκόμαστε τώρα, χτίστηκαν για να καλύψουν τις ανάγκες και τις απαιτήσεις των ιδιοκτητών για τον καθορισμένο χρόνο στον οποίο ζούσαν. Και έτσι, πολλοί ενορίτες, εκκλησιαζόμενοι και οικογένειες έκαναν αυτόν τον τόπο λατρείας και/ή το σπίτι τους.

Ας ξεκινήσουμε από την αρχική εκκλησία. Στα μέσα του 18ου αιώνα, μια κοινότητα ξεκίνησε σε αυτή τη θέση, μια από τις πρώτες που ιδρύθηκαν στο Οντάριο, αφού πολλοί μετανάστες επέλεξαν αυτό το μέρος για να εγκατασταθούν και να χτίσουν το νέο τους μέλλον.

Δύο τέτοιοι άνθρωποι ήταν η Lady και ο Lord Charleston, οι οποίοι έγιναν γρήγορα ηγέτες της κοινότητας και οι οποίοι προσέφεραν τα χρήματα για την οικοδόμηση της πρώτης εκκλησίας χωρίς καμία αναγνώριση στους ίδιους, εκτός από μια μικρή βιβλιοθήκη, στο πρεσβυτέριο, στην οποία η κοινότητα μπορούσε να διαβάζει και να δανείζεται βιβλία σχετικά με θέματα που αφορούσαν τη θρησκεία. Για να αισθάνονται άνετα κατά τη διάρκεια της μελέτης ή της ανάγνωσης, ένα τζάκι θα χτιζόταν στο κέντρο δύο τέτοιων βιβλιοθηκών.

Λόγω της σπουδαιότητας του αιτήματος, έγινε μεγάλη έρευνα για το ποιο ξύλο, θα ήταν το πιο ανθεκτικό με την πάροδο του χρόνου. Ένας μετανάστης από την Ιταλία, μίλησε με τα καλύτερα λόγια για το μεσογειακό κυπαρίσσι, λέγοντας ότι είδε έναν βωμό σε μια ρωμαϊκή εκκλησία φτιαγμένο από αυτό το ξύλο, ο οποίος είχε επιβιώσει από πυρκαγιά που κατέστρεψε το υπόλοιπο κτίριο. Αποφασίστηκε να στείλουν για μερικά δέντρα που θα μπορούσαν να καλλιεργηθούν τοπικά και να παραγγείλουν επίσης να παραδοθεί άφθονη ποσότητα με πλοίο στον Καναδά. Καθώς περνούσε ο καιρός, ο ίδιος άνθρωπος μιλούσε για τις υπερφυσικές δυνάμεις που είχε αυτό το δέντρο από την παλιά του πατρίδα. Λόγω του έντονου αρώματός του, οι οικογένειες φύτευαν τα δέντρα κοντά στα αγαπημένα τους πρόσωπα στα νεκροταφεία όλης της χώρας, για να κρατήσουν μακριά τους δαίμονες και να διασφαλίσουν ότι οι ψυχές των αγαπημένων τους θα περάσουν στην άλλη πλευρά».

Μερικοί από τους άλλους ενορίτες δεν ήταν ευχαριστημένοι με αυτή τη βλασφημία και πρότειναν να χρησιμοποιήσουν μόνο καναδικά δέντρα για το εγχείρημα. Ο Λόρδος και η Λαίδη Τσάρλεστον απέρριψαν την πρόταση και η κοινότητα περίμενε την παράδοση του ξύλου για το πρεσβυτέριο και εν τω μεταξύ έχτισε την εκκλησία και συνέχισε να χτίζει το σχολείο και άλλα κτίρια. Οι νεοεισερχόμενοι συνέρρευσαν στην κοινότητα, επιλέγοντας να εγκατασταθούν σε ένα μέρος που παρείχε υπηρεσίες που επέτρεπαν σε όλους να εγκατασταθούν ταχύτερα.

Τα ξύλα έφτασαν και το πρεσβυτέριο χτίστηκε, αλλά όχι χωρίς δυσκολίες. Πρώτα, ένας άνδρας που κατέβαζε το κούτσουρο από το πλοίο, συνθλίφθηκε όταν αρκετοί κορμοί ξεκόλλησαν και έπεσαν πάνω του. Μετά από αυτό, λήφθηκαν περισσότερες προφυλάξεις, αλλά εκείνοι που είχαν προειδοποιήσει για βλασφημία ψιθύριζαν μεταξύ τους με γνώμονα τη γνώση.

Χρόνια αργότερα, και ενώ η αποικία δεν είχε όνομα, προτάθηκε να ονομαστεί Νέο Τσάρλεστον, και έτσι ονομάστηκε και για πολλές γενιές, όλοι εξυπηρετούνταν από την κοινότητα και ο πληθυσμός αυξανόταν αλματωδώς. Ο Λόρδος και η Λαίδη Τσάρλεστον πέθαναν, αλλά τα πορτρέτα τους ζωγραφίστηκαν και τοποθετήθηκαν πάνω από το τζάκι στη βιβλιοθήκη του πρεσβυτερίου ανάμεσα στα δύο ράφια με τα βιβλία. Ενάντια στην έντονη δημόσια κατακραυγή, η βιβλιοθήκη ονομάστηκε The Lady Charleston Archives, καθώς η οικογένεια δώρισε τη συλλογή βιβλίων της για να γεμίσουν τα ράφια».

Ξεβίδωσα το καπάκι του μπουκαλιού με το νερό και πήρα μια γουλιά, ενώ ο Όγκαστ κοίταξε το ρολόι του. Ο ήλιος είχε πλέον δύσει και το μεγαλύτερο μέρος του πίσω κήπου βρισκόταν στο σκοτάδι, εκτός από έναν μόνο προβολέα που παρείχε το φεγγάρι.

«Είναι σε αυτή την εκκλησία, όπου συνέβησαν οι θάνατοι».

Ο Όγκαστ κι εγώ πλησιάσαμε πιο κοντά, ελπίζοντας ότι θα έμπαινε σύντομα στο θέμα. Το στομάχι μου γουργούριζε. Διότι είχε περάσει πολύ το δείπνο και είχε αρχίσει να συνομιλεί με του Όγκαστ σε ένα ντουέτο αίσθημα πείνας.

«Gingernut;» ρώτησε η Τζούντι, κουνώντας τα μπροστά μας. Αρνηθήκαμε ευγενικά. «Γιατί να μην παραγγείλω μια πίτσα; Όσο ψήνεται και παραδίδεται, μπορώ να συνεχίσω την ιστορία μου».

«Χωρίς ανανά», είπε ο Αύγουστος. Η πίτσα με ανανάδες ήταν ένα πραγματικό μπελάς του. «Ο ανανάς προορίζεται για το ανάποδο κέικ, όχι για την πίτα με πίτσα».

«Δεν θα μπορούσα να συμφωνήσω περισσότερο», είπε η Τζούντι, πατώντας την ταχεία κλήση στο τηλέφωνό της.

«Όχι αντζούγιες», είπα, προσπαθώντας να πείσω τη γκρίνια της κοιλιάς μου να ηρεμήσει.

***

«Το 1847, μια γυναίκα, μια άγνωστη, ήρθε στην κοινότητα μέσα στη νύχτα και έψαχνε τον άντρα της και τον μικρό της γιο. Χτύπησε τις πόρτες, προκαλώντας αρκετή φασαρία, αφού ήταν περασμένα μεσάνυχτα. Τα μέλη της κοινότητας βγήκαν από τα σπίτια τους, ανταγωνιζόμενοι να τη βοηθήσουν, και σχημάτισαν μια ομάδα αναζήτησης χρησιμοποιώντας λάμπες για να καθοδηγήσουν το δρόμο τους. Ήταν αυτό το είδος της κοινότητας, που ενώθηκε για να βοηθήσει τους άλλους, ακόμη και τους ξένους. Κανείς δεν αμφισβήτησε τα κίνητρα, την ιστορία ή τη λογική της.

Ο μήνας ήταν Οκτώβριος, οπότε είχε ψύχρα, αλλά πριν πέσει το πρώτο χιόνι. Τριγυρνούσαν, ψάχνοντας μέχρι να ανατείλει ο ήλιος, και μετά ανασυντάχθηκαν για να φάνε, να πιουν και να μάθουν περισσότερα από τη γυναίκα που ήταν πολύ εξαντλημένη για να σκαρφαλώσει μαζί τους. Όταν έφτασε, την φιλοξένησαν αμέσως και την έβαλαν για ύπνο μετά από ένα δυνατό φλιτζάνι τσάι με λίγο ουίσκι για να κοιμηθεί όλη τη νύχτα.

Μετά από περισσότερη συζήτηση και την επιβεβαίωση ότι κανείς δεν είχε δει ούτε κεφάλι ούτε μαλλιά του συζύγου ούτε του παιδιού, έφαγαν μαζί με φαγητό που παρείχε ο σύλλογος γυναικών στην εκκλησία και συζήτησαν τι θα έκαναν στη συνέχεια. Δεν ήταν όπως σήμερα, όπου μπορούσες εύκολα να εκτυπώσεις αφίσες και να τις κολλήσεις παντού με μονωτική ταινία, ούτε τα μέσα κοινωνικής δικτύωσης αποτελούσαν επιλογή. Αντ' αυτού, προσλήφθηκε ένας καλλιτέχνης, για να σκιαγραφήσει την οικογένεια με βάση την περιγραφή της μητέρας. Το όνομα της γυναίκας ήταν Reba, το όνομα του παιδιού της ήταν Jacob και το όνομα του συζύγου της ήταν επίσης Jacob.

Ένα βράδυ, αρκετά αργά, ένας ντόπιος είδε τη γυναίκα Reba να μπαίνει στην εκκλησία, κρατώντας το χέρι ενός παιδιού. Αναρωτήθηκε πού ήταν ο σύζυγος, αλλά χωρίς να το σκεφτεί περαιτέρω πήγε για ύπνο.

Η Ρίμπα είχε πάρει τον γιο της στην εκκλησία για να ανάψει ένα κερί στο αλάνι για να ευχαριστήσει τον Ιησού που της έφερε πίσω τον σύζυγο και τον γιο της. Η πόρτα της εκκλησίας δεν είχε ασφαλιστεί, επειδή ο Τζέικομπ ο πρεσβύτερος θα τους συναντούσε σύντομα. Μια ριπή ανέμου, η οποία ήταν τόσο έντονη που φύσηξε τη φλόγα και έπιασε φωτιά στο μανίκι της και επειδή εκείνη την ώρα κρατούσε τον γιο της, πήρε φωτιά και η στολή του. Ο Γιάκομπ ο πρεσβύτερος μπήκε και έτρεξε προς το μέρος τους, αφήνοντας την πόρτα εντελώς ανοιχτή. Τον ακολούθησε κι άλλος θυμωμένος άνεμος, καθώς έκλεινε το κενό ανάμεσα στον εαυτό του και τους αγαπημένους του. Η εκκλησία, η οποία ήταν φτιαγμένη από ντόπια δέντρα, ανατινάχθηκε μαζί τους μέσα σε ελάχιστο χρόνο.

Η κοινοτική αίθουσα, όπου οι γυναίκες της εκκλησίας σέρβιραν φαγητό στους εθελοντές, μύρισε πρώτα κάτι που έκαιγε και έτρεξε έξω στους δρόμους. Οι περισσότεροι από τους εθελοντές ήταν επίσης πυροσβέστες, αλλά οι πόροι τους εκείνη την εποχή ήταν περιορισμένοι. Έκαναν ό,τι μπορούσαν για να σώσουν την εκκλησία, αλλά ήταν πολύ αργά γι' αυτό. Το πρεσβυτέριο δεν είχε ακόμα τυλιχτεί στις φλόγες, οπότε κατάφεραν να βγάλουν έξω τον ιερέα και να σώσουν όπως είπα τα ράφια με τα βιβλία και το τζάκι. Η τριμελής οικογένεια χάθηκε... κάηκε ολοσχερώς. Στάχτη στην στάχτη, όπως λέει και το ρητό».

Η Τζούντι πήρε μια βαθιά ανάσα, ήπιε μια γουλιά νερό και μετά χτύπησε το κουδούνι. Η διήγηση της ιστορίας την είχε κουράσει πολύ, γι' αυτό, ο Όγκαστ προσφέρθηκε να μαζέψει τις πίτσες, αλλά η Τζούντι λέγοντας ότι έπρεπε να πληρώσει -μπορούσε να το καταγράψει ως δαπάνη που σχετίζεται με τη δουλειά- πήγε τελικά στην πόρτα. Επέστρεψε με την καυτή και υπέροχα μυρωδάτη πίτα και φάγαμε χωρίς να μιλήσουμε για λίγο, εκτός από τα ωχ και τα αχ, καθώς απολαμβάναμε τη νόστιμη γιορτή.

Τώρα ικανοποιημένη και με γεμάτες κοιλιές, η Τζούντι συνέχισε την ιστορία.

«Από τότε, λέει ότι τα φαντάσματα εκείνης της οικογένειας, στοιχειώνουν αυτό το σπίτι. Ό,τι βλέπουν οι άνθρωποι, τους τρομάζει τόσο πολύ που φεύγουν τρέχοντας από εδώ ουρλιάζοντας. Και μέσα στα χρόνια, σπίτια ξαναχτίστηκαν σε αυτό το κτήμα μέσα στους αιώνες, αλλά κανείς δεν έζησε ποτέ εδώ για μεγάλο χρονικό διάστημα».

Ήταν εξαιρετικά αργά- η ιστορία της Τζούντι είχε πάρει αρκετή ώρα για να ολοκληρωθεί.

«Θα μπορούσατε, παρακαλώ, να πάτε μπροστά και να μας φέρετε στο παρόν;» ρώτησε ο Όγκαστ, και πάλι πιο αγενώς απ' ό,τι περίμενα ούτε εκείνος ούτε εγώ. Είχε περάσει η ώρα του ύπνου του και το ότι έγινε οξύθυμος δεν ήταν αποκλειστικά δικό του λάθος.

Η Τζούντι ζήτησε συγγνώμη. «Αυτό το σπίτι χτίστηκε πριν από είκοσι πέντε χρόνια. Έχει αγοραστεί, πουληθεί, νοικιαστεί, ανακαινιστεί - ό,τι θέλετε και περισσότερες φορές απ' όσες έχω δάχτυλα στα δάχτυλα για να μετρήσω - κανείς δεν θέλει να ζήσει εδώ». Κοίταξε γύρω της. «Ναι, δείχνει καλά, αλλά έχει κάτι το σπίτι. Κάτι που κάνει τους ανθρώπους να τρέχουν. Ειδικά αυτή την ώρα της νύχτας. Ήθελα να δω αν αυτό συνέβη και σε σένα».

«Ώστε, είμαστε τα φιλικά σας γκινεάκια», είπε ο Όγκαστ, σπρώχνοντας απότομα πίσω την καρέκλα του. «Ας συνεχίσουμε την ξενάγηση. Τι είναι επάνω;»

Δεν κουνήθηκα.

«Δεν έχεις ιδέα- εννοώ απολύτως καμία ιδέα γιατί οι άνθρωποι συμπεριφέρονται με τόσο ακραίο τρόπο; Για μένα δεν βγάζει σχεδόν κανένα νόημα. Σίγουρα θα έβλεπες ό,τι έβλεπαν κι εκείνοι».

«Ποτέ δεν βλέπω», είπε η Τζούντι.

«Λοιπόν, αυτό είναι παράξενο», είπε ο Όγκαστ.

Η Τζούντι χαμογέλασε. «Το ξέρω. Και γι' αυτό, επιτρέψτε μου να πω το εξής, ότι οι πνευματικοί άνθρωποι, όπως τα μέντιουμ, οι μυστικιστές, οι μάντεις, οι μάγισσες, οι μάγοι - πείτε τους όλους και έχουν έρθει εδώ - ναι, έχουν εξορκίσει ακόμη και αυτή την τοποθεσία από άκρη σε άκρη και παρόλα αυτά, αυτό που τους κάνει όλους να τρέχουν, συμπεριλαμβανομένων όλων των παραπάνω, εξακολουθεί να συμβαίνει. Ο καθένας από αυτούς έτρεξε για τους λόφους, ουρλιάζοντας - και δεν επέστρεψε ποτέ».

«Πράγματα και ανοησίες», είπε ο Όγκαστ.

Αλλά όσο περισσότερο μιλούσε γι' αυτό, τόσο πιο πολύ φοβόμουν και τόσο πιο πρόθυμος ήμουν να το πιστέψω, γιατί όσο περνούσε η ώρα, ψυχορραγούσα όλο και περισσότερο. Στην πραγματικότητα, έτρεμα σαν κάποιος να είχε πατήσει πάνω στον τάφο μου - αν και φυσικά δεν ήμουν νεκρός. Ακόμα. Και μόνο που το σκεφτόμουν, οι τρίχες στα χέρια μου σηκώνονταν.

Η Τζούντι σηκώθηκε. «Τώρα ξέρεις αυτό που ξέρω. Η τιμή είναι ήδη χαμηλή, αλλά είναι ακόμα διαπραγματεύσιμη. Ο ιδιοκτήτης θέλει να πουληθεί και να φύγει από τα χέρια του - χθες. Γιατί δεν ρίχνεις μια ματιά στον επάνω όροφο, να πάρεις μια γεύση από τον τελευταίο όροφο;».

Ο Αύγουστος είπε: «Θα μπορούσαμε να το αγοράσουμε με αγάπη, να το γκρεμίσουμε και να ανακατασκευάσουμε κάτι που να ταιριάζει στις ανάγκες μας, όπως ένα μπανγκαλόου. Θα ήμασταν ακόμα μπροστά από το παιχνίδι και θα είχαμε άφθονα κεφάλαια για να συνεχίσουμε για το υπόλοιπο της ζωής μας».

Με τρεμάμενα γόνατα, στάθηκα κι εγώ κρατώντας γερά το τραπέζι. Ακουγόταν καλό, στην πραγματικότητα πολύ καλό για να είναι αληθινό.

Η Τζούντι είπε: «Έχει χαρακτηριστεί ως κληρονομιά. Οι βιβλιοθήκες και το τζάκι πρέπει να παραμείνουν άθικτα. Αυτό δεν είναι διαπραγματεύσιμο. Στην πραγματικότητα, δεν μπορώ να δεχτώ την προσφορά σας αν δεν είστε πρόθυμοι να το θέσετε εγγράφως».

Ο Όγκαστ και εγώ βγήκαμε από την κουζίνα, σαν σε έκσταση, και καταλήξαμε να στεκόμαστε στο χαλί που βρισκόταν τώρα μπροστά από το τζάκι. Η δυνατή φωτιά που έφτυνε και φώτιζε το δωμάτιο με έκανε να αναρωτιέμαι γιατί ένιωθα ακόμα περισσότερο κρύο.

«...ηλεκτρισμός», είπε η Τζούντι.

Είχα ξεφύγει με το μυαλό μου στη χώρα των βιβλίων και δεν κατάλαβα τι έλεγε.

«...το έκλεισε. Και το νερό επίσης».

Έτρεξα με το χέρι μου κατά μήκος της κεντρικής βιβλιοθήκης, έχοντας πλέον την ουσία των πραγμάτων, καθώς ο Όγκαστ έφυγε από το δωμάτιο. Γύρισα και τον ακολούθησα, όπως και η Τζούντι. Σταμάτησε στο κάτω μέρος της σκάλας, κοίταξε να δει πού βρισκόμασταν και μετά άρχισε να ανεβαίνει. Πιάστηκα από το κάγκελο και ανέβηκα κι εγώ. Στα μισά περίπου της διαδρομής, το κιγκλίδωμα ένιωσα να κουνιέται, όπως και τα γόνατά μου. Τα πόδια μου έμοιαζαν να βυθίζονται στην ξύλινη σκάλα, κάνοντάς με να αισθάνομαι ασταθής. Ο Όγκαστ ήταν ήδη στην κορυφή. Παρατήρησα ότι φώτιζε το δρόμο του χρησιμοποιώντας την εφαρμογή φακού στο τηλέφωνό του. Ένιωσα περήφανη που επιτέλους βρήκε χρήση για μια από τις εφαρμογές που του είχα συστήσει να δοκιμάσει.

Όταν τον συνάντησα στην κορυφή, κοιτάξαμε κάτω την Judy που περίμενε με το τηλέφωνό της στραμμένο μπροστά της - χρησιμοποιώντας επίσης την εφαρμογή φακού. «Πρέπει να κλειδώσω σύντομα», είπε.

«Θα κάνουμε μια καλή βόλτα τριγύρω», είπα, καθώς ο Όγκαστ απομακρύνθηκε από κοντά μου προς την πόρτα στο βάθος του διαδρόμου. Καθώς περπατούσα, το χοντρό χαλί κάτω από τα πόδια μου φαινόταν μαλακό, έτσι ώστε να είναι δύσκολο να βιαστώ. Ο Όγκαστ άνοιξε την πόρτα, εμφανίζοντας ένα μπάνιο στολισμένο στα ροδακινί με νιπτήρα, μπανιέρα, τουαλέτα και ντους. Το μπάνιο ήταν στολισμένο με αξεσουάρ - ένα από εκείνα τα χαλιά με μοκέτα πεταμένα γύρω από τη βάση του. Το στυλ δεν ήταν του γούστου μας και το είπα, καθώς κλείναμε την πόρτα και προχωρούσαμε σε ένα υπνοδωμάτιο, μικρό, διακοσμημένο σε μπλε χρώμα με αυτοκίνητα που οδηγούσαν στους τοίχους και αστέρια που άναβαν όταν τα σημαδεύαμε με το φακό στο ταβάνι.

«Μου αρέσουν αυτά τα αστέρια», είπε ο Όγκαστ, βγάζοντας το παιδί που είχε μέσα του. Μου έκανε εντύπωση που δεν του άρεσαν και τα αυτοκίνητα στην ταπετσαρία. Ίσως του άρεσαν, αλλά από τα δύο προτιμούσε τα αστέρια.

«Ναι, ας τα κατεβάσουμε και ας τα βάλουμε πάνω από το τζάκι - αυτό αν το αγοράσουμε», είπα.

Προχωρήσαμε σε μια άλλη κρεβατοκάμαρα, έναν ξενώνα, γεμάτο λουλούδια κάθε είδους, είδους και χρώματος. Στο πίσω μέρος της πόρτας ήταν χαραγμένα ηλιοτρόπια.

«Πολύ σπιτικό», είπα, καθώς προχωρούσαμε στο διάδρομο προς το τελευταίο δωμάτιο: την κύρια κρεβατοκάμαρα. Μου πέρασε από το μυαλό ότι ένα σπίτι αυτού του μεγέθους θα έπρεπε να έχει περισσότερα από τρία υπνοδωμάτια.

Ο Αύγουστος είπε: «Μπορούμε να χτίσουμε περισσότερα δωμάτια στο οικόπεδο, όταν το κάνουμε μπανγκαλόου. Τόσος πολύς χώρος σπαταλιέται εδώ».

Κοιτάξαμε το μπάνιο που ήταν επίσης πολύ ξεπερασμένο με ροδακινί - αν και υπήρχε μια μπανιέρα σπα στολισμένη με χρυσές βρύσες και εξαρτήματα. Και πάνω από αυτό, ένα μεγάλο τοξωτό παράθυρο προσέφερε πανοραμική θέα σε αυτό που υποθέσαμε ότι πρέπει να είναι ο πίσω κήπος.

Ο Όγκαστ ανέβηκε πάνω στην μπανιέρα, παίρνοντας το χέρι μου καθώς το έκανε. Σταθήκαμε μαζί- δίπλα-δίπλα κοιτάζοντας τον κήπο καθώς εμφανίστηκαν τρεις φιγούρες. Παρατεταγμένες κατά ύψος, στα αριστερά ήταν ένας άνδρας, αν και με βάση το ανάστημά του θα μπορούσε κανείς να σκεφτεί ότι ήταν αγόρι. Η ενδυμασία του περιλάμβανε ένα καπέλο με φιόγκο, ένα λινό πουκάμισο με φραμπαλάδες πάνω από τη μέση, ένα σακάκι μέχρι το γόνατο και μια βράκα που αποδείκνυε το αντίθετο. Το χέρι του άντρα κρατούσε ένα αγόρι, του οποίου το σακάκι έπεφτε ακριβώς κάτω από τη μέση, ενώ το παντελόνι του φούσκωνε στο γόνατο και οι σκούρες μπούκλες του ξεχείλιζαν κάτω από το καπέλο του. Την τριάδα συμπλήρωνε μια γυναίκα, που κρατούσε το χέρι του παιδιού. Φορούσε ένα χοντρό καπιτονέ πανωφόρι που κάλυπτε τα ρούχα της και ένα σκουφάκι ύπνου στο κεφάλι της - σαν να είχε βγει απροσδόκητα στη νύχτα. Τα γεμάτα πρόσωπα και των τριών φιγούρων ήταν καθηλωμένα από το φεγγάρι και τα αστέρια, είτε αυτό είτε ήταν μαγεμένες.

«Είναι αληθινές;» ψιθύρισα κρατώντας τον ώμο του Όγκαστ, αλλά πριν προλάβω να τελειώσω, τρία ζευγάρια μάτια μας κοίταξαν κατευθείαν και ταυτόχρονα έβγαλαν μια κραυγή με τόσο ψηλές φωνές που πρέπει να ξύπνησαν κάθε σκύλο στη γειτονιά. Και οι τρεις είπαν: «Δεν ξέρω,

«Κάθε μέρα, ερχόμαστε εδώ για να καούμε».

Καλύψαμε τα αυτιά μας, καθώς επαναλάμβαναν το τραγούδι των σειρήνων τους, τότε οι φλόγες, ξεκινώντας από τα πόδια τους και ανεβαίνοντας προς τα πάνω, τους καταπλάκωσαν και σύντομα οι κραυγές τους μετατράπηκαν σε βογγητά καθώς σωριάστηκαν στο έδαφος σε σωρούς από στάχτες.

Εγώ ούρλιαξα. Και τότε συνέβη κάτι που δεν είχε συμβεί όλα αυτά τα χρόνια που είμαστε παντρεμένοι - ο Αύγουστος ούρλιαξε επίσης.

Βγήκαμε από την μπανιέρα, κατεβήκαμε τρέχοντας τις σκάλες, περάσαμε την Τζούντι και βγήκαμε από την μπροστινή πόρτα με μια ταχύτητα που δύο γεροξεκούτηδες σαν εμάς δεν θα πίστευαν ποτέ ότι ήταν δυνατή. Μπήκαμε στο αυτοκίνητο της Τζούντι- είχε οδηγήσει καθώς μας έδειχνε το ακίνητο. Όταν μπήκε μέσα, έφυγε, στριγγλίζοντας τα λάστιχα καθώς πήγαινε.

Όταν είχαμε απομακρυνθεί αρκετά από το σπίτι, η Τζούντι είπε με τρόπο αντικειμενικό: «Θα σας φτιάξω μια λίστα με άλλα σπίτια για να τα δείτε πρωί-πρωί. Θα σας βρούμε το τέλειο σπίτι. Υπάρχουν πολλά όμορφα μέρη στην αγορά για να διαλέξετε». Μας κοίταξε στον καθρέφτη του αυτοκινήτου.

Εγώ έτρεμα ακόμα και κρατιόμουν από τον Αύγουστο.

«Θα ήθελες να μου πεις, τι είδες;» ρώτησε η Τζούντι.

«Δεν τους άκουσες;» Ρώτησα.

Η Τζούντι κούνησε το κεφάλι της με ένα όχι.

«Πίστεψέ με, εσύ είσαι η τυχερή», είπε ο Αύγουστος. «Τώρα πήγαινέ μας σπίτι. Εμείς θα μείνουμε εδώ».

Ο Όγκαστ κι εγώ δεν ξαναμιλήσαμε ποτέ για το σπίτι.

ΜΙΑ ΔΟΛΟΦΟΝΊΑ

ΆΘΙΣΑ ΣΤΟ ΑΥΤΟΚΊΝΗΤΌ ΜΟΥ - φοβόμουν πολύ να βγω έξω.

Πίσω από το φιμέ τζάμι, μπορούσα να τα δω όλα - οπότε γιατί να θέσω τον εαυτό μου σε κίνδυνο; Γιατί να ρισκάρω τη μόλυνση, ενώ το μόνο που ήθελα ήταν λίγη φύση.

Γιατί δεν μένεις σπίτι, τότε; Άκουσα την απαλή φωνή σου να με ρωτάει μέσα στο κεφάλι μου. Σαν να ήσουν εδώ, καθισμένη στη θέση του συνοδηγού δίπλα μου. Εσύ, που ήσουν ο μακαρίτης ο σύζυγός μου, ο Τζέραλντ - σαράντα δύο χρόνια παντρεμένος πριν τον σκοτώσει το COVID. Ναι, ο Τζέραλντ μου υπέκυψε στον ιό στην αρχή αυτής της τρελής περιόδου στη ζωή μας. Πριν καν χαρακτηριστεί πανδημία από αυτούς που έλεγαν ότι ήταν γνώστες.

Ακόμη και όταν επιβεβαιώθηκε επίσημα ότι ο Gerald είχε εκτεθεί σε αυτόν και είχε μολυνθεί - δεν το πίστευε. Είχε ενδώσει στην αξιολόγηση μόνο επειδή τον είχα πείσει να έρθει μαζί μου, ξέρετε, όπως είπαμε στους όρκους μας στην αρρώστια και στην υγεία. Είχα βρεθεί κοντά σε κάποιον που είχε μολυνθεί, ενώ εργαζόμουν εθελοντικά στην τράπεζα τροφίμων. Δεν χρειαζόταν να εξεταστώ, αλλά σκέφτηκα ότι καλύτερα να προσέχω παρά να λυπάμαι και μπήκα σε εθελοντική καραντίνα δεκατεσσάρων ημερών - τουλάχιστον ο Gerald και εγώ θα μπορούσαμε να είμαστε μαζί.

Όταν ήρθαν τα αποτελέσματα, ο Gerald είχε την ασθένεια και το τεστ μου ήταν αρνητικό. Επειδή είχαμε βρεθεί ο ένας στην τσέπη του άλλου, οι πιθανότητες ήταν ότι το είχα κι εγώ, απλά ήμουν ασυμπτωματικός, οπότε στην καραντίνα μπήκαμε και οι δύο ευτυχισμένοι μαζί, όπως ήμασταν τα σαράντα πέντε χρόνια που γνωριζόμασταν.

Ήμασταν έτοιμοι να αντιμετωπίσουμε το πράγμα μαζί κατά μέτωπο, μετά μου είπαν να μείνω μακριά από τον Gerald μου, να περιορίσω την επαφή μου - να έχω μια πόρτα ανάμεσά μας, να φοράω μάσκα, να πλένω συχνά τα χέρια μου - ξέρετε τη διαδικασία. Πήρα τον ξενώνα- ο Τζέραλντ είχε το δωμάτιό μας. Είπαμε καληνύχτα ο ένας στον άλλον μέσα από τον τοίχο, όπως ακριβώς έκαναν οι άνθρωποι στην οικογένεια Γουόλτον.

Ένα βράδυ, όταν δεν μπορούσε να κοιμηθεί, του έκανα καντάδα μέσα από τον τοίχο μερικά ρεφρέν από το τραγούδι με το οποίο είχαμε χορέψει τον πρώτο μας χορό στο λύκειο, ένα τραγούδι που λεγόταν Make Me Do Anything You Want από το A Foot in Coldwater. Το σιγοτραγουδούσα στον εαυτό μου, καθώς παρακολουθούσα τα τεκταινόμενα έξω. Μια ομάδα χήνες του Καναδά έτρωγαν το γρασίδι λίγα μέτρα πιο πέρα. Κατέβασα λίγο το παράθυρο, για να ακούσω τη φλυαρία τους. Πήρα μια βαθιά ανάσα, αφήνοντας τον εξωτερικό αέρα να μπει μέσα, αλλά ο φρέσκος αέρας δεν με εμπόδισε να θυμηθώ το επόμενο μέρος, το πιο δύσκολο, όταν ο Τζέραλντ απομακρύνθηκε από μένα και εισήχθη στο νοσοκομείο. Δεν μου επιτρεπόταν να μπω στο ασθενοφόρο μαζί του, και πήρε την κατηφόρα τόσο γρήγορα που δεν τον ξαναείδα ποτέ ζωντανό.

Τηλεφώνησα πρώτα στα παιδιά. Φυσικά, έχουν μεγαλώσει τώρα και έχουν τα δικά τους παιδιά. Παιδιά, κατσίκες. Παιδιά εννοώ φυσικά. Δεν είμαι σίγουρος πότε επέστρεψα στην κοινή περιγραφή. Μάλλον επειδή ο Τζέραλντ δεν είναι εδώ για να μου πει να μην το κάνω.

Τα παιδιά μας δεν μπόρεσαν να έρθουν λόγω περιορισμών κοινωνικής απόστασης. Οι περιοχές τους ήταν πίσω στο στάδιο 2. Εξάλλου, ο κίνδυνος να κολλήσουν οι ίδιοι τον ιό, ο κίνδυνος να τον μεταφέρουν στα εγγόνια μας δεν άξιζε τον κόπο. Κάναμε face timed - με τη βοήθεια μιας ευγενικής νοσοκόμας - αλλά ο Gerald δεν μίλησε. Μέχρι εκείνη τη στιγμή, το χαμόγελο είχε φύγει από τα μάτια του και ήξερα.

Μετά την ταφή - κανείς δεν ήρθε στην κηδεία εκτός από μένα - δεν ήξερα τι να κάνω με τον εαυτό μου. Ήταν ακόμα χειρότερα μετά την πληρωμή της ασφάλειας. Όλη μας τη ζωή είχαμε τσιγκουνευτεί και είχαμε κάνει οικονομίες - και τώρα, είχε φύγει, δεν υπήρχε πουθενά να πάμε - όχι με την πανδημία να παραμονεύει σε κάθε γωνιά - και ο Τζέραλντ μου δεν ήταν εκεί για να το μοιραστεί μαζί μου, οπότε δεν είχε νόημα να πάω εξαρχής. Όλα αυτά τα χρήματα και δεν μπορούσα να σκεφτώ ούτε ένα πράγμα που ήθελα ή χρειαζόμουν, εκτός από τον Τζέραλντ.

Καθώς πλησίαζε το φθινόπωρο και τα φύλλα άρχισαν να παίρνουν φωτιά, αμέτρητες φορές έδειξα ένα ιδιαίτερα εντυπωσιακό δέντρο σε κανέναν. Και τότε ήταν η Ημέρα των Ευχαριστιών στον ορίζοντα. Συνήθως ετοιμάζαμε την οικογενειακή γιορτή - με τα συνηθισμένα καναδικά εδέσματα - όπως κολοκυθόπιτα, σάλτσα βατόμουρου, γαλοπούλα, ζαμπόν, γέμιση, πουρέ πατάτας, λαχανικά και λαχανοσαλάτα. Ο Τζέραλντ συνήθως έκοβε το πουλί, ενώ εγώ οργάνωνα όλα τα υπόλοιπα. Στη συνέχεια, κάναμε τον κύκλο μας γύρω από το τραπέζι και όλοι, ακόμη και τα μικρά παιδιά, έλεγαν για τι ήταν ευγνώμονες τον περασμένο χρόνο. Θυμήθηκα τη δήλωση του μικρού Κέβιν ότι ήταν πιο ευγνώμων για τον «Μπάμπα» - τον παππού. Τα μάτια του Τζέραλντ είχαν φωτιστεί εκείνη τη μέρα σαν τον ήλιο που βγαίνει πίσω από ένα σύννεφο μετά από αρκετές μέρες βροχής.

Η κόρη μου πρότεινε να «φιλοξενήσω» ένα εικονικό δείπνο για την Ημέρα των Ευχαριστιών. Η καρδιά της ήταν στο σωστό μέρος, αλλά η ιδέα ήταν παράλογη. Μόνη μου θα έφτιαχνα ένα τηλεοπτικό δείπνο γαλοπούλας και θα το έτρωγα βλέποντας το A Charlie Brown Thanksgiving.

Έτσι, επέστρεψα σε μένα που κάθομαι εδώ σε αυτό το καταραμένο αυτοκίνητο, με τα φιμέ τζάμια ανοιχτά - φοβάμαι πολύ να βγω από το αυτοκίνητό μου. Καθώς το βλέμμα μου περιπλανιέται στον πεζόδρομο, εντοπίζω τον Sonny και την Evelyn Marshall και πριν προλάβω να σκύψω - με εντοπίζουν. Έρχονται προς το μέρος μου. Έμαθαν για το θάνατο του Τζέραλντ και θέλουν να υποβάλουν τα σέβη τους και είναι πολύ αργά για μένα να βάλω μπροστά το αυτοκίνητο και να φύγω από αυτό το πάρκινγκ.

Μπροστά από το αυτοκίνητο τώρα, φορώντας μάσκες, ο Sonny χτυπάει το παράθυρό μου, ενώ η Evelyn πηγαίνει στην πλευρά του συνοδηγού.

«Γεια σας», λέω μέσα από τα κλειστά παράθυρα. Χτυπάει το τηλέφωνό μου. Τους δείχνω προς τα εκεί, δίνοντάς τους να καταλάβουν ότι πρέπει να ασχοληθώ με μια κλήση, και μετά βλέπω ποιος είναι ο καλών - είναι η Έβελιν στη γραμμή. «Γεια σας και πάλι», λέω, καθώς ο Sonny περπατάει γύρω από το μπροστινό μέρος του αυτοκινήτου μου, σταματάει για λίγο να με κοιτάξει μέσα από το παρμπρίζ, προτού προχωρήσει και συναντήσει τη γυναίκα του.

Η Έβελιν λέει: «Μάθαμε για τον Τζέραλντ. Λυπούμαστε βαθύτατα και θέλαμε απλώς να περάσουμε να σας το πούμε. Επίσης, να σας πούμε ότι αν χρειαστείτε οτιδήποτε, οτιδήποτε, παρακαλώ τηλεφωνήστε μας. Θα θέλαμε να είμαστε δίπλα σας όσο περισσότερο μπορούμε κατά τη διάρκεια αυτής της πανδημίας». Ο Σόνι έβαλε το χέρι του γύρω από τη γυναίκα του.

«Είμαι καλά», λέω. «Σας ευχαριστώ για την ευγενική προσφορά και για την επίσκεψη». Κλείνω το τηλέφωνο και το αφήνω κάτω ελπίζοντας ότι θα φύγουν.

Ο Σόνι λέει κάτι, που κανονικά θα ήξερα τι, καθώς είμαι αρκετά καλός στο να διαβάζω τα χείλη, αλλά με αυτές τις μάσκες ο καθένας μπορεί να πει οτιδήποτε. Αυτός και η Έβελιν χαιρετούν καθώς επιστρέφουν στο μονοπάτι και φεύγουν.

Παρακολουθώ καθώς ενώνουν τα χέρια τους, καθώς γίνονται όλο και μικρότεροι. Όταν φεύγουν, ένα μαύρο κοράκι προσγειώνεται στο καπό του αυτοκινήτου μου και με κοιτάζει μέσα από το φιμέ τζάμι. Κατεβάζω το παράθυρο και λέω, «ΣΟΥ!».

Το κοράκι κινείται προς το μέρος μου, τσαλακώνει τα φτερά του και απαντάει με ένα προκλητικό «ΚΑΟΥ, ΚΑΟΥ!».

Ανεβάζω ξανά το παράθυρο και παρακολουθώ το πράγμα να βηματίζει πάνω στο καπό του αυτοκινήτου μου. Αφήνει ένα ίχνος από αποτυπώματα πουλιών στο σκονισμένο όχημά μου. Βάζω μπροστά τη μηχανή και ψεκάζω νερό στο παρμπρίζ. Το πουλί δεν κουνιέται. Χτυπάω τους υαλοκαθαριστήρες αρκετές φορές. Ακόμα το πράγμα με κοιτάζει, κουνάει το κεφάλι του, και μετά ΣΠΛΑΤ τα χέζει. Κορνάρω και βλέπω το πουλί να σηκώνεται, να αιωρείται, να χέζει λίγο ακόμα, αυτή τη φορά χτυπώντας τον προβολέα πριν φύγει προς το νερό.

Μια ομάδα κορακιών λέγεται φόνος. Όταν πέθανε ο Τζέραλντ, από έναν ανθρωπογενή ιό που εξαπολύθηκε στον πλανήτη μας, ο θάνατός του δεν ονομάστηκε φόνος - παρόλο που θα έπρεπε να είχε ονομαστεί φόνος.

Βάζω το χέρι μου στην τσάντα μου και βγάζω τη μάσκα. Βάζω τη μία θηλιά στο δεξί μου αυτί και τη δεύτερη στο αριστερό. Βεβαιώνομαι ότι κάθεται σωστά, πάνω από τη μύτη, κάτω από το πηγούνι. Βγαίνω από το αυτοκίνητό μου και μπαίνω στο φως του ήλιου.

Καλό κορίτσι, γουργουρίζει ο Τζέραλντ, καθώς μια δολοφονία κορακιών σχηματίζει κύκλο πάνω από το κεφάλι μου και μπαίνω μπροστά από ένα κινούμενο όχημα.

SANS MASQUE

Ε ΚΕΙΝΟΣ ΣΤΕΚΟΤΑΝ ΣΤΗ ΜΙΑ πλευρά του δωματίου και εκείνη στην άλλη.

Και οι δύο ντυμένοι - ή υπερβολικά ντυμένοι - είναι το πώς αντιλαμβανόταν την εμφάνισή του. Γυαλισμένη ήταν η πρώτη λέξη που της ήρθε στο μυαλό, αλλά κάτι πάνω του έμοιαζε πολύ γλιστερό. Σαν να ήθελε να τον ερωτευτεί περισσότερο απ' ό,τι είχε ήδη ερωτευτεί.

Τουλάχιστον είχε εμφανιστεί - παρόλο που εκείνη είχε αρνηθεί να κάνει αυτό που της είχε ζητήσει και αυτή ήταν η πρώτη τους προσωπική συνάντηση.

Είχαν γνωριστεί σε μια εφαρμογή γνωριμιών. Δεν υπάρχει κανένας νόμος που να το απαγορεύει αυτό - ακόμα. Είχαν αναπτύξει μια σχέση με την πάροδο του χρόνου. Πάντα τελείωνε τα μηνύματά του με ένα emoji καρδιάς που χτυπούσε. Εκείνη πάντα υπέγραφε με ένα «ειλικρινά δική σας», σαν να τελείωνε ένα γράμμα. Ήταν πρωτάρα στο σενάριο των εφαρμογών γνωριμιών. αλλά με τους αυστηρούς νόμους περί πανδημίας σε ισχύ, πώς αλλιώς θα γνώριζε κάποιον;

Μετά από λίγο περισσότερο από δύο μήνες ανταλλαγής μηνυμάτων και email, της ζήτησε να τη συναντήσει από κοντά. Εκείνη συμφώνησε απρόθυμα. Κατά κάποιον τρόπο, αν δεν συναντιόντουσαν ποτέ, θα μπορούσε να φανταστεί ότι ήταν όλα όσα έδειχνε ότι ήταν. Το πιο σημαντικό, δεν ήθελε να φανεί πολύ πρόθυμη ή απελπισμένη.

Είχε μπει σε τόσο μεγάλο κόπο, κανονίζοντας τα πάντα, συμπεριλαμβανομένου του χώρου στον οποίο σκόπευε να την πάει. Στην αρχή, δεν μπορούσε να πιστέψει την τύχη της. Ενώ περίμενε να επιβεβαιώσει τις λεπτομέρειες, τα συναισθήματά της από ενθουσιασμένα έγιναν επιφυλακτικά. Θα μπορούσε πραγματικά να κλείσει έναν τόσο αποκλειστικό χώρο μόνο για τους δυο τους; Όταν της έστειλε μήνυμα με τις λεπτομέρειες, εκείνη έβγαλε ένα ξεκαρδιστικό χιούμορ και μετά απάντησε με ένα emoji με χαμογελαστή φατσούλα. Το πρώτο της από τη σχέση τους.

Μετά από αυτό πήγε αμέσως στη ντουλάπα της και άνοιξε τις πόρτες με τους καθρέφτες. Έψαξε τις κρεμάστρες, μέχρι που βρήκε το πιο ακριβό της φόρεμα - αυτό που αποκαλούσε το σικ φόρεμά της. Αυτό το ονόμασε έτσι στη μνήμη της μακαρίτισσας μητέρας της. Ήταν ένα νούμερο από απομίμηση σχεδίου που είχε αγοράσει από το διαδίκτυο και το πιο περήφανο απόκτημα της μόδας της. Το κράτησε πάνω της, κοιτάζοντας τον καθρέφτη και προσπαθώντας να αποφασίσει με ποια κοσμήματα θα το τόνιζε: ψεύτικα διαμάντια ή μαργαριτάρια; Αποφάσισε για το πρώτο.

Το πρωί της μεγάλης εκδήλωσης, είχε ξυπνήσει νωρίς, για να ελέγξει τα εισερχόμενά της. Περίμενε ένα μήνυμα ή ένα μήνυμα που έλεγε ότι έπρεπε να το ακυρώσει. Στην πραγματικότητα, ένα μέρος της ήλπιζε ότι θα το ακύρωνε, αλλά το γραμματοκιβώτιό της ήταν άδειο και δεν είχε στείλει κανένα μήνυμα. Είχε πάει στην κουζίνα, για να φτιάξει ένα φλιτζάνι καφέ, και μετά έλεγξε ξανά μήπως είχε επικοινωνήσει. Αυτή τη φορά κοίταξε ακόμη και στο αρχείο ανεπιθύμητων μηνυμάτων - και αυτό ήταν άδειο.

Καθ' όλη τη διάρκεια της ημέρας ήταν απασχολημένη. Πρώτα κάνοντας ένα μακρύ ατμόλουτρο και απολέπιση. Ακολούθησε ένα ελαφρύ γεύμα. Και πάλι έλεγξε για μηνύματα και αφού δεν βρήκε κανένα, προχώρησε και έφτιαξε τα μαλλιά της, μετά έφτιαξε τα νύχια της. Πριν εφαρμόσει το μακιγιάζ της, έκανε τρολάρισμα στα μέσα κοινωνικής δικτύωσης. Αφού δεν βρήκε κανένα στοιχείο για την πρόσφατη δραστηριότητά του, μπήκε στο ψηλότερο ζευγάρι ψηλοτάκουνες γόβες της - αυτές που έκαναν τα πόδια της να φαίνονται πιο μακριά. Ολοκλήρωσε την εμφάνισή της απλώνοντας μια στρώση από κόκκινο κραγιόν σε χρώμα candy apple και μπήκε μπροστά από τον καθρέφτη. Τέλεια.

Εκτός από ένα πράγμα: την ασορτί τσάντα με τον συμπλέκτη της. Μετέφερε σε αυτήν το τηλέφωνο και τη χρεωστική της κάρτα, μετά επέστρεψε για το κραγιόν της και τώρα ήταν έτοιμη για όλα.

Καθώς έβγαινε από την εξώπορτά της και εφάρμοζε τη μάσκα της, έφτασε το ταξί. Το είχε κλείσει από το προηγούμενο βράδυ εξασφαλίζοντας ότι δεν θα αργούσε ή θα ερχόταν πολύ νωρίς. Ήθελε ο συγχρονισμός να είναι τέλειος για την πρώτη τους συνάντηση με σάρκα και οστά.

***

Πέρασε τη μέρα του διπλοτσεκάροντας τα πάντα, όπως έκανε πάντα σε τέτοιες περιπτώσεις.

Ανυπομονούσε να τη συναντήσει επιτέλους από κοντά. Στο διαδίκτυο φαινόταν πιο ντροπαλή και αφελής από όλες τις άλλες που είχε συνομιλήσει. Φαινόταν τόσο δειλή, τόσο εξωπραγματική που είχε αρνηθεί κατηγορηματικά να του στείλει μια γυμνή φωτογραφία της. Γυμνή, δηλαδή χωρίς μάσκα.

Πριν συμφωνήσει να τον συναντήσει, έπρεπε να τη διαβεβαιώσει ότι θα τηρούνταν οι οδηγίες. Λοιπόν, όχι απλώς να τηρηθούν, per say, δηλαδή, δεν απαιτούσε τίποτα λιγότερο από την προσωπική του εγγύηση ότι δεν θα τους διέκοπτε κανείς.

Όταν οι ηγέτες σε όλο τον κόσμο έπεσαν, η διεθνής κυβέρνηση σχηματίστηκε για να καλύψει το κενό. Με την I.G. στο τιμόνι, ο κόσμος απαίτησε αυστηρότερες ποινές για τους μη συμμορφούμενους χούλιγκανς που παίρνουν κοινωνικές αποστάσεις. Οι νεοσύστατοι Διεθνείς Συνεργάτες Πανδημίας (I.P.A.) εξουσιοδοτήθηκαν να επιβάλλουν τους νόμους περί κοινωνικής αποστασιοποίησης χρησιμοποιώντας κάθε αναγκαίο μέσο.

Μετά την πτώση των παγκόσμιων ηγετών υπήρξε έντονη δημόσια κατακραυγή. Τα μέσα κοινωνικής δικτύωσης κατακλύστηκαν από παραπληροφόρηση. Ο κόσμος απαίτησε δικαιοσύνη, βγαίνοντας στους δρόμους με τα πλακάτ του και τις πινακίδες ειρήνης. Όταν δεν μπόρεσαν να σωπάσουν και οι φυλακές γέμισαν ασφυκτικά, οι δημόσιες εκτελέσεις γράφτηκαν στο νόμο.

Μέσα σε όλα αυτά, είχε καταφέρει να κρατήσει τα χρήματά του και δεν φοβόταν να τα χρησιμοποιήσει όταν τον ωφελούσε. Είχε λαδώσει μερικές παλάμες για να κλείσει τον χώρο, να προσλάβει το προσωπικό και να διασφαλίσει ότι θα παρέμεναν ανενόχλητοι. Το μάτι που τους παρακολουθούσε στις εγκαταστάσεις - δεν μπορούσε να κάνει τίποτα γι' αυτό. Οι κάμερες ασφαλείας ήταν παντού.

Το σμόκιν του είχε μαζευτεί και ήταν ακόμα τυλιγμένο στο πλαστικό κάλυμμα που φορούσε στη διαδρομή από το καθαριστήριο προς το σπίτι. Ήταν σε καραντίνα στο γκαράζ μέχρι να το χρειαστούν. Ποτέ δεν μπορεί κανείς να είναι πολύ προσεκτικός. Ο συνήθης χρόνος καραντίνας για τα υφάσματα ήταν σαράντα οκτώ ώρες. Για να είμαστε πιο προσεκτικοί, το άφησαν στο γκαράζ για μια ολόκληρη εβδομάδα.

Όταν ντύθηκε πλήρως, το τελευταίο πράγμα που έκανε ήταν να φορέσει τη μάσκα του πριν μπει στο όχημά του. Υπήρχε ελάχιστη κίνηση και το παρκάρισμα ήταν εύκολο.

Ήθελε όλα να είναι τέλεια.

Ακριβώς όπως ήλπιζε ότι θα ήταν.

***

Βγήκε από το ταξί στο πεζοδρόμιο και έκλεισε το κενό ανάμεσα στον εαυτό της και τον χώρο.

Στο έδαφος, γραμμένο με κιμωλία στο πεζοδρόμιο ήταν ένα μήνυμα που απευθυνόταν σε εκείνη. Έγραφε: « Αγάπη μου, ακολούθησέ με». Χαμογέλασε και ακολούθησε το μονοπάτι με τις καρδιές που ήταν χαραγμένες στις πέτρες. Κάθε τόσο τα δάχτυλά της αναζητούσαν επιβεβαίωση από τη μάσκα που κάλυπτε το πρόσωπό της. Ήταν σαν ένα άλλο στρώμα δέρματος τώρα.

Μπήκε στις ανοιχτές πόρτες, ακολουθώντας κι άλλες καρδιές που την οδηγούσαν κατά μήκος του διαδρόμου.

Επιτέλους, έφτασε ελπίζοντας ότι την περίμενε η αληθινή της αγάπη, η αδελφή ψυχή της.

***

Στην άλλη άκρη του δωματίου τα μάτια τους συναντήθηκαν. Εκείνη με το μαύρο αμάνικο φόρεμά της και εκείνος με το μαύρο σμόκιν του.

«Ήρθες!» είπε με έντονη καταφατική φωνή.

«Ναι», απάντησε εκείνη ψιθυριστά με κομμένη την ανάσα.

Επιβράδυνε τους χτύπους της καρδιάς της, καταγράφοντας το δωμάτιο. Η προσοχή του στη λεπτομέρεια ήταν άψογη. Το τραπέζι ήταν στρωμένο για δύο, με τις καλύτερες πορσελάνες, κρύσταλλα και ασήμια. Το τραπέζι εκτεινόταν σε όλο το μήκος του δωματίου. Στο κέντρο ένα υπέροχο μανουάλι ακτινοβολούσε ρομαντισμό.

«Παρακαλώ, καθίστε», είπε.

Εκείνη κάθισε στη δική της άκρη και εκείνος στη δική του. Πριν προλάβει να επικρατήσει μια άβολη σιωπή, εκείνος χτύπησε παλαμάκια. Δύο σερβιτόροι έφτασαν από μια πόρτα που δεν είχε προσέξει. Ντυμένοι από την κορυφή ως τα νύχια με ολόσωμες στολές που δεν θα έμοιαζαν παράταιρες στο φεγγάρι, πλησίασαν. Με τα γαντοφορεμένα χέρια τους γέμισαν τα φλάουτα της σαμπάνιας, και τα μπολ τους με μια ελαφριά κατανάλωση.

Εκείνος χτύπησε την άκρη του ποτηριού του με ένα κομμάτι μαχαιροπήρουνο και εκείνη έκανε το ίδιο. Στους γάμους, αυτό το τελετουργικό γινόταν κάποτε ως αίτημα των νεόνυμφων να ανταλλάξουν ένα φιλί. Και μόνο η σκέψη του, το ξεσκέπασμα δημοσίως, την έκανε να ανατριχιάσει. Σε αυτόν τον νέο πανδημικό κόσμο, το τσίμπημα έδειχνε ότι ο εμπνευστής ήθελε να κάνει μια πρόποση.

«Στην υγειά σας», είπε σηκώνοντας το ποτήρι του.

«Στην υγειά μας», είπε εκείνη, κοκκινίζοντας έξαλλα, κρυμμένη κάτω από τη μάσκα της.

Οι σερβιτόροι έφταναν ανά τακτά χρονικά διαστήματα φέρνοντας δίσκους. Μετά την τελική τους παρουσίαση φλαμπέ Κεράσια Jubilee, οι σερβιτόροι υποκλίθηκαν. Αυτό σήμαινε ότι δεν θα επέστρεφαν.

«Μακάρι να μπορούσα να σε φιλήσω», είπε, πιο δυνατά απ' ό,τι θα ήθελε, αλλά αρκετά δυνατά για να δικαιολογήσει τη μάσκα του.

Αυτά τα λόγια του την πυροδότησαν. Πριν καταλάβει τι, έκανε, είχε σηκωθεί και του έδωσε ένα φιλί. Ξανακάθισε και πάλι και φαντάστηκε το φιλί να αιωρείται στον αέρα πάνω από το τραπέζι σαν φτερό.

Εκείνος το έπιασε και το πίεσε στα χείλη του. «Δεν είναι αρκετό», γουργούρισε.

Εκείνη εκτόξευσε ξανά πίσω την καρέκλα της. Τραύλισε μέσα στη σιωπή.

Τα ψηλοτάκουνα τακούνια της έκαναν κλικ-κλακ, καθώς διέσχιζε το πάτωμα. Σκόνταψε από τον ενθουσιασμό καθώς προχωρούσε κατά μήκος του τραπεζιού προς το μέρος του.

Καθώς κινούνταν προς το μέρος του, ο κλιματισμός ανέμιζε το γλυκό, γλυκό άρωμά της προς το μέρος του. Μέχρι τότε, είχε γίνει μάρτυρας μόνο των κοραλλένιων γαλάζιων ματιών της και των μικρών λοβών των αυτιών της, κάτω από τα οποία είχαν τοποθετηθεί οι ιμάντες της μάσκας. Η καρδιά του χτυπούσε τόσο γρήγορα, που ήταν σίγουρος ότι θα έσκαγε από το στήθος του. Για να ηρεμήσει τον εαυτό του, γύρισε τη βέρα του γύρω-γύρω στο δάχτυλό του, αναρωτώμενος αν αυτό το κορίτσι άξιζε τον κόπο. Ήταν αρκετή για εκείνον ώστε να ρισκάρει να παραβιάσει τον νόμο; Θα πέθαινε γι' αυτήν;

«Σταμάτα!» φώναξε, σηκώνοντας βίαια το χέρι του στον αέρα σαν θυμωμένος σχολικός φύλακας.

Εκείνη εξακολουθούσε να πετάει, δάγκωσε τα χείλη της κάτω από τη μάσκα.

Ασφάλισε τη μάσκα του στη θέση της.

Καθώς το μάτι στον τοίχο ανοιγόκλεινε τα μάτια πίσω της, ψιθύρισε: «Μήπως ξέχασα να αναφέρω, ότι είμαι παντρεμένος;».

Συνέχισε να τρέχει προς το μέρος του, καθώς οι πόρτες πίσω του άνοιξαν.

«Μήπως ξέχασα να αναφέρω ότι είμαι με την IG;» ρώτησε, καθώς οι δύο άνδρες με τις διαστημικές στολές τον έριχναν με ηλεκτροσόκ στο έδαφος.

ΣΑΣ ΕΥΧΑΡΙΣΤΟΥΜΕ!

Αγαπητοί αναγνώστες,

Σας ευχαριστώ για άλλη μια φορά που επιλέξατε το βιβλίο μου! Ελπίζω να ανακαλύψατε μια ή δύο ιστορίες που άγγιξαν την καρδιά σας ή/και σας έκαναν να χαμογελάσετε ή να γελάσετε.

Ευχαριστώ επίσης τους υπέροχους φίλους, την οικογένεια και την ομάδα ανθρώπων που με στήριξαν συναισθηματικά όλα αυτά τα χρόνια, καθώς και όσους από εσάς (ξέρετε ποιοι είστε) με βοήθησαν σε τεχνικά θέματα, όπως διόρθωση, επιμέλεια κ.ά. Σοβαρά, δεν θα μπορούσα να τα καταφέρω χωρίς κανέναν από εσάς.

Σας ευχαριστώ όλους ένα εκατομμύριο φορές!

Με αγάπη,

Cathy

ΣΧΕΤΙΚΆ ΜΕ ΤΟΝ ΣΥΓΓΡΑΦΈΑ

Cathy McGough ζει και γράφει στο Οντάριο του Καναδά με τον σύζυγο, τον γιο της, τη γάτα και τον σκύλο της.

ΕΠ΄ΊΣΗΣ ΑΠ΄Ό

FICTION

EVERYONE'S CHILD

RIBBY'S SECRET

INTERVIEWS WITH LEGENDARY WRITERS FROM

BEYOND

PLUS SIZE GODDESS

THREE FRIENDS

NON FICTION

103 FUNDRAISING IDEAS FOR PARENT VOLUNTEERS

WITH SCHOOLS AND TEAMS

POETRY

PAINTING WITH WORDS

PLUS A SELECTION OF CHILDREN'S AND YOUNG

ADULTS BOOKS